UNION GÉNÉRALE D'ÉDITIONS
8, rue Garancière – Paris VIe

Série « L'Aventure insensée »
Titres disponibles

Robert Louis STEVENSON

Le Cas étrange du Dr Jekyll et de Mr Hyde et autres histoires non moins étranges, n° 1044.

Voyage avec un âne dans les Cévennes, n° 1201.

La Flèche noire, n° 1570.

Le Prisonnier d'Edimbourg (2 vol.), n°s 1867/1868.

A. CONAN DOYLE

La Hachette d'argent et autres histoires, n° 1479.

La Grande Ombre, n° 1480.

Rodney Stone, n° 1481.

Le Train perdu et autres histoires de mystère, n° 1482.

Mon ami l'assassin et autres histoires de mystère, n° 1572.

Le Mystère de Cloomber, n° 1641.

L'Horreur des altitudes et autres histoires étranges, n° 1853.

Gustave LE ROUGE

Le Prisonnier de la planète Mars, n° 1077.

La Guerre des vampires, n° 1078.

Les Aventures de Todd Marvel, détective milliardaire, tome 1, n° 1797, tome 2, *L'Amérique mystérieuse*, n° 1800.

Sax ROHMER

La Malédiction des mille baisers, n° 1852.

LES MÉSAVENTURES DE JOHN NICHOLSON

et autres contes

PAR

Robert Louis STEVENSON

Traductions d'Albert SAVINE,
Michel GEORGES-MICHEL, Nathalie DUDON

*Préface, chronologie
et bibliographie par Francis LACASSIN*

10|18

*Série « L'Aventure Insensée »
dirigée par Francis Lacassin*

Quand le diable était jeune
a été traduit par Nathalie Dudon.
Les autres textes ont été traduits
en collaboration par Albert Savine
et Michel Georges-Michel

ISBN : 2-264-01052-5

Préface

POUR PRENDRE CONGÉ DE R.L. STEVENSON

Avec ce vingtième volume s'achève, dans 10/18, la publication des œuvres romanesques de Robert Louis Stevenson (1850-1894). Pour être absolument complètes, celles-ci devraient comprendre encore un roman inachevé : « Hermiston le juge pendeur », et quelques nouvelles de jeunesse également inachevées.

Telle quelle, notre publication a eu le mérite d'offrir aux lecteurs de *l'Ile au Trésor* deux autres romans du même auteur, cinq recueils de nouvelles, trois volumes d'essais ou récits de voyage. Au total, vingt volumes; jamais un éditeur français ne s'était risqué à inscrire autant d'œuvres de Stevenson à son catalogue. Certaines d'entre elles, avant notre réédition, n'étaient plus disponibles depuis le début du siècle. Une absence qui tournait au scandale, s'agissant de l'un des premiers auteurs de la littérature anglaise.

Dans ce dernier volume on trouvera deux textes particulièrement inaccessibles. Le bref roman *les Mésaventures de John Nicholson* (1887) n'a connu, en 1922, qu'une seule et unique publication en français; épuisée depuis un demi-siècle.

La nouvelle *Quand le diable était jeune* n'avait

jamais été traduite dans notre langue. En anglais, on ne la trouve que dans l'édition des *Œuvres complètes* de Stevenson où elle parut pour la première fois en 1924. C'est donc un texte absolument inédit, retrouvé dans les papiers de Stevenson, à classer parmi les œuvres de jeunesse.

Par son esthétique baroque nuancée d'un érotisme discrètement insinué, *Quand le diable était jeune* nous offre une facette inconnue de l'inspiration de Stevenson. La touche finale qui ajoute un charme particulier à ses œuvres romanesques (presque) complètes.

Francis LACASSIN

Les Mésaventures
de
John Nicholson

I

Dans lequel John sème le vent

John Varey Nicholson était stupide.

Pourtant, des hommes, plus stupides que lui, se prélassent en ce jour au Parlement et proclament bien fort qu'ils sont les auteurs des distinctions qui se sont accumulées sur leur tête.

Dès son enfance même, John Nicholson était de complexion grassouillette et incliné à interpréter, joyeusement et de façon superficielle, la vie.

C'est probablement cette tournure d'esprit qui fut la cause première de ses infortunes.

En dehors de cette notation, la philosophie est silencieuse sur sa carrière et la superstition se borne à cette explication plus facile qu'il avait encouru la haine des dieux.

Son père – un gentleman de fer – s'était depuis longtemps placé sur les hauteurs des « Principes de la Scission »[1].

Ces principes, qui malgré leur nom effrayant sont

1. Merle d'Aubigné a raconté la Scission et fourni des détails circonstanciés sur l'*Église établie*, plus ou moins subordonnée au gouvernement, et l'*Église libre* ou *Scission*. « La cause essentielle de la *disruption* (Scission) a été le devoir de maintenir l'indépendance spirituelle de l'Église, d'empêcher le pouvoir civil de décider des choses spirituelles. » La Scission date des 18-23 mai 1843.

bien innocents, n'entreraient pourtant par aucune combinaison de mots dans l'intelligence simple des Anglais. Mais ils sont un aliment onctueux pour un cerveau écossais et M. Nicholson y trouvait le lait des lions.

Vers l'époque où les Églises s'assemblent à Édimbourg en convent annuel, on aurait pu le voir descendre le Mound en compagnie de divers clergymen aux cheveux roux : ceux-ci volubiles, lui ne contribuant à la conversation que par des signes de tête, comme un oracle, des négations brèves et le spectacle austère de sa lèvre supérieure tendue.

Les noms de Candlish [1] et de Begg [2] revenaient souvent dans ces entretiens et la conversation roulait parfois sur « l'Etablissement subsistant » et les faits et les gestes d'un certain Lee [3].

Un homme étranger à la théologie étroite de l'Écosse aurait pu tout écouter sans rien comprendre.

M. Nicholson, qui n'était pas un homme borné, s'en apercevait et en était furieux.

Il savait qu'il existait un vaste monde, pour qui les « Principes de la Scission » étaient comme le babil des singes à la cime d'un arbre.

La Presse lui en apportait de froids échos. Il avait rencontré des Anglais qui lui avaient demandé gaiement s'il n'appartenait pas à l'Église écossaise et qui avaient paru intéressés, à l'explication qu'il leur avait donné sur ce point délicat.

1. Robert Smith Candlish (1806-1873), prédicateur et théologien écossais, une des lumières de la *Scission*. Merle d'Aubigné, qui l'avait entendu, le compare à une trombe éclatant au milieu de son auditoire et laissant l'assemblée broyée par la foudre de son éloquence.

2. James Begg (1808-1883), un des chauds défenseurs de la Scission, célèbre par ses attaques contre l'Église catholique, un des chefs du parti évangélique.

3. Robert Lee (1804-1868), ministre de Old Greyfriars (Édimbourg), une des colonnes spirituelles de l'Église écossaise scissionnaire.

C'était un monde pervers, barbare, rebelle, plongé dans le *sommeil*, car aucun des mots incisifs des Écossais ne pouvait rendre les sentiments de cet Écossais.

Et quand il entrait dans sa maison à Randolph Crescent (côté sud) et fermait la porte derrière lui, son cœur se gonflait d'un orgueil confiant. Enfin, n'était-ce pas là une citadelle imprenable, inaccessible aux défections de droite et de gauche?

Là vivait une famille où les prières revenaient à la même heure, où la littérature du Sabbat était d'un choix impeccable, où l'hôte qui aurait émis la moindre opinion fausse se fût mettre à la porte séance tenante.

Là vivait une famille sur laquelle il régnait toute la semaine et grandissait le dimanche un silence agréable à son oreille, ainsi qu'une tristesse qu'il trouvait réconfortante et saine.

Mme Nicholson était morte vers la trentième année, lui laissant trois enfants : une fille de deux ans, un fils d'environ huit ans plus jeune que John; et John lui-même, le malheureux porteur d'un nom infâme dans l'histoire de l'Angleterre.

La fille, Maria, était une bonne fillette, appliquée, pieuse, bornée, mais si défiante que vouloir lui parler était presque une entreprise périlleuse.

– Je crois que je ne me soucie point de vous parler de ce sujet, s'il vous plaît, répondait-elle.

Et, par sa gêne évidente, elle forçait au silence les plus hardis.

C'était sa réponse à toute ouverture quelconque : toilette, plaisir, moralité, politique, avec cette variante cette fois : « mon père pense autrement » et même en matière de religion, à la simple différence d'un pleurnichement dans la voix.

Alexander, le cadet, était maladif, intelligent, amateur de livres et de dessin, très caustique.

Entre ces deux enfants, imaginez un animal naïf, maladroit, étourdi et joyeux, John, d'une conduite parfaite au prix de celle des autres garçons de son âge, bien qu'inférieure à l'estampille de la maison de Randolph Crescent, plein d'une sorte d'affection gaffeuse, débordant de caresses qui n'étaient jamais accueillies très chaudement; de rires soudains et sonores qui retentissaient dans cette maison silencieuse comme des malédictions.

M. Nicholson avait lui-même un grand fond d'humour, de l'humour du genre écossais, intellectuel, basé sur l'observation des hommes.

Son propre caractère par exemple, s'il l'avait pu remarquer chez un autre, eût été pour lui une rare fête, mais les saillies creuses de son fils à propos d'une assiette brisée, ses remarques vides, presque étourdies et hasardées à la légère, le frappaient douloureusement comme des indices d'un esprit faible.

En dehors de sa famille, John s'était attaché de bonne heure (autant qu'un chien peut suivre un marquis) aux pas d'Alan Houston, un garçon plus âgé que lui d'un an environ, paresseux, un peu sauvage, héritier d'une fortune rondelette, encore aux mains d'un administrateur rigoureux, d'ailleurs si content de lui-même qu'il prenait la dévotion de John à son égard comme chose naturelle et due.

Cette intimité déplut à M. Nicholson.

Elle tenait son fils loin de lui, et M. Nicholson était un père jaloux.

Elle l'enlevait à son bureau et M. Nicholson était un chef sévère, un martinet.

Enfin, M. Nicholson était ambitieux pour sa famille (cette ambition et les Principes de la Scission étaient toute sa vie) et il haïssait de voir un fils élevé à son école se faire le second violon d'un paresseux.

Après quelques hésitations, il ordonna que l'amitié fût rompue – ordre injuste bien que vraisemblablement inspiré par l'esprit des Prophéties – et John, sans mot dire, continua de désobéir à l'ordre paternel en cachette.

John allait avoir dix-neuf ans quand un jour il quitta, plus tard que d'habitude, le bureau de son père où il étudiait la pratique de la loi.

C'était un samedi et, n'était la somme de quatre cents livres qu'il avait en poche pour la porter à la British Linen Company's Bank [1], il avait la libre disposition de tout son après-midi.

John prit par la Princes Street pour jouir du doux soleil et des faibles friselis du vent d'est qui faisaient palpiter les drapeaux à la terrasse des palais et courbaient les arbres verts dans le jardin.

L'orchestre jouait en bas dans la vallée, sous le château, et quand le tour des joueurs de cornemuse fut venu, John entendit les sons sauvages de leurs instruments avec un frémissement dans le sang.

Quelque chose de lointainement martial s'éveilla en lui; et il songea à Miss Mackenzie, qu'il devait rencontrer, ce jour-là, au dîner.

Certes, il est indéniable qu'il serait allé directement à la banque, mais justement sur sa route se trouvait le billard de l'hôtel où il était presque sûr de rencontrer Alan.

La tentation fut trop forte.

Il entra dans le billard et fut aussitôt hélé par son ami, queue de billard en main.

– Nicholson, dit-il, il faut que tu me prêtes une livre ou deux jusqu'à lundi.

– Tu tombes bien! répondit John. Je n'ai que deux pence.

– Tu plaisantes, repartit Alan. Tu peux avoir de

1. Banque de la Compagnie des textiles d'Angleterre.

l'argent. Va emprunter à ton tailleur; ils sont tous prêteurs. Ou plutôt que je te dise : mets ta montre en gage.

– Oh! oui, je m'y hasarderais! dit John. Et mon père?

– Comment le saura-t-il? Ce n'est pas lui qui te la remonte le soir, n'est-ce pas? demanda Alan.

John éclata de rire.

– Non, voyons, sérieusement; je suis dans le pétrin, continua le tentateur. J'ai perdu de l'argent et je dois à quelqu'un ici. Il faut que je le paie ce soir et tu pourras retirer ton bijou lundi. Viens, c'est un petit service, après tout. J'en ferais bien plus pour toi.

Là-dessus, John sortit du billard et mit sa montre en gage sous le nom supposé de John Froggs, 85, Pleasance.

Mais l'émotion qui l'envahit à la porte de ce repaire mal famé – une échoppe de prêteur – et l'effort nécessaire pour inventer le pseudonyme (qui, en quelque sorte, lui semblait partie intégrante de la marche à suivre) lui prirent plus de temps qu'il ne se l'était imaginé : et quand il retourna au billard avec l'argent, la banque avait déjà fermé ses portes.

Ce fut pour lui un coup pénible.

– Une partie de votre travail a été négligée par vous.

Il entendait ces mots de la voix tranchante de son père et tremblait, et alors il essayait de chasser cette pensée.

Après tout, qui le savait?

Il pourrait bien garder quatre cents livres sur lui jusqu'à lundi.

Sa négligence serait alors subrepticement réparée; et en attendant il était libre de passer la soirée sur le divan qui faisait le tour de la salle de billard, de fumer sa pipe, de siroter une chope de bière et de goûter jusqu'à satiété le modeste plaisir d'admirer Alan.

Personne n'est capable d'admiration comme un jeune homme.

De toutes les passions et de tous les plaisirs de la jeunesse, c'est le plus commun et le dernier auquel on renonce.

Chaque étincelle des yeux noirs d'Alan, chaque trait de sa tête bouclée, chaque geste gracieux, chaque pose dégagée de son attitude dans l'attente d'un coup lancé et jusqu'à ses manchettes et jusqu'au bracelet qui encerclait son poignet, tout cela, John le voyait à travers un nimbe glorieux.

Il se rengorgeait de posséder ce royal ami, il se pavanait orgueilleusement dans cette pensée et nageait dans le bleu.

Ses propres défauts, comme des difficultés vaincues, ne faisaient qu'ajouter à sa fierté.

Pourtant, quand il pensait à Miss Mackenzie, une ombre de regret s'appesantissait sur son âme.

Cette jeune fille était digne de tout autre que de ce lourdaud de John Nicholson, encore connu parmi ses condisciples sous le sobriquet dérisoire de *Plein de graisse*, et il sentait que s'il pouvait garnir de blanc d'Espagne une queue ou se camper pour jouer avec l'air aisé et la grâce négligée d'Alan, il pourrait approcher l'objet de ses pensées avec une sensation moins écrasante de son infériorité.

Avant qu'ils se séparassent, Alan lui fit une proposition extraordinaire.

Il devait se trouver chez Colette vers minuit, disait-il.

Pourquoi John n'y viendrait-il pas avec lui gagner de l'argent?

Aller chez Colette, c'était voir la vie. Certes, c'était mal; c'était contraire aux lois; cela tenait terriblement de l'aventure. Cette escapade connue, c'était une sorte d'exploit qui déconsidérait un jeune homme aux yeux des gens sérieux, mais le posait devant les libertins.

Cependant, la maison Colette n'était pas un enfer.

Ce serait unc hyperbole exagérée de l'appeler un salon doré; et, si c'était une faute d'aller chez Colette, cette faute était en fait purement locale et municipale.

Colette, nom dont je ne sais pas l'orthographe, puisque je n'ai jamais été en relation épistolaire avec cet hors-la-loi hospitalier, était tout simplement un publicain sans patente qui servait des soupers après onze heures, l'heure de fermeture à Édimbourg.

Si vous apparteniez à un club, vous pouviez faire un meilleur souper à pareille heure sans rien perdre de l'estime publique.

Mais, si vous n'apparteniez pas à un club et que vous ayez faim ou que vous fussiez porté à festoyer à des heures illégales, la maison Colette était votre seul port de refuge.

Vous y étiez d'ailleurs mal servi.

La compagnie ne se recrutait ni au Sénat ni dans l'Église, bien que le Barreau fût très bien représenté en cette unique occasion où j'outrepassai les lois à la face de mon pays et où, prenant par la main ma réputation, je pénétrai dans la maison Colette.

Et les habitués de Colette, profondément conscients de mal faire et sentant la présence, à la porte, de la machine à deux poignes (le sergent de ville) étaient peut-être en disposition de se livrer à quelques débauches fiévreuses.

Pourtant, cet endroit n'était en aucun sens un mauvais lieu; et il me semble étrange aujourd'hui, à la distance du temps, qu'il ait acquis réputation de parage si dangereux.

Exactement dans le même esprit qu'un homme

pourrait discuter le projet de faire l'ascension du Matterhorn ou la traversée de l'Afrique, John examina la proposition d'Alan, et, après beaucoup d'hésitation, l'accepta.

Quand il rentra chez lui, la pensée de son excursion au-dehors des régions sûres de la vie, à travers les régions sauvages et difficiles, s'agita et combattit dans son imagination avec l'image de Miss Mackenzie. Pensées discordantes et pourtant congénères, car n'impliquaient-elles pas, l'une et l'autre, une tension mutuelle des crans de sa volonté? L'une et l'autre ne le sollicitaient-elles pas en avant et ne le repoussaient-elles pas en arrière aussitôt, comme pour le rappeler à lui-même?

Placé entre ces deux considérations, John était ému plus qu'à l'ordinaire; et quand il regagna Randolph Crescent, il avait complètement oublié les quatre cents livres qui étaient dans la poche intérieure de son pardessus.

Il accrocha celui-ci, avec sa riche « cargaison », au crochet qui lui était réservé au portemanteau, et par cet acte même, il signa sa condamnation.

II

DANS LEQUEL JOHN RÉCOLTE LA TEMPÊTE

Vers dix heures et demie, John eut la bonne fortune d'offrir son bras à Miss Mackenzie et de la reconduire chez elle.

La nuit était froide et étoilée.

Vers l'est, tout le long du chemin, les arbres des différents jardins bruissaient et faisaient des taches noires.

A la hauteur de la Pierre Creusée de la promenade de la Leith, quand ils traversèrent la rivière, la brise s'enflait et la flamme des réverbères, qui éclairaient la rue, vacillait.

Quand les jeunes gens eurent gravi la Terrasse Royale où habitait le capitaine Mackenzie, un vent frais et salé, qui venait de la mer, leur soufflait au visage.

Les moindres détails de cette promenade demeurèrent gravés dans la mémoire de John, souvenirs rendus plus accentués encore par la sensation de la main légère qui s'appuyait sur son bras; et derrière le panorama de la ville plongée dans la nuit, il voyait, par les yeux de son esprit, le salon de son home où il était assis tout à l'heure et causait avec Flora.

A l'autre bout de la pièce, son père le regardait

avec un sourire à la fois bienveillant et ironique.

John avait lu le sens de ce sourire qui eût échappé à un étranger.

M. Nicholson avait remarqué l'embarras de son fils avec une satisfaction mêlée d'humour; et son sourire, s'il contenait encore quelque dédain, impliquait son acquiescement.

A la porte du capitaine, la jeune fille retira sa main avec une certaine énergie.

John la prit et la retint assez longtemps et dit :

– Bonsoir, Flora, ma chérie.

Il fut pris aussitôt d'un trouble intense en constatant combien il était présomptueux.

La jeune fille se contenta de sourire, monta les escaliers en courant et sonna.

Comme elle attendait qu'on vînt ouvrir la porte, elle demeura sous le porche tout contre l'huis et se mit à parler à John comme du seuil d'une forteresse.

Elle portait un châle tricoté sur sa tête.

Ses yeux bleus d'Highlandaise reflétaient la lumière du réverbère voisin et lançaient des éclairs.

Quand la porte s'ouvrit pour se refermer derrière elle, John se sentit cruellement seul.

Il longea lentement la terrasse, le cœur frémissant d'une tendre ardeur et en arrivant à l'église de Greenside, il s'arrêta irrésolu.

Sur le sommet de Calton Hill, à sa gauche, c'était la rue de la maison Colette, où Alan attendait bientôt son arrivée et où, maintenant, John ne se sentait pas plus disposé à aller, qu'à se vautrer volontairement dans un bourbier.

La sensation de la main de la jeune fille sur sa manche et l'étincelle bienveillante des yeux de son père le lui défendaient bien haut.

Juste devant lui se trouvait le chemin de son logis,

qui ne conduisait qu'à son lit, endroit peu charmant pour quelqu'un dont le cœur vibrait d'émotion à cet instant-là.

Les hauteurs, l'air frais de la nuit, la société des grands monuments, le soupir de la cité endormie à ses pieds, avec ses collines et ses vallées et les files de réverbères qui la traversent d'un bout à l'autre, l'attirèrent par tout ce qu'il y avait en lui de fibres poétiques, et il s'éloigna de son chemin.

Cette déviation presque innocente rendit mûre la récolte de ses erreurs vénielles pour la faucille du destin.

Il s'assit environ une demi-heure sur un des bancs situés sur la colline qui domine Greenside et se mit à regarder en bas les réverbères d'Edimbourg et en haut les étoiles du ciel.

Il formait des projets timides.

Les perspectives sur la vie future, qui s'étendait devant lui, n'offraient que du charme et de l'agrément.

Il se murmurait à lui-même le nom de Flora dans une note si touchante et si dramatique qu'il se sentit à la longue tendrement ému au point qu'il en aurait chanté.

A ce moment, un certain froissement dans la poche de son pardessus frappa son oreille.

Il fouilla dans sa poche, en retira l'enveloppe qui contenait l'argent et se rassit de stupéfaction.

Calton Hill, à cette époque, avait mauvais renom la nuit et d'être assis là avec quatre cents livres, qui ne lui appartenaient pas, lui eût semblé difficilement une marque de sagesse.

Il leva les yeux.

Il aperçut à quelques pas de lui un homme coiffé d'un misérable chapeau, et qui semblait assister à la scène; sur son autre flanc un second promeneur nocturne s'avançait avec calme.

John sursauta.

L'enveloppe tomba de ses mains.

Il se pencha pour la saisir et, au même moment, les deux hommes coururent à lui et le rejoignirent.

Quelques instants plus tard, le malheureux se trouva sur ses pieds navré et brisé.

Il ne possédait plus qu'une bourse, qui contenait tout juste un timbre d'un sou, un mouchoir de batiste... et l'importante enveloppe avait disparu.

Le coup, qui frappait ce jeune homme arrivé au summum de l'exaltation amoureuse, était trop cruel pour qu'il le supportât seul.

A quelques mètres de lui, son plus grand ami était assis devant un souper; bien plus, il l'attendait.

N'était-il pas dans la nature humaine qu'il y courût?

Il était en quête de sympathie, en quête de ce singulier article, dont nous supposons tous avoir besoin, quand nous sommes dans la détresse, cet article que nous sommes convenus d'appeler un conseil.

De plus, il courait chez Colette, avec de vagues et d'autant plus splendides espoirs d'y trouver un aide.

Alan était riche ou le deviendrait un jour avec l'âge. D'un trait de plume, il pouvait réparer son infortune et empêcher cette mortelle conversation avec M. Nicholson, devant laquelle John reculait en imagination comme la main s'écarte du feu.

Juste au-dessous de Calton Hill règne une certaine avenue étroite qui tient de la rue et de la route.

Elle commence en face des portes de la prison, elle finit en plongeant parmi les bouges sans soleil de Low Calton. D'un côté, elle est dominée par les roches de la colline, de l'autre par un vieux cimetière.

La route court entre ces deux hauteurs dans une tranchée, faiblement éclairée la nuit, peu fréquentée le jour, et bordée, dans les parties que l'on avait déblayées des tombes, de maisons sales et douteuses.

L'une d'elles était la maison Colette, et c'est à sa porte qu'à cette minute notre infortuné John vint frapper pour demander à être reçu.

En une heure fatale, il satisfît les questions soupçonneuses du restaurateur hors la loi; en une heure fatale il pénétra dans cet intérieur qui n'avait rien de séducteur.

Alan était bien là, assis dans une pièce éclairée par un papillon, à côté d'une table couverte d'une nappe sale, entamant une chair sans délicatesse, en compagnie de plusieurs membres ivres du jeune barreau.

Mais Alan avait bu.

Alan avait perdu un millier de livres sur un cheval de course.

Il en avait appris la nouvelle à l'heure du dîner, et, à défaut d'autres moyens de sortir d'embarras, il cherchait maintenant à noyer la pensée des sermons qui l'attendaient.

Lui, secourir John!

C'était impossible; il ne pouvait pas se secourir lui-même.

– Si vous avez pour père un imbécile, dit-il, je puis vous répondre que j'ai pour administrateur une brute!

– Je ne suis pas venu vous entendre traiter mon père d'imbécile, répliqua John, le cœur palpitant, sentant qu'il risquait le dernier solide rivet de la chaîne qui le liait à la vie.

Mais Alan avait bon cœur, était d'humeur accommodante.

– Bien sûr, ma vieille branche, dit-il, très respectable, votre père!

Et il présenta son ami à ses compagnons.

– C'est le fils de ce vieux machin-chose de Nicholson?

John s'assit : il était plongé dans une muette agonie.

Les murs sales et les serviettes de table maculées de la maison Colette, les hôtes dignes par leur aspect de la maison Colette lui apparaissaient comme dans un cauchemar.

Et voici justement qu'on frappa à l'huis avec fracas et vociférations.

La police, si lamentablement absente de Calton Hill, apparut en scène.

Les noceurs, pincés *flagrante delicto*, accoudés devant leurs verres, furent appréhendés, conduits au poste de police et sommés de dûment témoigner dans le procès qui devait s'ensuivre contre ce fieffé cabaretier de Colette.

A la sortie du bureau de police, la bande était vraiment soucieuse, au point d'en presque être dégrisée.

Une vague terreur de l'opinion publique pesait sur tous, en général, mais il y avait des appréhensions privées et particulières dans les esprits d'un chacun.

Alan avait une peur terrible de son administrateur, qui serait déjà aigri par sa perte au jeu et les précédents.

L'un des soupeurs était le fils d'un ministre de village, un autre d'un juge.

John, le plus malheureux de tous, avait pour père David Nicholson, et l'idée de l'affronter après qu'il aurait appris cette scandaleuse affaire le rendait physiquement malade.

Ils demeurèrent un instant à se consulter sous les arcades de Saint-Gilles; puis ils se rendirent chez l'un des membres de la bande qui habitait North Castle Street.

Là, en fait, ils auraient pu souper aussi bien et boire beaucoup mieux que dans le dangereux paradis d'où on les avait débusqués.

Chez leur commensal, devant un verre, presque plein de leurs larmes, ils discutèrent leur situation.

Chacun expliquait qu'il avait tout à perdre si l'affaire avait des suites et qu'il eût à comparaître comme témoin.

C'était extraordinaire de voir s'esquisser le tableau des brillantes perspectives qu'étalaient maintenant chacun de ces jeunes gens devant ses compagnons et d'ouïr quel pieux respect ils exprimaient pour les sentiments de leurs familles.

D'ailleurs, ils étaient tous singulièrement aux abois.

Chacun d'eux ne pourrait payer sa part de l'amende, mais aucun d'eux non plus n'écartait cette miraculeuse lueur d'espoir que chacun des autres (en cas de poursuite) pourrait prendre sur lui la responsabilité totale des dépens.

L'un affecta un ton tranchant. Il ne pouvait pas payer sa part; si un procès résultait du procès-verbal, il passerait la frontière; il avait toujours considéré le barreau anglais comme sa vraie sphère d'action.

Un autre s'étendit en de touchants détails sur sa famille, sans que nul y prêta attention.

John, au milieu de ce concours désordonné de pauvreté et de médiocrité, restait assis comme étourdi, à la vue de l'énormité de son infortune.

Enfin, après avoir convenu que chacun ferait à sa famille une franche confession, la réunion de ces jeunes ânes infortunés se sépara.

Ils descendirent l'escalier, et dans le jour gris de ce matin de printemps, par les rues désertes autour d'eux, tandis que les réverbères donnaient encore une lumière qu'affaiblissaient les lueurs du crépuscule et que là-haut les oiseaux lançaient les notes préparatoires de leurs gazouillis dans les bosquets des jardins de la ville, nos amis prirent leur chemin, la tête basse et les pieds trébuchants.

Les freux étaient éveillés à Randolph Crescent, mais les fenêtres étaient fermées, discrètement aveuglées, quand le prodigue y fit sa rentrée.

Le passe-partout de John lui avait été donné récemment.

C'était la première fois qu'il s'en servait; aussi avec quel sentiment morbide de son indignité l'introduisit-il dans le trou de la serrure bien huilée et pénétra-t-il dans la citadelle familiale.

Tout dormait.

On avait laissé le gaz dans le hall pour qu'il éclairât d'une lueur affaiblie son retour.

Un silence effrayant régnait dans la maison, troublé par les notes graves de l'horloge qui sonnait huit heures.

John éteignit le gaz, s'assit sur une chaise dans le hall, attendant et comptant les minutes, s'essayant à prendre une contenance virile.

Mais quand il entendit le bruit du réveil au premier étage et les allées et venues des domestiques, il perdit à l'instant son aplomb et s'enfuit dans sa chambre où il se jeta sur son lit.

III

DANS LEQUEL JOHN ENGRANGE SA RÉCOLTE AU LOGIS

Peu après le déjeuner, auquel il assista avec une mine tragique, John se dirigea vers le cabinet où son père était assis, absorbé probablement par une méditation pieuse comme chaque matinée dominicale.

Le vieux gentleman leva sur lui des yeux pleins de cette expression dure et inquisitive qui approchait du sourire et en était, en fait, si différente.

– C'est un temps où je n'aime pas qu'on me trouble, dit-il.

– Je le sais, répondit John, mais j'ai... Je désire... J'ai fait un cruel déjeuner! lâcha-t-il.

Et il se tourna vers la fenêtre.

M. Nicholson resta silencieux un temps appréciable, pendant lequel son malheureux fils contempla les échalas sur le fond du gazon et un certain chat noir qui était perché sur le mur.

Le désespoir s'abattait sur John pendant qu'il regardait de la sorte; et il rageait en pensant à la terrible série de ses méfaits et à l'innocence essentielle qu'il y avait en somme dans leur perpétration.

– Eh bien! dit le père, avec un effort visible, mais sur un ton très calme. Qu'y a-t-il?

– Maclean m'a donné quatre cents livres pour les porter à la banque, monsieur, commença John. Et je suis fâché de dire qu'on me les a volées!

– Volées? s'écria Nicholson, avec une inflexion soudainement élevée de la voix. Volées? Faites attention à ce que vous dites, John.

– Je ne puis vous dire autre chose, monsieur! On me les a volées, dit John, avec désespoir et obstination.

– Et où, et quand, cet événement extraordinaire s'est-il passé? demanda le père.

– Sur les hauteurs de Calton Hill, vers minuit.

– Calton Hill? répéta M. Nicholson. Et que faisiez-vous là, à cette heure de la nuit?

– Rien, monsieur, dit John.

M. Nicholson respira.

– Et comment avez-vous pu avoir en main cette somme à minuit? demanda-t-il d'un ton acerbe.

– J'avais négligé cette affaire, dit John, pour prévenir un commentaire.

Et alors dans son style propre :

– Elle m'avait complètement passé de l'idée.

– Bah! dit le père, c'est une histoire bien extraordinaire. Avez-vous fait une plainte à la police?

– Oui... répondit John dont le sang monta tout de suite au visage. Ils croient connaître l'homme qui a fait le coup. J'espère que l'argent sera retrouvé... Si c'était là tout! dit-il, avec une indifférence désespérée que son père prit pour de la légèreté, mais qui venait de la conscience de l'aveu honteux à faire qui devait suivre.

– La montre de votre mère, aussi? demanda M. Nicholson.

– Oh! la montre, est en sûreté! s'écria John. Enfin, je veux dire que j'allais vous parler de la montre, le fait est... j'ai honte de vous le dire... j'avais... j'avais engagé ma montre avant le vol.

Voici le reçu. Les voleurs ne l'ont pas trouvé sur moi. La montre peut être rachetée; on ne vend pas les objets engagés.

Le jeune homme exhalait ces phrases une à une, comme un canon de détresse, mais au dernier mot qui résonna dans cette chambre majestueuse comme un serment, le cœur de John lui manqua entièrement et un silence effrayant s'appesantit entre le père et le fils.

Il fut rompu par M. Nicholson qui, prenant le reçu, lut.

– John Froggs, 85, Pleasance.

Se tournant alors vers John, il lui cria dans un rapide élan de colère et de dégoût :

– Qui est John Froggs?

– Personne, dit John. Ce n'est qu'un nom.

– Un nom supposé, commenta le père.

– Oh! J'y ai pas pensé, dit le coupable. C'est la manière générale d'opérer.

« L'homme semblait comprendre... Ce nom nous faisait beaucoup rire...

Il s'arrêta là, car il vit son père froncer les sourcils à ses paroles comme un homme frappé physiquement.

Et de nouveau il y eut un silence.

– Je ne crois pas, dit enfin M. Nicholson, que je sois un père sordidement avare. Pour un but avouable, je ne vous ai jamais refusé d'argent sans raison... Vous n'aviez qu'à venir me trouver. Et maintenant, j'estime que vous avez perdu toute décence, tout sens moral... Voilà que vous avez engagé... *engagé* la montre de votre mère. Vous avez dû être tenté... je veux vous accorder que cette tentation fut bien forte. Que vouliez-vous faire de cet argent?

– Je préférerais ne pas vous le dire, monsieur, dit John. Cela ne fera que vous irriter.

– Je ne veux pas être circonvenu, cria le père. Et

vous allez mettre fin à vos réponses ambiguës. Que vouliez-vous faire de cet argent?

– Le prêter à Houston, monsieur, dit John.

– Je croyais vous avoir défendu de parler à ce jeune homme? demanda le père.

– Oui, monsieur, dit John. Je n'ai fait que le rencontrer.

– Où? vint la question fatale.

– Dans un billard, fut la réponse de condamnation.

Ce simple écart de la vérité valut à John un châtiment immédiat. Car il ne pouvait pas être entré dans une salle de billard sans avoir l'intention d'y voir Alan.

Il désirait voiler sa désobéissance et voilà qu'il apparaissait maintenant qu'il fréquentait de lui-même ces lieux mal famés.

Une fois de plus, M. Nicholson digéra en silence ces honteuses nouvelles; et quand John porta les yeux sur la physionomie de son père, il fut étonné d'y lire des marques de souffrance.

– Eh bien, dit enfin le vieux gentleman. Je ne puis taire ma tristesse. On ne pourra plus me saluer. J'étais, quand je me suis levé ce matin, ce que le monde appelle un homme heureux... oui, heureux... Enfin, j'avais un fils dont je croyais pouvoir être raisonnablement fier...

Il était au-dessus de la nature humaine d'en entendre plus long et John interrompit son père en poussant un cri.

– Oh! ce n'est pas tout, ce n'est pas le pire – ce n'est rien! Comme pourrai-je vous entendre dire que vous étiez fier de moi? Oh! je voudrais, je voudrais qu'on ignore cela; mais vous disiez toujours que j'étais une telle honte pour vous! Voici l'affaire épouvantable. Nous avons tous été arrêtés la nuit dernière et nous avons à payer, à nous six, l'amende de la maison Colette, ou bien nous serons poursuivis publiquement. Il y a procès-verbal pour délit d'hébergement illégal. On m'a fait jurer de vous faire ma confession complète. Mais pour ma part, cria-t-il en fondant en larmes, je préférerais être mort.

Et il tomba à genoux devant une chaise, et se cacha la face.

Si son père parla, ou s'il demeura longtemps dans la chambre, ou encore s'il en sortit : autant de points perdus pour l'histoire.

Trouble horrible d'esprit et de corps; sanglots bruyants; pensées sans suite, qui naissent et s'évanouissent tour à tour, pensées d'indignation et de remords; retours partiels à la conscience, au contact du crin de cheval sur le fond de la chaise, à l'audition des carillons des cloches d'église qui commençaient à faire un fracas horrible jusqu'aux confins de la ville, sensation du plancher qui lui broyait les genoux et des larmes qui lui coulaient dans la bouche, pour un temps dont je ne puis deviner la durée, parce que je refuse de m'étendre plus longtemps sur son agonie, tout cela constitua pour John Nicholson cette matinée dominicale.

Quand enfin, comme mû par un ressort, il revint parfaitement à la connaissance et même à certain calme, les cloches achevaient de sonner et le silence du dimanche était troublé encore par le piétinement de pas attardés.

Suivant l'horloge qui dominait le foyer, aussi bien que par ces signes plus éloquents, le service religieux ne devait pas être commencé depuis longtemps; et le malheureux pécheur, si son père était allé réellement à l'église, pouvait compter sur presque deux heures d'infortune seulement relative.

Avec la présence de son père, le superlatif de l'infortune lui reviendrait infailliblement.

Il le comprit par le tremblement nerveux de son corps.

Il le comprit par le soudain accès de vertige qui le prit au cerveau à la simple pensée de ce malheur.

Une heure et demie, peut-être une heure trois quarts, si le prédicateur avait une longue haleine, et recommencerait l'agonie active à laquelle, même dans la douleur sombre du moment présent, il essayait de se dérober comme à la morsure du feu.

Il vit dans une vision le banc de famille, les coussins où l'on somnole, les bibles, les psautiers, Mary avec son odeur de sel, son père assis et regardant tout à travers ses lunettes, d'un air critique; et cette fois, il fut pris d'indignation, avec justice.

Il était inhumain de quitter sa maison pour aller à l'église et de laisser là un pécheur en suspens, sans punition, sans absolution.

A l'épreuve du criticisme même, la sainteté paternelle était diminuée aux yeux de John.

Pourtant la peur de son père grandissait en lui et les deux sentiments le poussaient dans la même direction.

Et soudainement il fut pris de la peur folle que son père l'ait enfermé.

Cette idée n'avait aucun fondement.

Ce n'était probablement pas autre chose qu'une réminiscence d'un châtiment semblable qui lui avait été infligé dans l'enfance, car la chambre de son père avait toujours été la chambre des interrogatoires et le lieu des punitions; mais cette pensée accapara tellement son esprit qu'il dut s'approcher immédiatement de la porte et en mettre à l'épreuve la fausseté.

Comme il la gagnait, il heurta un tiroir de la table aux papiers d'affaires que son père avait laissé ouvert.

C'était le tiroir de l'argent – la mesure du désarroi

paternel, le tiroir de l'argent –, peut-être une indication providentielle!

Qui peut décider si c'était une indignation providentielle ou une tentation quand les théologiens ne sont pas, eux-mêmes, d'accord sur la nature de l'une et de l'autre?

Qui donc aussi, possédant bien son sang-froid, pourrait condamner les actes d'un pauvre chien pourchassé, d'un humble esclave effrayé, et tel que l'était John Nicholson en ce dimanche-là?

Sa main fut dans le tiroir, avant même que son esprit eût conçu une espérance de salut; et se mettant au niveau de sa nouvelle situation, John s'assit sur la chaise de son père et, sur une feuille de brouillon qui appartenait à celui-ci, il traça sa pitoyable apologie et ses adieux :

« Mon cher père – J'ai pris l'argent, mais je vous le rendrai le plus tôt possible. Vous n'entendrez plus parler de moi. Je n'ai pas l'intention de faire le mal. J'espère donc que vous essaierez de m'oublier. Je désirerais que vous transmettiez mes adieux à Alexander et à Maria, si toutefois vous n'y voyez pas d'inconvénient. Je ne pouvais réellement pas attendre de vous voir.

« Je vous prie de m'oublier.

« Votre fils affectionné,

« John NICHOLSON. »

L'argent dans sa poche et la lettre écrite, John n'avait plus qu'à s'éloigner sans retard du théâtre de sa faute; et se souvenant qu'une fois son père était revenu de l'église en raison d'une indisposition, au milieu du second psaume, il ne prit même pas le temps de faire un paquet d'habits de rechange. Vêtu comme il était, il se glissa hors de la maison paternelle et partit dans l'air frais du printemps, dans les faibles rayons du soleil printanier et dans le grand calme dominical d'Edimbourg, qui n'était troublé à ce moment-là que par les croassements des freux.

Il n'y avait pas une âme à Randolph Crescent, pas une âme dans la Queensferry Street.

La pensée de son isolement, le sentiment qu'il s'évadait en sécurité lui rendirent du cœur ; et, avec un sens pathétique de l'adieu qu'il faisait à son berceau, il s'aventura par le sentier et s'y arrêta un moment, comme une péri [1] au seuil d'un paradis bizarre, à l'extrémité ouest de l'église Saint-George.

Les fidèles chantaient à ce moment-là; et par un hasard singulier l'air était « Saint George's Edinburgh », air qui porte le nom et fut chanté pour la première fois dans le chœur de cette église.

« Qui est le roi de gloire? » disaient les voix; et, pour John, c'était comme la fin de toute pratique chrétienne, car il devenait un homme sauvage comme Ismaël et sa vie allait se passer dans des endroits sans foyer et au milieu d'un peuple sans Dieu.

Ce fut ainsi que sans être poussé par le goût des aventures, mais uniquement par désespoir, il tourna le dos à sa ville natale et se mit en route à pied pour la Californie, ayant en vue plus immédiatement Glasgow.

1. Fée

IV

SECONDES SEMAILLES

Mon but n'est pas de raconter les aventures de John Nicholson, qui furent nombreuses, mais simplement ses mésaventures les plus importantes, qui furent plus nombreuses qu'il ne le désirait et, selon la mesure humaine, plus nombreuses qu'il ne le méritait.

Comment il atteignit la Californie, comment il fut trompé et dévalisé, battu et réduit à mourir de faim; comment enfin il fut relevé par des gens charitables, réconforté et installé comme employé dans une banque de San Francisco, ce serait trop long à dire.

D'ailleurs, dans ces épisodes il n'y aurait aucune marque distinctive de la destinée spéciale de Nicholson; car ce sont aventures, comme il en arrive des milliers, à d'autres jeunes aventuriers dans une même journée et au même lieu.

Une fois casé à la banque, John se maintint, pour un temps, dans un haut degré de bonne fortune qu'il me faut expliquer, puisqu'elle ne fut qu'un chemin plus long conduisant à un nouveau désastre.

John Nicholson eut la veine de rencontrer un jeune homme dans un tripot et, grâce à sa paie du mois, de sortir cette nouvelle connaissance d'une position qui lui eût valu une disgrâce présente et un danger possible dans l'avenir.

Ce jeune homme était le neveu de l'un de ces magnats de Nob Hill, qui courent le Stock-Exchange de San Francisco, comme on voit de plus humbles aventuriers, au coin de quelque parc public, jouer le métier d'escamoteur, dés et gobelet en main, à leur profit, s'entend, et pour le désespoir des joueurs.

La chose étant en son pouvoir – et comme il avait un tempérament naturellement reconnaissant –, ce jeune homme conçut le désir de mettre John sur le chemin de la fortune; et ainsi, sans raisonnement ni industrie, sans même comprendre le jeu auquel il prenait part, mais simplement en achetant et en vendant ce qu'on lui disait d'acheter ou de vendre, notre héros gagna quelque onze ou douze mille livres ou, comme il le calcula, un peu plus de soixante-dix mille dollars.

Comment il avait mérité cette richesse et, de même, comment lui avait échu la récente disgrâce qui l'avait frappé chez son père, c'était là un problème qui dépassait sa philosophie.

Il est vrai qu'il avait été un employé actif à la banque, mais pas plus que le caissier, qui avait sept enfants et dont la santé déclinait visiblement.

Et encore la démarche imprudente, qui avait provoqué son enrichissement – cette visite à un claque-dents au moment où il avait en poche ses appointements mensuels –, était-ce là un acte d'une vertu si grande, un de ces actes même de simple sagesse qui semblent mériter la faveur des dieux?

Avec le sens vague de ces considérations et aussi au spectacle de la balance vertigineuse – hauteurs du ciel, profondeurs de l'enfer – sur laquelle les hommes se cramponnent; ou peut-être craignant qu'on pût découvrir les sources de sa fortune en en suivant insidieusement les traces jusqu'à la racine dans le champ même de la monnaie, il conserva sa modeste place, ne souffla mot de sa bonne fortune et se fit ouvrir un compte dans une banque d'un autre quartier de la ville.

Ce secret, tout innocent qu'il semble, fut le point de départ de la seconde tragi-comédie de l'existence de John.

Entre-temps, il n'avait jamais écrit chez lui. Soit défiance, soit honte, par une pointe de ressentiment, ou plus simplement par suite d'une remise perpétuelle de ce soin au lendemain, soit parce que – nous l'avons vu – il n'était pas très habile en littérature, soit encore parce que (comme j'en ai parfois hasardé l'hypothèse) c'est une loi de l'humaine nature qui empêche les jeunes gens – autant dire des animaux – d'accomplir cet acte si simple de piété filiale, John laissa passer des mois et des années sans écrire à Randolph Crescent.

L'habitude de ne pas écrire était, il est vrai, antérieure à la date de sa fortune, et c'était seulement la difficulté qu'il éprouvait à rompre ce long silence qui l'empêchait de restituer présentement l'argent qu'il avait volé ou, selon son expression favorite, qu'il avait *emprunté* à son père.

En vain s'asseyait-il devant son papier, attendant l'inspiration, cette nymphe céleste, loin de lui suggérer les mots « Mon cher père », demeurait obstinément silencieuse.

Alors John froissait la feuille et décidait de porter l'argent en personne dès qu'il aurait « une bonne chance ».

Et ce délai, qui est injustifiable, fut son second pas dans les lacets de la fortune.

Dix ans étaient passés, et John approchait de la trentaine.

Il avait tenu les promesses de son enfance et était

maintenant d'une membrure vigoureuse, inclinant à la corpulence.

Bonne physionomie, grands yeux, air doux, rire facile, une longue paire de favoris roux, une pointe d'accent américain, une très grande familiarité avec la grande plaisanterie américaine et une certaine ressemblance à un R-y-l P-rs-n-ge que je ne nommerai en aucun cas, tel était l'extérieur sous lequel on le voyait dans l'espace.

Au fond, en dépit de son corps énorme et de ses favoris indiscutablement mâles, c'était plutôt une jeune fille qu'un homme de trente ans.

Il arriva, un jour qu'il descendait à l'aventure la Market Street, la veille de sa quinzaine de vacances, que ses yeux furent frappés par certaine affiche de chemin de fer.

Avec une véritable paresse d'esprit, il calcula qu'il pourrait être chez lui pour Noël, s'il partait le lendemain.

Cette pensée détermina chez lui le désir et en un moment, il eut décidé son voyage.

Il avait beaucoup à faire : ses effets à empaqueter, un crédit à toucher à la banque dont il était un client fortuné et quelques opérations à effectuer pour la banque où il n'était qu'un simple employé; et il arriva, conformément à la nature humaine, que de tant d'affaires, la dernière vint à être négligée.

La nuit le trouva donc, non seulement, pourvu de son propre argent, mais (comme dans telle autre circonstance que nous connaissons) porteur de sommes considérables appartenant à autrui.

Or, le même hasard voulut encore que dans sa pension vécut aussi un employé, un honnête garçon qui avait un faible pour la boisson, faiblesse que dans l'occasion je pourrais bien appeler une force, car le malheureux ne dessoulait pas depuis des semaines.

C'est à ce malheureux que John confia une lettre contenant des valeurs adressée au directeur de sa banque.

En le faisant, John crut remarquer un certain air vague dans les yeux et dans les paroles de son homme de confiance; mais il était trop confiant pour s'y arrêter.

Il étouffa les avertissements de sa conscience et, de la même main et du même geste qu'il confiait l'argent à l'employé de banque, il se remit lui-même dans les mains de la destinée.

Je m'attarde, au risque de déplaire, sur les erreurs les plus petites de John.

Son cas est pour rendre perplexes les moralistes, mais nous en avons fini avec ses fautes maintenant.

La série en est terminée.

Le lecteur connaît le pire de notre pauvre héros et je le laisse juge de conclure lui-même qui a le plus de mérites de lui ou de John.

Nous avons à suivre le spectacle d'un homme qui fut le point de mire du malheur; et l'humoriste lui-même ne peut considérer sans pitié les infortunes imméritées de cet homme, de même que le philosophe ne peut y réfléchir sans alarme.

Cette nuit-là même, le commis de banque rentra chez lui dans un tel état d'ivresse qu'il surprit même ses intimes.

Il fut mis aussitôt à la porte de la pension.

Il confia sa valise à un étranger qui ne lui dit pas son nom, et qu'il ne connaissait nullement.

Il erra, il ne sut où, et se retrouva dans un hôpital de Sacramento.

Là, sous l'anonymat du numéro de son lit, l'ivrogne demeura plusieurs jours inconscient de toutes choses, et d'une chose en particulier, que la police était à ses trousses.

Deux mois se passèrent, avant que le convalescent de l'hôpital de Sacramento fût identifié sous le nom de Kirkman, employé en fuite, de San Francisco.

Cette fois encore, il se passa une quinzaine jusqu'à ce que l'on eût rattrapé l'étranger, recouvré la valise et envoyé la lettre de John à sa destination, le cachet encore intact, aussi bien que le contenu.

Entre-temps, John était parti en congé sans avertir, ce qui était irrégulier, et il avait disparu, emportant avec lui une certaine somme d'argent, ce qui ne pouvait demeurer longtemps caché.

Mais on le savait négligent, et on le croyait honnête.

Le directeur, d'ailleurs, l'avait en estime.

On se contenta d'en faire la remarque, avec des sous-entendus, s'entend, jusqu'à ce qu'on eût atteint la fin de la quinzaine et que le temps fût venu pour John de reparaître. Alors, certes, l'affaire commença à sembler louche; et quand on eut fait des enquêtes et découvert que le clerc avait amassé des milliers de dollars et les avait placés secrètement dans un établissement rival, le plus solide de ses amis l'abandonna.

On vérifia ses livres pour y découvrir les traces d'une fraude ancienne et habile, sans résultat d'ailleurs.

Pourtant l'impression générale fut qu'il avait dû voler.

Le télégraphe fut mis en action et le correspondant de la banque à Edimbourg, ville que John avait dû gagner avec d'énormes crédits, reçut l'ordre d'avertir la police.

Or, ce correspondant était un ami de M. Nicholson père et au courant des origines de la fugue malheureuse de John.

Après examen de cette situation, il se hâta de parler de ce scandale, non pas à la police, mais à son ami.

Le vieux gentleman considérait depuis longtemps son fils comme mort.

La place de John dans ses bureaux était occupée par un autre employé.

Le souvenir de ses fautes était déjà devenu comme ces vieilles cendres, qui se réveillent parfois mais dont un effort de la volonté triomphe toujours; et de voir ressusciter ce fils perdu, pour une nouvelle disgrâce, était doublement amer.

– Mac-Ewen, dit le vieillard, cette affaire doit être étouffée, si possible. Si je vous donne un chèque pour cette somme, celle dont ils sont certains, prenez-vous sur vous d'arrêter l'affaire?

– Je veux bien, répliqua Mac-Ewen. Je vais en courir le risque.

– Vous comprenez, résuma M. Nicholson, parlant avec précision, mais les lèvres devenues couleur de cendre. Je fais cela pour ma famille et non pour ce malheureux jeune homme. S'il ressort que ces soupçons sont exacts et qu'il a détourné de fortes sommes, il doit coucher dans son lit tel qu'il l'a fait.

Et alors, fixant Mac-Ewen en branlant la tête et avec l'un de ses étranges sourires :

– Adieu, dit-il.

Et Mac-Ewen, sentant que le cas était trop grave pour donner des consolations, prit lui-même congé et s'en retourna chez lui en bénissant Dieu de n'avoir pas d'enfants.

V

LE RETOUR DU PRODIGUE

L'après-midi de la veille de Noël, John avait déposé sa valise à la consigne.

Il gagnait Princes Street avec une étonnante expansion d'âme, comme ces hommes qui jouissent d'arriver à conclusion sur des thèmes qu'ils ont longuement médités.

Il était de nouveau au pays, incognito et riche.

Maintenant il pouvait rentrer chez son père, grâce à son passe-partout qu'il avait pieusement conservé dans ses voyages.

Il jetterait sur la table l'argent emprunté.

Ce serait la réconciliation, dont il remaniait fréquemment les détails; et il se voyait lui-même, durant le mois suivant, bien accueilli dans de grandes maisons, invité à des parties de dîners froids, prenant part à la conversation avec la liberté de l'homme et du voyageur et faisant la loi en matière de finances avec l'autorité d'un heureux capitaliste.

Mais ce programme ne devait pas être entamé avant le soir, pas avant le dîner qui rassemblerait la famille sur des sièges couverts de roses et où le meilleur vin, ce moderne veau gras, coulerait à flots pour le retour du prodigue.

Entre-temps, John se promenait dans des rues familières.

Beaucoup de souvenirs l'entouraient, les uns tristes, les autres en harmonie avec ses émotions intimes.

L'air subtil et glacé, le soleil d'hiver bas et rose, le château qui semblait l'appeler comme une vieille connaissance, les noms de ses camarades sur les plaques des portes, la vue d'amis de jeunesse qu'il lui semblait reconnaître et qu'il évitait avec empressement dans les rues, le chant agréable de l'accent du Nord, le dôme de l'église Saint-George, qui lui rappelait ses derniers instants de repentir dans le sentier, et ce chant du Roi de gloire dont le nom avait depuis conservé un écho dans le coin le plus obscur de sa mémoire, et les caniveaux où il avait appris à faire des glissades, et la boutique où il avait acheté ses patins, et les pierres sur lesquelles il avait marché, et les palissades sur lesquelles il avait roulé son claquet quand il revenait de l'école, et toutes ces mille et une particularités sans nom que l'œil voit sans s'y arrêter, que la mémoire enregistre sans en prendre connaissance et qui, additionnés les uns avec les autres, reconstituent devant nos yeux ce que nous appelons notre chez-nous; tout cela l'assiégeait, chemin faisant, provoquant en lui à la fois de la joie et de la tristesse.

Sa première visite fut pour Houston, qui avait une maison sur la Terrasse du Régent, maison que jadis une tante gouvernait pour lui.

La porte était ouverte, à sa grande surprise, sur la chaîne, et une voix demanda de l'intérieur ce qu'il désirait.

– Je désire voir M. Houston, M. Alan Houston, dit-il.

– Et qui êtes-vous? répliqua la voix.

« Ceci est bien le plus extraordinaire », pensa John.

Et à haute voix il donna son nom.
– Non, le jeune M. John? cria la voix avec une soudaine exagération de l'accent écossais, qui annonçait des sentiments plus amicaux.
– Lui-même, répondit John.
Le vieux maître d'hôtel supprima ses défenses, se contentant de remarquer :
– Je pensais que vous étiez... cet homme.
Mais son maître n'était pas là.
Il se trouvait, à ce qu'il semblait, à la maison de Murrayfield, et bien que le majordome eût été fort heureux de le remplacer et de donner des nouvelles de toute la famille, John, pris d'un frisson, désirait ardemment sortir.
Seulement, la porte était à peine refermée qu'il regretta de n'avoir pas demandé d'explication au sujet de « cet homme ».
Il ne voulait plus faire de visites avant d'avoir vu son père et d'avoir régularisé sa situation chez lui.
Alan avait été la seule exception et John n'avait pas le temps d'aller à Murrayfield. Mais puisqu'il se trouvait sur la Terrasse du Régent, rien ne l'empêchait de faire le tour de la colline et de jeter un coup d'œil sur la maison Mackenzie.
En route, il réfléchissait que Flora devait être une femme de son âge environ et qu'il était bien possible qu'elle fût mariée : il rejeta ce doute déshonorant avec mépris.
C'était là la maison, certainement, mais la porte était d'une autre couleur, et que signifiaient ces deux plaques de porte?
Il s'approcha.
Celle du haut portait avec une belle simplicité les mots : M. Proudfoot, l'autre était plus significative et informait le passant que c'était ici la demeure de M. J. A. Dunlop Proudfoot, avocat.
Les Proudfoot devaient être riches, car aucun

avocat ne pouvait s'attendre à avoir beaucoup de clientèle dans un quartier si retiré : et John fut pris d'un sentiment de haine pour eux à cause de leur richesse et de leur nom, et par respect pour la maison qu'ils profanaient de leur présence.

Il se rappela avoir vu un Proudfoot à l'école, sans faire sa connaissance; un petit hérisson à face blême, membre méprisable d'une classe inférieure.

Pourrait-ce être cet avorton qui eût grimpé à cette étude d'avocat et vécût à présent dans la maison natale de Flora, dans la maison à laquelle s'attachaient les souvenirs les plus doux de John?

Le frisson, qui l'avait saisi d'abord, quand il apprit l'absence de Houston, devint plus glacial et le pénétra plus intimement.

Un instant, comme il se tenait sous le porche de cette étrange maison et regardait, à l'est et à l'ouest, le long du trottoir de la Royale Terrasse, où pas un chat ne gambadait, une sensation de solitude et de désolation le prit à la gorge, et il commença à désirer d'être à San Francisco.

Et alors le grand air qu'il avait, avec son honorable corpulence, ses favoris, l'argent qu'il avait en poche, l'excellent cigare qu'il fumait en ce moment, vinrent à son secours en l'engageant à faire cette comparaison consolante de son moi présent avec ce gars niais qui, un certain dimanche de printemps, dix ans plus tôt, et durant le silence du service religieux, s'était enfui de cette ville par la route de Glasgow.

Devant ces changements, il eût été impie de douter de la bienveillance de la Fortune.

Tout irait bien désormais.

Il retrouverait les Mackenzie, Flora, plus jeune, plus jolie et plus aimable qu'autrefois.

Il découvrirait son ancien copain Alan. Il aurait tellement réparé sa mauvaise conduite passée qu'il serait devenu, d'une part, un ami estimé de M. Nicholson père et aurait conservé, d'autre part, le brin de bonne humeur que John désirait trouver dans ses compagnons.

Et ainsi, une fois de plus, John se remit à embellir l'avenir : sa première apparition à l'église au banc de famille; sa première visite à son oncle Greig, qui se croyait un si grand financier et sur la valeur duquel John allait éclairer les yeux aveugles d'Edimbourg en la plaçant dans la lumière éblouissante de l'Ouest... et en général les détails de cette scène à transformation incomparable, dans laquelle il allait montrer à tout Edimbourg un gentleman corpulent et heureux dans les souliers du fugitif qui en avait été la risée.

Le temps approchait où son père allait rentrer du bureau et ce serait le tour de l'enfant prodigue de faire son entrée.

John flâna vers l'ouest par Albany Street, faisant face à l'embrasement du couchant, prit plaisir sans savoir pourquoi à se mouvoir dans cet air froid et le crépuscule indigo, étoilé par les réverbères des rues.

Mais un désenchantement de plus l'attendait en route.

Au coin de Pitt Street, il s'arrêta pour allumer un nouveau cigare.

Son allumette-bougie éclaira ses traits d'une vive lumière et un homme d'environ son âge s'arrêta à sa vue.

– Je crois que votre nom doit être Nicholson, dit l'étranger.

Il était trop tard pour éviter cette reconnaissance; et d'ailleurs, comme John était actuellement sur le chemin de chez lui, cela importait peu, et il suivit l'impulsion de sa nature.

Grand Dieu! cria-t-il... Beatson!

Et il lui donna une chaleureuse poignée de main.

On devine qu'il fut payé en bienveillance.

« Ami, vous voilà revenu? dit Beatson. Où avez-vous été durant tout ce temps?

– Aux États-Unis, répliqua John... En Californie. J'y ai fait ma pelote. Et soudain l'idée m'a pris que ce serait un beau coup de venir chez moi pour Noël.

– Je comprends, dit Beatson. Eh bien! j'espère que nous vous verrons maintenant que vous êtes ici.

– Oh! je m'en doute, répartit John, un peu refroidi.

– Eh bien! au revoir, conclut Beatson.

Et il lui redonna une poignée de main et partit.

C'était une cruelle première expérience. Il était inutile de se cacher la réalité.

John était de retour, et Beatson, – ce vieux Beatson, – n'en paraissait pas autrement ému.

Il évoqua le vieux Beatson du passé – ce gars joyeux et affectueux – et leurs exploits et méfaits de compagnie, la fenêtre qu'ils avaient brisée avec une catapulte sur la place India, l'escalade des rochers du château et beaucoup d'autres liens inappréciables d'amitié.

Sa surprise pénible devint plus profonde.

Eh bien! après tout, c'était seulement sur un membre de sa famille qu'il pouvait compter.

Le vieux proverbe lui revint à la mémoire : Le sang est plus dense que l'eau.

Le résultat de cette rencontre fut de le conduire jusqu'au seuil de la porte de la maison de son père, le cœur débordant de sentiments plus tendres et plus doux.

La nuit était venue.

Au-dessus de la porte, le fanal brillait.

Les deux fenêtres de la salle à manger, où la table était mise, et les trois fenêtres du salon, où Maria attendait le dîner, répandaient une clarté atténuée par les persiennes.

C'était comme une vision du passé.

Tout le temps de son absence, la vie était allée ici du même pas et les feux et le gaz avaient été allumés et les repas servis aux heures habituelles.

A l'heure accoutumée, aussi, la cloche avait sonné trois fois pour appeler la famille au culte.

Et à cette pensée, un accès de remords, à cause de son indignité, le saisit.

Il se souvint que ces choses étaient bonnes et qu'il les avait négligées, et qu'il avait aimé, au contraire, les choses mauvaises; et ce fut avec une prière sur les lèvres qu'il monta les escaliers et glissa la clé dans le trou de la serrure.

Il s'avança dans le hall éclairé, ferma doucement la porte derrière lui et resta là figé d'étonnement.

La surprise qu'il aurait éprouvée devant un spectacle étrange ne saurait égaler la sienne à la vue de cet intérieur qui lui était aussi familier qu'autrefois.

Voilà le buste de Chalmers [1] à côté de la balustrade de l'escalier.

La brosse à habits se trouvait à la même place; et là, sur le portemanteau étaient accrochés des chapeaux et des vêtements qui devaient être les mêmes selon son souvenir.

Dix ans glissaient de sa vie comme une épingle entre les doigts; et l'océan et les montagnes et les

1. Thomas Chalmers (1780-1847), prédicateur, théologien et philanthrope. *Ses œuvres complètes*, en 25 volumes, ont été publiées en 1835; *ses œuvres posthumes*, en 9 volumes, ont paru en 1847. *Ses sermons* ont été traduits en français par Edmond Diodati. Carlyle, qui fut son ami, a vanté sa dignité naturelle, sa modestie et sa haute intelligence. L'Église libre, dont il fut un des créateurs, conserve pieusement sa mémoire.

mines et les marchés populeux et les races mêlées de San Francisco et sa propre fortune et ses malheurs, lui apparaissaient en ce moment, comme les images d'un songe passé.

Il se découvrit et se dirigea mécaniquement vers le portemanteau.

Là, il constata un petit changement qui lui parut grand.

Le crochet, qui avait été le sien depuis son enfance, où il lançait sa toque de Balmoral quand il rentrait de l'Académie, et son premier chapeau quand il revenait gaiement du collège ou du bureau, son crochet était occupé.

« Ils auraient pu au moins respecter mon crochet », pensa-t-il.

Et il en fut ému comme d'un manque d'égards, et il commença alors à se souvenir qu'il était un instrus céans, dans une demeure étrangère, dans laquelle il était entré presque par effraction et où à tout moment il pouvait être scandaleusement arrêté.

Il s'avança alors, le chapeau encore à la main, à la porte de la chambre de son père, l'ouvrit et y pénétra. M. Nicholson était à la même place et dans la posture qu'il avait le dernier dimanche matin où il l'avait vu.

Seulement, il était plus vieux, plus gris, plus sévère; et quand il leva les yeux et rencontra le regard de son fils, une étrange émotion et une sombre rougeur lui montèrent au visage.

– Père, dit John posément et même joyeusement, car c'était un moment pour lequel il s'était préparé depuis longtemps. Père, me voici, et voici l'argent que je vous ai pris. Je reviens pour vous demander pardon et passer Noël avec vous et avec les enfants.

– Reprenez votre argent, dit le père, et partez!

– Père! cria John. Pour l'amour de Dieu, ne me

recevez pas de cette façon. Je suis venu pour...

– Me comprenez-vous? interrompit M. Nicholson. Vous n'êtes pas mon fils; et devant Dieu, je me lave les mains de vous. Je ne vous dirai qu'une dernière chose : je ne vous donnerai qu'un avertissement. Tout est découvert et vous êtes poursuivi pour vos crimes. Si vous êtes encore libre c'est grâce à moi, mais j'ai fait tout ce que je pouvais faire; et à partir de cet instant, je ne lèverai pas un doigt, non, pas un doigt, pour vous sauver de la potence! Et maintenant, acheva le père avec un grave accent d'autorité absolue et un simple geste imposant du doigt, et maintenant, allez!

VI

LA MAISON DE MURRAYFIELD

Comment John passa-t-il la soirée, dans quelle confusion orageuse d'esprit, dans quelle tempête de colère et dans quelle accalmie de prostration, dans quelle lente promenade à travers les rues et dans quelles pauses en quels cabarets, ce serait peu intéressant à conter.

Sa douleur, si elle ne croissait pas, ne tendait cependant pas à diminuer; car, à mesure que son chagrin et son indignation tombaient, la peur prenait leur place.

D'abord, les paroles menaçantes de son père demeurèrent dans quelque tiroir de sa mémoire, attendant leur heure.

D'abord, John fut tout rempli d'affection et illuminé d'espoir; puis sa vanité, qui venait d'être blessée, lui montait à la tête avec la cuisson de vingt balafres, et il renia son père, comme son père l'avait renié.

Qu'était-ce que cette régularité de vie que John avait admirée? ces vertus toutes mécaniques dont l'amour était absent?

La bonté, c'est la preuve de la vertu; la bonté, c'en est le but et l'âme; et, jugé à cette mesure, le prodigue chassé de la maison paternelle, qui maintenant noyait ses soucis et sa raison dans des petits verres consécutifs, était une créature d'une moralité plus aimable que son père si irréprochable.

Oui, il était un meilleur homme.

Il le sentait, s'animait en le constatant et, entrant dans un cabaret au coin de la place Howard, où il avait rôdé quelque peu, il but un verre à la santé de ses vertus, peut-être le quatrième depuis son renvoi de Randolph Crescent.

Il ne le remarqua pas, il ne prenait garde ni à ce qu'il faisait ni où il allait, et demeurait au milieu de la surexcitation de ses nerfs, inconscient de l'approche de l'ivresse.

A la vérité, resterait à savoir s'il s'enivrait réellement ou si plutôt les spiritueux n'allaient pas le rendre à son sens rassis.

Car ce fut justement au moment qu'il vidait son dernier verre que les paroles ambiguës et menaçantes de son père, sortant brusquement de leur retraite dans sa mémoire, le firent tressaillir comme une main qui se serait posée sur son épaule.

– Crimes, poursuivi, potence.

C'étaient des mots affreux aux oreilles d'un homme innocent, oui, peut-être les mots les plus affreux; car si quelque erreur judiciaire s'attaquait à lui, qui pourrait l'enrayer, qui pourrait l'empêcher de se développer, jusqu'où elle pourrait s'étendre?

Certainement ce ne serait pas John.

Il ne croyait pas à la puissance de l'innocence, son expérience passée l'en empêchait; et ses appréhensions, déjà une fois affaiblies, croissaient d'heure en heure et le pourchassaient par les rues de la ville.

Il était peut-être près de neuf heures du soir.

Il n'avait rien mangé depuis le lunch, il avait beaucoup bu, et il était épuisé d'émotion, quand la pensée de Houston lui vint à l'esprit.

Il se tourna vers cet homme, non pas comme vers un ami, mais plutôt vers sa maison comme vers un lieu de refuge.

Le danger, qui le menaçait, était encore si vague qu'il ne savait ni ce qu'il avait à craindre ni en quel endroit il devait particulièrement le craindre; mais il lui parut évident qu'une maison privée était un asile plus sûr qu'une auberge.

Poussé par ces réflexions, il retourna à la Caledonian Station, pénétra, non sans alarme, dans la lumière brillante de ses abords, retira sa malle de la consigne et roula bientôt dans un cab sur la route de Glasgow.

Le changement de mouvement et de position, la vue des réverbères qui clignotaient derrière lui, l'odeur de paille humide, moisie et pourrie, qu'exhalait le véhicule, provoquaient en lui d'étranges alternatives de lucidité et de vertige mortel.

« J'ai bu, découvrit-il. Je dois aller tout droit me coucher et dormir. »

Et il remercia le ciel de la somnolence qui envahissait son esprit.

Il fut éveillé d'un de ces vagues assoupissements par l'arrêt de la voiture; et sautant à bas, il se trouva dans une rue assez semblable à une route de campagne.

Le dernier réverbère du faubourg brillait à quelques pas plus bas et les hauts murs d'un jardin se dressaient devant lui dans les ténèbres.

Le Lodge (c'était le nom de cet endroit) était en effet très solitaire.

Au sud, il touchait à une autre maison, mais il en était séparé par un si grand jardin qu'il n'en était pas à portée de voix.

De tous les autres côtés, des champs ouverts s'étendaient en montée jusqu'aux bois de Corstorphine Hill, ou descendaient jusqu'aux vallons de

Ravelston, ou tout en bas jusqu'à la vallée de la Leith.

L'effet de solitude était encore accru par la grande hauteur des murs du jardin qui ressemblaient à ceux d'un couvent et, comme John l'avait éprouvé autrefois, défiaient l'escalade d'un écolier.

La lanterne du cab jetait de la clarté sur la porte et sur la poignée sombre de la sonnette.

– Dois-je sonner pour vous? dit le cocher, qui était descendu de son siège et se frappait la poitrine, car la nuit était glaciale.

– Je vous en prie, répondit John, portant la main à son front dans un accès de vertige.

L'homme tira la poignée et le tintement de la sonnette retentit au loin dans le jardin.

Il sonna à deux et trois reprises, suffisamment espacées.

Les sons tombaient aigus et brefs dans le grand silence glacial de la nuit.

– Attendez-vous? demanda le conducteur, avec cet air d'intérêt familier qui convenait bien à son visage haut en couleur.

Et quand John lui eut répondu non :

– Eh bien, alors, dit le cocher, si vous voulez suivre mon avis, nous allons rebrousser chemin. Et c'est sans intérêt pour moi, remarquez-le bien, car mes écuries sont sur la route de Glasgow.

– Les domestiques doivent entendre.

– Bah! dit le conducteur. Il n'amène aucun domestique, ici, Monsieur. Ils sont tous dans sa maison de la ville. Je le conduis souvent, M. Houston. C'est une espèce d'ermitage, ici.

– Donnez-moi la sonnette, dit John.

Et il tira dessus comme un désespéré.

Le bruit n'en était pas encore éteint qu'ils entendirent des pas sur le gravier et une voix d'une irritabilité singulièrement nerveuse qui leur cria à travers la porte :

– Qui êtes-vous et que voulez-vous?

– Alan, dit John, c'est moi, c'est Fatty-John, vous savez. Je reviens au pays et je suis venu demeurer avec vous.

Il n'y eut aucune réponse d'abord, puis la porte s'ouvrit.

– Déchargez la malle, dit John au cocher.

– N'cn faites rien, dit Alan.

Et s'adressant à John :

– Entrez ici un instant. Je désire vous parler.

John pénétra dans le jardin et la porte se referma derrière lui.

Une chandelle était posée sur l'allée de graviers et clignotait dans les ténèbres.

Elle jetait des étincelles intermittentes sur le massif de houx. Tour à tour elle lançait des éclats de lumière et replongeait dans l'obscurité les traits d'Alan comme s'ils étaient enveloppés d'un voile profilant derrière lui son ombre mourante.

Tout, autour d'eux, restait impénétrable aux regards; et le cerveau plein de vertige de John flottait comme l'ombre.

Pourtant, il s'aperçut que Alan était pâle et que sa voix, quand il parlait, n'était pas naturelle.

– Qu'est-ce qui vous amène ici la nuit? demanda-t-il. Je ne voudrais pas, Dieu le sait, vous paraître brutal, mais je ne puis vous recevoir, Nicholson, je ne le puis absolument pas.

– Alan, dit John, vous venez pourtant de me faire entrer. Vous ne savez pas dans quel embarras je me trouve. Les gens de mon père m'ont mis à la porte et je n'ose plus me montrer dans une auberge, parce qu'ils sont à ma poursuite pour une affaire de meurtre ou autre chose.

– Pour quoi? cria Alan dans un soubresaut.

– Pour un assassinat, je crois, dit John.

– Assassinat! répéta Alan.

Et il se passa la main sur les yeux.

– Que disiez-vous à l'instant? demanda-t-il encore.

– Qu'ils sont à ma poursuite, dit John. Je suis accusé de meurtre, je ne comprends pas pourquoi; je viens de passer une journée vraiment épouvantable, Alan, et je ne puis pas dormir sur le bord de la route par une nuit semblable... Et puis ma malle, plaida-t-il.

– Chut! dit Alan, la tête tendue de côté.

Et ensuite il demanda :

– N'avez-vous rien entendu?

– Non, dit John, tremblant sans savoir pourquoi d'une peur vague que lui communiquait cette question. Non, je n'ai rien entendu! Pourquoi?

Et ensuite, comme il restait sans réponse, il revint à son plaidoyer.

– Mais je disais, Alan, vous venez de me faire entrer. J'irai me coucher tout droit si vous êtes occupé. Je semble avoir bu; c'est cela qui m'a abattu. Je ne vous renverrai pas, moi, Alan, s'il vous arrivait malheur.

– Non? repartit Alan. Eh bien, moi non plus. Venez, nous allons prendre votre malle.

Il paya le cocher qui partit au trot et descendit la colline sous la clarté des réverbères, et les deux amis demeurèrent sur la piste réservée aux piétons à côté de la malle, jusqu'à ce que le roulement des roues se fût éteint dans le silence.

Il sembla à John qu'Alan attachait de l'importance au départ de la voiture; et John, qui n'était pas en état de juger une question quelconque, partagea complètement le sentiment de son ami.

Quand le silence fut rétabli, Alan chargea la valise sur ses épaules, la transporta à l'intérieur du jardin et en referma à clef la porte.

Puis, une fois de plus, il sembla s'abstraire dans ses pensées et demeura la main sur la clef jusqu'à ce que le froid commençât à mordre le bout des doigts de John.

– Pourquoi demeurez-vous là? demanda celui-ci.

– Hein! fit Alan avec confusion.

– Eh bien, mon cher, vous ne semblez pas vous-même, dit l'autre.

– Non, je ne suis pas dans mon assiette, repartit Alan.

Et il s'assit sur la malle et prit sa tête dans ses mains.

John resta à côté de lui, se dandinant un peu et regardant autour de lui les ombres mouvantes, les étincelles rapides et les étoiles immobiles au-dessus de sa tête, jusqu'à ce que le froid sans vent commençât à transir, à travers ses vêtements, la peau nue.

L'étonnement commençait même de s'éveiller dans son esprit égaré.

– Dites donc, si l'on entrait chez vous! dit-il enfin.

– Oui, entrons, répéta Alan.

Et il se leva de nouveau, rechargea la malle sur ses épaules et prenant la bougie de l'autre main, s'avança vers le Lodge.

C'était une bâtisse longue et basse qui étouffait sous un revêtement de plantes grimpantes; et, à cette heure, à part quelques rayons de lumière filtrant par les persiennes de la salle à manger, elle était plongée dans l'obscurité et le silence.

Une fois dans le hall, Alan alluma une autre bougie, la donna à John et ouvrit la porte d'une chambre à coucher.

– Ici, dit-il, allez vous coucher. Ne vous inquiétez pas de moi, John. Vous serez affligé pour moi, quand vous saurez.

– Attendez un instant, répliqua John; j'ai eu froid à rester dehors si longtemps. Entrons dans la salle à manger, une minute, je vous prie. Juste le temps de boire un verre pour me réchauffer, Alan.

Sur la table du hall, il y avait sur un plateau un verre et une bouteille portant une étiquette de whisky.

Il était évident que la bouteille venait d'être débouchée, car le bouchon et le tire-bouchon gisaient à côté.

– Prends cela, dit Alan, passant à John le whisky.

Et alors, avec une certaine rudesse, il poussa son ami dans la chambre et ferma la porte derrière lui.

John demeura stupéfait.

Puis il secoua la bouteille et s'aperçut avec stupeur qu'elle était presque vide.

On en avait bu trois ou quatre verres.

Alan devait avoir débouché une bouteille de whisky et en avoir bu trois ou quatre verres coup sur coup, sans s'asseoir, car il n'y avait pas de chaise, et cela par cette nuit glaciale, dans son propre vestibule glacé.

Cela expliquait totalement ses excentricités, réfléchit John avec bon sens, en se faisant un grog.

Pauvre Alan!

Il était soûl : quelle terrible chose c'était de boire et quel esclavage c'était pour le pauvre Alan de boire de cette façon, sans compagnon et sans confort!

L'homme qui peut boire seul, en dehors d'une raison de santé, comme le faisait alors John, c'était un homme complètement perdu.

John but le grog. Il se sentit plus brumeux, mais se réchauffa.

C'était un travail difficile que d'ouvrir la malle et d'y trouver ses effets de nuit; et avant qu'il eût eu le temps de se déshabiller, le froid l'avait ressaisi.

« Allons, se dit-il, encore une goutte! Il n'y a pas de raison de se rendre malade en plus de tant d'autres chagrins. »

Et immédiatement un sommeil sans rêve s'empara de lui.

Il faisait jour, quand John s'éveilla.

Le bas soleil d'hiver était déjà dans le ciel, mais sa montre était arrêtée et il lui fut impossible de deviner l'heure exacte.

« Dix heures », supposa-t-il.

Et il s'habilla en hâte.

Des réflexions moroses assiégeaient son esprit. Mais c'était moins de la terreur que du regret qu'il éprouvait en ce moment; et ce regret se mêlait de l'angoisse déchirante du remords.

Un coup venait de le frapper, cruel certes, mais juste châtiment de son ancienne mauvaise conduite, et il s'était révolté et plongé dans de nouvelles fautes.

La verge avait été employée pour le châtier et elle avait mordu les doigts.

Son père avait raison.

John l'avait justifié.

John n'était pas un hôte qu'on pût recevoir chez des gens honnêtes, il n'était pas un compagnon qui convînt pour les enfants d'honnêtes gens.

Et cette allusion à peine déguisée visait le cas de son vieil ami.

John n'était pas un ivrogne; bien qu'il bût parfois à l'excès, et l'image de Houston buvant des liqueurs fortes à la table de son hall provoqua en lui comme une impression de dégoût.

John hésitait à se rencontrer avec lui.

Il allait jusqu'à désirer n'être pas venu à Alan, et pourtant maintenant même comment ferait-il autrement?

Cette méditation l'absorba pendant qu'il s'habillait. Elle l'accompagna dans le vestibule de la maison.

La porte était ouverte sur le jardin.

Sans doute, Alan était sorti; et John fit comme il supposait que son ami avait fait.

Le sol était dur comme fer, le froid encore rigoureux.

Comme il effleurait les branches, en se glissant au milieu des houx, des glaçons s'entrechoquaient et brillaicnt dans leur chute; et partout où il allait, une volée de moineaux avides le suivait.

Il faisait une température de Noël par cette matinée de Noël, qui arrivait enfin à la grande joie des enfants.

C'était le jour des réunions de famille, le jour, qu'il avait prévu depuis si longtemps, où il pensait s'éveiller dans son propre lit à Randolph Crescent, réconcilié avec tous les hommes et remettant ses pas dans les pas de sa jeunesse.

Et voici qu'il était seul à se promener par les allées d'un jardin d'hiver, seul et travaillé par les remords qui assaillaient son âme.

Et cela le rappela à la réalité, pourquoi était-il seul? Et où était Alan?

La pensée de ce matin de fête, et des salutations, qu'on se doit en ce jour, réveilla en lui le désir de voir son ami et il se prit à l'appeler par son nom.

Comme le son de sa voix s'éteignait, dans le grand silence qui l'environnait!

Malgré les gazouillis des passereaux et le craquement de ses pieds sur la neige gelée, le monde entier de l'air, sans souffle ni brise, l'enveloppait de léthargie et le silence pesait sur son esprit avec l'horreur de la solitude.

Il appela encore de temps en temps, mais à voix modérée.

Il fit hâtivement le tour du jardin et, ne trouvant ni homme ni traces d'homme dans tous ces couverts de verdure, il retourna enfin à la maison.

Autour d'elle, le silence semblait étrangement plus profond.

La porte, certes, était ouverte comme auparavant; mais les fenêtres étaient fermées par les persiennes, les cheminées ne tachaient l'air lumineux d'aucun filet de fumée.

Il ne résonnait aucun de ces bruits sourds que perçoit plutôt l'oreille de l'esprit que l'oreille du corps, et par lesquels une maison trahit la présence de ses habitants.

Et pourtant Alan devait être là.

Alan était plongé dans un sommeil d'ivrogne, oublieux du retour du jour, de la saison du houx et de l'ami qu'il avait reçu si froidement et qu'il négligeait maintenant avec tant de grossièreté.

Le dégoût de John redoubla à cette pensée; mais sa faim devenait plus grande que sa répulsion et pour déjeuner il devait nécessairement trouver et éveiller le dormeur.

Il fit le tour des pièces.

Toutes, jusqu'à ce qu'il arrivât à la chambre d'Alan, étaient fermées du dehors et portaient les marques d'un abandon prolongé.

Mais la chambre d'Alan était une chambre habitée, pleine d'habits, de bibelots, de lettres, de livres et des commodités d'un homme solitaire.

Le feu avait été allumé; mais il était éteint depuis longtemps et les cendres étaient refroidies.

Le lit avait été fait: on n'avait pas dormi dedans.

De pire en pire, alors!

Alan avait dû s'écrouler là où il se trouvait assis et maintenant il était allongé, sans doute, sur le plancher de la salle à manger.

La salle à manger était une pièce très longue traversée par un corridor

John, à son entrée, n'était que très peu éclairé, et il dut avancer vers la fenêtre les bras tendus, cherchant à tâtons les meubles et s'y heurtant.

Soudain il buta et tomba de toute sa longueur sur un corps étendu.

Il cogna rudement ce qu'il voulait éviter et il s'étonna qu'un coup si brutal n'eût pas arraché un grognement à l'ivrogne.

Il y avait des hommes qui s'étaient tués par de semblables excès, mort lugubre et honteuse, dont l'évocation fit frissonner John.

Si Alan était mort?

Ah! ce serait là un jour de Noël!

Sur ce, John posa la main sur les persiennes et, les écartant, contempla de nouveau la clarté bénie du jour.

Même à cette lumière la pièce avait un aspect peu confortable.

Les chaises étaient éparpillées et l'une d'elles avait été renversée; la nappe, mise comme pour un dîner, était toute tirée sur un côté et quelques plats étaient tombés sur le plancher.

Derrière la table gisait l'ivrogne, qui dormait toujours, un seul de ses pieds étant visible pour John.

Maintenant que la pièce était éclairée, le pire semblait passé.

C'était quelque chose de répugnant, mais rien de plus; et ce fut sans grande appréhension que John s'avança pour faire le tour de la table.

Ce fut son dernier moment de tranquillité relative pour toute cette journée.

Il n'eut pas plus tôt tourné le coin, ses yeux n'eurent pas plus tôt regardé le corps, qu'il poussa un cri étouffé et, suffoquant, il se sauva de la chambre et de la maison.

Ce n'était pas Alan qui gisait là, mais un homme âgé, d'aspect rude, les cheveux bouclés gris fer, et ce n'était pas un ivrogne, car le corps gisait dans une mare de sang et les yeux ouverts fixaient le plafond.

John allait et venait devant la porte.

L'air extrêmement vif agissait sur ses nerfs comme un astringent et les tendait vivement.

Tandis qu'il continuait à se promener ainsi sans but et sans propos, les images devenaient plus claires et demeuraient plus longtemps dans son imagination; ensuite la faculté de penser lui revint et l'horreur et le danger de sa situation le figèrent dans l'immobilité.

Il se prit le front et, fixant le gravier, rapprocha ce qu'il savait de ce qu'il soupçonnait.

Alan avait assassiné quelqu'un : peut-être cet homme à qui le majordome fermait la porte à la Terrasse du Régent; peut-être un autre, en tout cas quelqu'un.

L'homme avait été assassiné et son sang croupissait sur le plancher.

C'était la raison de la beuverie de whisky dans le corridor, de son mauvais accueil à John, de la conduite étrange d'Alan et de ses paroles égarées.

Voilà pourquoi il avait tressailli et... vibré si étrangement au mot de meurtre.

Voilà pourquoi il s'était attardé debout et avait tendu l'oreille, pourquoi il s'était assis et s'était couvert les yeux, dans la nuit noire.

Et maintenant il était parti; il avait fui lâchement; et John restait l'héritier de toutes ses perplexités et de tous les dangers qu'il courait.

– Laissez-moi penser, laissez-moi penser, dit-il à voix haute, avec impatience, avec un ton de plaidoirie comme s'il se fût adressé à quelque interrupteur sans pitié.

Dans son trouble d'esprit, mille suppositions, mille espoirs, mille menaces et mille terreurs lui bourdonnaient aux oreilles et il ressemblait à un homme plongé dans le brouhaha d'une foule.

Pourquoi s'attardait-il à considérer – lui qui

n'avait aucune pensée à perdre – qu'il était lui-même l'auteur aussi bien que le théâtre d'une telle confusion?

Dans les heures d'épreuve l'équilibre de la nature humaine est rompu : l'anarchie lui succède.

Il était évident qu'il ne pouvait rester plus longtemps où il était, car il y avait matière à une nouvelle erreur judiciaire dans cette affaire.

Mais rien ne lui indiquait l'endroit où il devait aller, car la première erreur judiciaire, aussi vague qu'un nuage, lui semblait remplir le monde habitable.

Elle le surveillait, dans son plein développement, à Édimbourg.

Elle avait dû naître à San Francisco.

Elle montait la garde, sans doute, comme un dragon, à la banque où il avait à réaliser son crédit; et bien qu'il y eût sans doute beaucoup d'autres endroits, qui donc pouvait dire dans lequel elle ne serait pas à le guetter?

Non, il ne savait où il devait aller.

Il ne devait pas perdre de temps sur ces questions insolubles.

Il était évident qu'il ne pouvait rester plus longtemps là où il était.

Il était évident, aussi, qu'il ne devait pas s'enfuir, comme il était, car il ne pouvait pas porter sa malle, et fuir sans l'emporter, c'était s'embourber davantage.

Il devait partir, quitter cette maison sans gardien, trouver une voiture et retourner – retourner après une absence?

En aurait-il le courage?

Juste à ce moment-là il remarqua une tache de la largeur de la main sur la jambe de son pantalon et tendit le doigt pour l'atteindre.

Son doigt se tacha de rouge : c'était du sang.

Il le regarda avec dégoût, effroi et terreur, et sous l'influence de cette nouvelle sensation, suraiguë, il se décida instantanément à agir.

Il se lava le doigt dans la neige, retourna à la maison, s'avança à pas silencieux jusqu'à la porte de la salle à manger et la ferma à clef.

Puis, il respira un peu librement, car ici enfin il y avait une barrière de chêne entre lui et ce qu'il craignait.

Ensuite, il se dirigea hâtivement vers sa chambre, arracha son pantalon taché, qui semblait à ses yeux une corde faite pour l'attacher à la potence, le jeta dans un coin, en mit un autre, fourra ses effets de nuit dans sa valise sans prendre le temps de souffler, la ferma à clef, la souleva avec effort du sol et avec un soupir de soulagement sortit de nouveau sous le ciel libre.

La valise était de fabrication américaine et pour cette raison elle n'était pas légère comme une plume.

Elle avait eu raison du robuste Alan.

Quant à John, il était écrasé sous sa masse et il ruisselait de sueur.

Il dut la poser à terre par deux fois pour se reposer avant d'atteindre la porte cochère; et, quand il fut arrivé là, il dut faire comme Alan et s'asseoir sur un coin du portemanteau.

Il y demeura tout haletant; mais ses pensées étaient sensiblement allégées; maintenant que sa valise était tout à côté de la porte, sa séparation de la maison du crime était effectuée en partie et le cocher n'avait pas besoin de dépasser le mur du jardin.

Il était étonnant comme cette idée le remontait.

La maison, à ses yeux, était un endroit de nature à frapper au premier abord de soupçons le spectateur, tant il semblait que les fenêtres elles-mêmes criaient au meurtre.

Mais il n'y a pas de rémission aux coups du destin.

Comme John s'était assis pour prendre haleine à l'ombre du mur, tandis que des moineaux sautillaient autour de lui, il arriva que son œil se fixa sur la fermeture de la porte : et ce qu'il vit le fit se lever sur ses pieds.

Le loquet fermait par un ressort; quand la porte était fermée, le pêne tombait de lui-même et sans clef il était impossible d'entrer de l'extérieur.

Il se vit entre ces deux alternatives désagréables et dangereuses : ou bien de fermer la porte et de poser sa malle au bord de la route, ce qui paraîtrait étrange aux passants, ou de laisser la porte entrebâillée, ce qui permettrait à un voleur ou à un écolier en vacances de pénétrer dans la propriété et de découvrir l'horrible secret.

Son esprit inclinait au dernier parti, comme au moins désespéré, mais il dut d'abord s'assurer qu'il n'était pas observé.

Il sortit dehors pour examiner la route jusqu'au bas de la descente.

Elle était déserte.

Il alla au coin du chemin de traverse qui vient de Dean; il n'y avait pas de passants en vue.

C'était évidemment maintenant ou jamais « la marée haute », le moment favorable pour son entreprise.

Il tira la porte autant qu'il put, glissa un caillou dans la fente et descendit la colline, en quête d'une voiture.

A mi-chemin, une porte s'ouvrit et une troupe d'enfants s'élança dehors avec une joie folle, accompagnés moins bruyamment par une mère souriante.

« Et c'est Noël », pensa John.

Et il en rit tout haut dans la tragique amertume de son cœur.

VII

UNE TRAGI-COMÉDIE DANS UN CAB

A la hauteur de l'hôpital Donaldson, John eut la bonne fortune d'apercevoir un cab à grande distance et, après force mouvements des bras, d'attirer l'attention du cocher.

Il estima cela une bonne fortune, car le temps lui durait jusqu'à ce qu'il en eût fini avec le Lodge; et plus il mettrait de temps à découvrir une voiture, plus la chance grandissait que l'inévitable découverte se produisît et qu'à son retour il trouvât le jardin plein de voisins déchaînés...

Pourtant, quand le véhicule l'eut rejoint, il éprouva un vif mécontentement en reconnaissant le cocher haut en couleur de la nuit précédente.

« Voici, ne put-il s'empêcher de songer, voici un nouveau chaînon de l'erreur judiciaire. »

Le cocher, de son côté, fut bien aise de tomber de nouveau sur un client aussi généreux; et comme c'était un homme, le lecteur doit s'en être déjà aperçu, de manières libres, pour ne pas dire familières, il s'engagea de nouveau dans une conversation amicale avec John, s'étendit en commentaires sur le temps, sur la sainte solennité du jour, qui lui apparaissait surtout sous les espèces d'une occasion de gratifications libérales, sur la chance qui le faisait rencontrer un agréable client et sur le fait que John était (comme il lui plaisait d'appeler cela) visiblement en ribouldingue la nuit précédente.

« Vous avez terriblement sale tête aujourd'hui, monsieur, dois-je vous dire, continua-t-il. Rien de tel qu'un petit verre pour vous remonter, si vous voulez m'en croire; et comme c'est Noël, je n'ose pas dire, ajouta-t-il avec un sourire paternel, que j'en prendrais bien un aussi. »

John l'avait écouté, le cœur malade.

– Je vous paierai un verre quand nous serons à destination, dit-il, affectant une gaieté qu'il n'éprouvait pas du tout, et pas seulement une goutte alors! Mais les affaires d'abord, et le plaisir ensuite.

Sur cette promesse, le cocher se décida à grimper sur son siège et à conduire John, après de fastidieuses réflexions, à la porte du Lodge.

Il n'y avait pas signe d'une émotion du public.

Deux hommes causaient à quelques pas de là, et leur présence, remarquée de loin, fit se précipiter le pouls de John.

Il aurait dû s'épargner cette terreur, car les deux hommes étaient perdus dans quelque dispute de subtilité théologique et, la lèvre supérieure tendue et les doigts énumérant, ils poursuivaient la matière de leur différend sans faire la moindre attention aux arrivants.

Mais le cocher se sentit comme piqué par des épines.

Rien ne put le faire rester sur son siège, il dut sauter en bas, fit des commentaires sur le caillou glissé dans l'entrebâilllement de la porte, qu'il considéra comme un expédient ingénieux mais peu sûr, aida John à porter la valise et égaya l'incident d'un flot de paroles et spécialement de questions, que je résume ainsi :

« Il n'est donc pas là?... Non? Oh! c'est un homme

excentrique – un fameux original – passez-moi l'expression... Très tracassier pour ses tenanciers, m'ont-ils raconté... J'ai conduit la famille pendant des années... Je conduisais une voiture à l'enterrement de son père... Quel est votre nom?... Je crois vous reconnaître. Baigrey, dites-vous? Il y avait des Baigrey aux environs de Gilmerton... en étiez-vous?... Alors, c'est la valise d'un ami, n'est-ce pas?... Pourquoi?... Parce qu'il y a écrit dessus Nicholson! Oh! si vous vous mettez en colère, c'est une autre histoire! Waverley Bridge!... Vous partez donc? »

C'est ainsi que l'amical pochard bavardait, questionnait et faisait tressaillir le cœur de John.

Mais à ces bavardages comme à tous les autres malheurs sous le soleil, il y a un terme, et la victime des circonstances commença enfin à rouler vers la gare terminus de Waverley Bridge.

Pendant le trajet, il se tint assis, glaces levées, dans le froid glacial et l'odeur fétide et moisie de la voiture, et il regardait dehors, le long des rues, l'aspect des choses en ce jour de fête, les boutiques fermées et la foule sur le trottoir, à peu près comme le condamné, dans la charrette de Tyburn, doit regarder le rassemblement de foule qui se forme pour son exécution.

A la gare, ses esprits lui revinrent.

Une nouvelle étape de sa fuite s'achevait heureusement : il commença à se rasséréner.

Il appela un commissionnaire et lui fit porter sa valise à la consigne.

Non qu'il eût quelque notion du temps qui restait à courir; la fuite, la fuite immédiate, c'était son but, sans rien plus; mais il avait décidé de renvoyer le cocher avant de désigner, et même de choisir, son lieu de destination et de priver ainsi l'Erreur judiciaire d'un nouvel atout.

C'était le but qu'il proposait à son adresse et, maintenant un pied sur le pavé et l'autre encore sur le marchepied de la voiture, il se hâta de mettre la chose en pratique et plongea sa main dans la poche de son pantalon.

Il n'y avait rien dedans!

Oh! oui, en ce moment, il méritait un blâme.

Il aurait dû s'en souvenir.

Quand il avait enlevé son pantalon taché de sang, il aurait dû vider ses poches et ne pas y laisser sa bourse.

Pesez son erreur et, puis, comparez-la avec son châtiment.

Concevez sa nouvelle situation, car je manque de mots pour la dépeindre.

Concevez-le, obligé de retourner à cette maison, dont la seule pensée le révoltait, obligé de s'exposer, une fois de plus, à être arrêté sur la scène même du méfait.

Concevez-le, attaché à la voiture moisie et à son cocher dont la révoltante familiarité le choquait.

John maudit le cocher en silence, et ensuite, il lui vint l'idée qu'il devait faire enregistrer sa valise et se tenir à portée, et il se retourna pour rappeler le porteur. Mais si rapides qu'elles semblent, ces réflexions l'occupèrent probablement plus longtemps qu'il ne le supposait, et l'homme revenait déjà avec le reçu.

Eh bien! le sort en était joué. Il avait aussi perdu sa valise; car la pièce de six pences, avec laquelle il avait payé le droit de dépôt de Murrayfield, était une pièce qui se trouvait par hasard dans la poche de son gilet et, à moins qu'il ne tentât encore avec succès l'aventure de la maison du crime, sa valise resterait éternellement en gage à la consigne, faute d'un malheureux penny.

Et alors, il se ressouvint du porteur, qui se tenait

devant lui dans une attitude suggestive, des mots de remerciement sur les lèvres.

John fouillait ses poches de droite et de gauche. Il trouva une pièce, et pria Dieu que ce fût un souverain, la sortit de sa poche, reconnut un demi-penny et le tendit au porteur.

L'homme laissa tomber de ses lèvres :

– Rien qu'un demi-penny! dit-il abandonnant brusquement le ton de politesse coutumière des employés de chemin de fer.

– Je le sais, dit John piteusement.

Alors le porteur recouvra sa dignité d'homme.

– Merci, monsieur, dit-il.

Et il voulut lui rendre le misérable pourboire. Mais John s'y refusa; et comme ils étaient en plein débat, qui pouvait se joindre à eux sinon le cocher?

– Oh! Monsieur Baigrey, dit-il, vous oubliez quel jour c'est!

– Je vous dis que je n'ai pas de monnaie, cria John.

– Eh bien! alors, dit le cocher, qu'avez-vous donc? Je préférerais donner un shilling à un homme en un semblable jour que de lui jeter ce liard de dérision... J'en suis étonné de votre part, monsieur Baigrey.

– Mon nom n'est pas Baigrey, interrompit John avec un naturel et un désarroi enfantins.

– Vous m'avez dit que c'était votre nom, dit le cocher.

– Je le sais, et quel droit prenez-vous de m'interroger? s'écria le malheureux.

– Oh, très bien! dit le cocher. Je connais ma place, si vous connaissez la vôtre... si vous connaissez la vôtre! répéta-t-il, comme quelqu'un qui veut sous-entendre des doutes graves.

Et il marmotta des menaces inarticulées, dans

lesquelles il faisait peu état du nom répété de gentleman.

Oh! se rendre capable de congédier ce monstre que John découvrait maintenant, avec une claire intelligence tardive, avoir commencé de trop bonne heure à fêter la Noël.

Mais, loin d'avoir même ce rayon de consolation au milieu de son désastre, il était sans secours et sans aide, sa valise sous séquestre ici, son argent abandonné ailleurs et gardé par un cadavre et lui-même, si partisan de la discrétion, devenu le point de mire de tous les yeux dans la gare, et comme si ce n'eût pas été assez de malchance, il venait de se brouiller avec l'animal auquel son indigence du moment le rivait.

« En brouille, réfléchissait-il avec tristesse, en brouille avec le témoin qui pouvait le perdre ou le sauver! »

Il n'y avait pas de temps à perdre; il n'y avait pas à traîner au milieu du mépris public, et, qu'il eût recours à la dignité ou à la conciliation, le remède devait être employé sur-le-champ.

– N'insistons pas davantage là-dessus, dit-il, remettant le pied derechef sur le marche-pied. Retournez à l'endroit d'où nous venons!

Il avait voulu éviter de prononcer le nom de la destination, car il y avait maintenant un petit attroupement de gens de la voie ferrée autour du cab, et à part lui, il songeait au tribunal et s'efforçait d'éviter la concurrence des témoignages contre lui.

Mais ici encore, le fatal cocher le desservit :

– Retourner au Lodge? cria-t-il sur un ton aigu de protestation.

– Oui, tout de suite! gronda John.

Et il ferma la porte derrière lui avec un tel fracas que la voiture délabrée en fut ébranlée et résonna.

Le cab démarra et gagna les rues, où la fête de

Noël battait son plein, ce qui plongea dans un désespoir voisin de l'inconscience le cocher, qui, sur son siège, digérait mal la rebuffade et la duplicité de son client.

Je ne voudrais pas qu'on pense que j'établis un parallèle entre eux.

Le cas de John est en dehors de toute comparaison.

Mais le cocher, lui aussi, mérite la sympathie des gens sages, car c'était un individu naturellement bienveillant, et qui avait un haut sentiment de sa dignité personnelle, sentiment exaspéré par la boisson; et ses avances avaient été cruellement et publiquement repoussées.

Aussi, tout en conduisant la voiture, il récapitulait les torts qu'on lui avait faits et était assoiffé de sympathie et de boisson.

Or, il se trouvait qu'il avait pour ami un patron d'estaminet dans la Queensferry Street, de qui, en raison de la sainteté du jour, il obtiendrait facilement un petit verre, pensait-il.

La Queensferry Street se trouve assez distante de la route qui conduit à Murrayfield.

Mais il y a la voie de traverse montueuse qui passe par la vallée de la Leith et le cimetière du Doyen et la Queensferry Street est à cheval sur la route qui y conduit.

Qu'est-ce qui empêchait le cocher, puisque son cheval était muet, de choisir la route de traverse et de passer chez son ami?

Il en décida ainsi et, déjà quelque peu radouci, fit tourner son cheval à droite.

Cependant, John s'était écroulé sur la banquette de la voiture, le menton appuyé sur la poitrine, l'esprit en suspens.

L'odeur du cab frappait encore faiblement ses sens et un certain froid engourdissait un peu ses pieds : tout le reste avait disparu sous la forte oppression du sentiment de son malheur et de sa faiblesse physique.

Il était près de midi.

Vingt-deux heures s'étaient écoulées depuis son dernier repas.

Dans l'intervalle, il avait enduré les tortures du chagrin et de l'alarme, il s'était trouvé presque ivre; et bien qu'il fût impossible de dire qu'il dormait, pourtant, quand le cab s'arrêta et que le cocher introduisit sa tête par la fenêtre, il sembla qu'on le rappelait des profondeurs où son esprit s'était perdu.

– Si vous ne me payez pas un verre, dit le conducteur, avec une sévérité bien méritée dans le ton de la voix, j'espère bien que vous ne ferez pas d'objection si j'en prends un moi-même!

– Oui... non... Faites à votre guise, répliqua John.

Et ensuite, comme il regardait son persécuteur monter les marches de l'escalier et entrer dans l'estaminet, il flotta dans son esprit la sensation de quelque chose qui lui était familier depuis longtemps.

Il tressaillit, alors complètement éveillé, et regarda la devanture de la boutique.

Oui, il la connaissait, mais depuis quand? comment?

Depuis bien longtemps, pensa-t-il.

Et alors, jetant un coup d'œil à travers la vitre de la portière qu'avait obstruée la tête du conducteur, il regarda la cime des arbres de l'ormaie de Randolph Crescent.

Il était tout près de chez lui... chez lui... où il s'imaginait naguère encore se trouver à cette heure, installé dans la salle à manger, dont il avait gardé un souvenir si exact, en conversation amicale... et au lieu de cela!...

Son premier mouvement fut de se laisser tomber sur la banquette du cab; le second, de se couvrir le visage de ses mains.

Il resta ainsi, pendant que le conducteur portait un toast à l'aubergiste et que l'aubergiste en portait un au conducteur, et que tous les deux passaient en revue les affaires de la Nation.

Il resta ainsi jusqu'à ce que son tyran condescendît à revenir et repartit pour descendre la côte, par la courbe de Lynedoch Place; mais dans cette attitude même, quand il arriva au bout de la rue qu'habitait son père, il lança un regard au travers de ses doigts et aperçut une voiture de médecin à la porte.

« C'est bien cela, pensa-t-il. J'ai tué mon père; et, c'est le jour de Noël! »

Si M. Nicholson mourait, ce serait ce chemin-là qu'il descendrait pour aller à son tombeau.

C'était ce chemin-là que sa femme avait descendu plusieurs années auparavant; et nombre de ses concitoyens l'y conduiraient avec tout l'appareil funéraire de la mort.

Et maintenant, dans ce cab glacial, infect, rembourré de paille et garni de coussins déchirés, sa respiration se congelant aux vitres des portières, John se rendait-il ailleurs qu'à son tombeau?

Cette pensée fouetta son imagination, qui commença à bâtir mille images lumineuses et rapides comme des silhouettes de kaléidoscope.

Et maintenant il se revoyait, tout rouge d'avoir pleuré, séchant ses larmes et glissant sur le ruisseau; puis de nouveau, pauvre petit hérisson revêtu de crêpe et tout en pleurs, il descendait la même colline derrière le corbillard marchant au pas, où le corps de sa mère le précédait.

Son imagination, s'évadant encore, lui montrait son lieu de destination, où il se tenait maintenant, dans les rayons du soleil bas, avec les passereaux qui gazouillaient sur le seuil de la porte, et à l'intérieur de la maison l'homme mort dont les yeux fixaient le plafond.

Puis, changement subit, les voisins se précipitaient vers la maison, le visage pâle et les mains levées, et le médecin se faisait place avec effort au milieu d'eux et, en arrivant, examinait le cadavre au stéthoscope, tandis que l'homme de la police hochait la tête d'un air connaisseur.

Voilà bien à quoi il avait peur de courir en ce moment.

Il se voyait arriver au milieu de cette scène.

Il s'entendait bégayer de pauvres explications et sentait se poser la main de l'officier de paix sur son épaule.

Ciel! comme il eût désiré d'avoir joué son rôle en homme!

Comme il se méprisait d'avoir fui ce fatal voisinage quand tout était tranquille, et de devoir y retourner en catimini maintenant qu'il s'y pressait une foule de vengeurs!

La passion, au moindre degré, exalte les forces de l'imagination jusqu'aux plus sombres peintures.

Et suivant cette loi, en s'attardant à la pensée de ce qui l'attendait à la fin de son voyage angoissant, John, qui n'avait que bien peu regardé ces choses-là, s'en souvenait cependant, et lui qui n'aurait pu le décrire, voyait, par l'œil de son esprit, le jardin du Lodge, détaillé comme sur une carte.

Il y allait et venait, en proie à la terreur; il voyait les buissons de houx, les bordures couvertes de neige, l'allée où il avait rencontré Alan, les hauts murs, semblables à ceux d'un couvent, la porte fermée – eh quoi! la porte était fermée?

Mais, oui, bien sûr, il l'avait fermée – donc fermée sur son argent, sur sa fuite, sur sa vie future –, fermée de ses propres mains, et personne ne pouvait la rouvrir!

Il entendit le bruit du ressort de la serrure résonner dans son cerveau, et en demeura étourdi.

Et quand il revint à lui, la terreur l'ébranla jusqu'aux moelles.

Ce n'était pas le moment de fainéanter.

Il devait se secouer et agir, il devait penser.

Une fois à la fin de cette course ridicule, une fois à la porte du Lodge, il n'y avait plus qu'à faire faire demi-tour au cab et à repartir. Pourquoi, alors, aller jusque-là?

Pourquoi ajouter encore aux soupçons dans un cas qui y prêtait déjà tant?

Pourquoi ne pas faire demi-tour de suite?

Facile à dire, faire demi-tour; mais dans quelle direction?

Il n'avait plus d'endroit où se rendre à présent; il ne pourrait jamais – il voyait cela écrit en lettres de sang – il ne pourrait jamais payer la voiture.

Il était enchaîné à cette voiture pour toujours.

Oh! cette voiture! son âme en était torturée et dévorée, et ses entrailles gargouillaient du désir d'être délivré de cette voiture.

Il oubliait tous ses autres soucis.

Il devait d'abord se libérer de ce véhicule infect et de la brute qui le conduisait. Oui, faire cela avant tout!

Le reste, après; cela tout de suite!

Et voilà justement que la voiture s'arrêta soudain et que le persécuteur de John frappa à la glace de la portière.

John l'abaissa et regarda le visage empourpré de boisson du cocher, congestionné plus encore par un effort triomphal d'intelligence.

– Je sais qui vous êtes, cria la voix rude. Je vous remets maintenant. Vous êtes un Nicholson. Je vous ai conduit à Hermiston pour une partie de Noël, et vous revîntes sur mon siège et je vous laissai conduire.

C'était un fait.

John connaissait l'homme. Ils avaient même été bons amis.

Son ennemi, il s'en souvenait à présent, était un individu d'une grande bonne nature – infiniment bonne nature – avec les enfants, pourquoi pas avec un homme? Pourquoi ne pas faire appel au bon côté de son caractère?

Il se cramponna à ce nouvel espoir.

« Grand Dieu! vous avez fait cela, cria-t-il, comme dans un transport de joie, sa voix sonnant faux à ses propres oreilles.

– Eh bien! s'il en est ainsi, j'ai quelque chose à vous dire. J'ai deviné, je parie, où en sommes-nous, voyons?... »

Le cocher avait agité sa carte aux yeux du receveur du péage et ils étaient parvenus maintenant sur la partie la plus élevée et la plus solitaire du chemin de traverse.

Sur la gauche, une rangée d'arbres bordant la route ombrageaient le chemin; sur la droite, il était bordé par des jachères dénudées, descendant avec des ondulations jusqu'à la Queensferry Road.

En face, Corstorphine Hill dressait ses bois sombres saupoudrés de neige, vers le ciel.

John regardait autour de lui, buvant l'air clair comme du vin, puis ses yeux revenaient, au visage du cocher, qui s'était assis,... d'un air goguenard et qui attendait la réponse de John – avec l'air de quelqu'un qui va recevoir un pourboire.

Les traits de cette face étaient difficiles à déchiffrer, tant la boisson l'avait boursouflée et colorée de teintes qui variaient du rouge brique à la mûre.

Ses petits yeux gris clignotaient, ses lèvres

remuaient avec avidité; l'avidité était sa passion dominante, et bien qu'il y eût de la bonne humeur, une bienveillance innée, un foyer d'humanité vraie, dans le vieux buveur, son avidité était actuellement si enflammée par l'espérance que tous les autres traits de son caractère semblaient dormir.

Il se tenait devant John, statue vivante du désir en éveil.

Le cœur de John battit plus lentement.

Il avait ouvert les lèvres, mais il s'en tint là et ne proféra aucune parole.

Il sonda le puits de son courage : il était à sec.

Il fouilla dans le trésor des paroles : il était vide.

Un mutisme diabolique le tenait à la gorge; le démon de la terreur bredouillait dans ses oreilles; et soudain, sans dire un mot, sans projet arrêté dans sa volonté, John sortit vivement du véhicule, sauta par-dessus le mur qui limitait la route et commença à courir pour sauver sa vie à travers les friches.

Il n'alla pas bien loin : il n'avait pas dépassé le milieu du premier champ, que son cerveau entier fut ébranlé par ce bruit de tonnerre :

– Imbécile! Tu as encore ta montre!

Le coup l'arrêta net et il retourna vers la voiture.

Le cocher se penchait sur le bord du mur, brandissait son fouet, la face empourprée, rugissant comme un bœuf sauvage.

Et John vit ou pensa qu'il avait perdu toute chance.

Aucune montre de la terre ne pourrait maintenant apaiser le ressentiment de l'homme; il crierait vengeance.

John serait mis sous l'œil de la police.

Son histoire serait ébruitée, son secret vidé à fond.

Sa destinée s'accomplissait enfin, et pour toujours!

Il poussa un profond soupir; et comme le cocher, perdant patience, commençait enfin à escalader le mur, son client reprit sa course et disparut au loin dans les champs.

VIII

SINGULIÈRE PREUVE DE L'UTILITÉ D'UN PASSE-PARTOUT

John ne sut jamais clairement où il avait couru d'abord; et il se passa longtemps avant qu'il se retrouvât sur la route près du Lodge de Ravelston, appuyé contre le mur, ses poumons haletant comme des soufflets, ses jambes lourdes comme du plomb, l'esprit possédé d'un seul désir, se coucher par terre et n'être pas vu.

Il se rappela l'épais taillis qui entourait le bassin, la mare de la carrière, un endroit peu fréquenté, où il pourrait trouver sûrement un asile jusqu'à la tombée de la nuit.

Il descendit le sentier; et quand il fut là,... Dieu! il avait oublié le froid qu'il faisait. La mare était chargée de jeunes patineurs et le taillis, qui l'entourait, dégorgeait de spectateurs.

Lui-même il regarda un instant.

Une jeune fille, grande et gracieuse, patinait avec un jeune homme, la main dans la main. Elle portait sur lui des yeux brillants de joie, peut-être trop ouvertement; et ce fut étrange avec quelle colère John la regarda!

Il s'en arrêta dans sa course. Il en demeura là, comme un vagabond mortifié, prêt à lui tendre le poing et à cracher sa bile sur l'heure. Du moins le pensa-t-il.

Le moment d'après, son cœur saigna pour la jeune fille.

« Pauvre créature, elle ne sait rien, soupira-t-il. Qu'elle se réjouisse pendant qu'elle le peut encore! »

Quand Flora lui souriait autrefois sur l'étang de Braid, aurait-elle pu jeter un regard aussi détaché et aussi cruel à un spectateur affligé?

La pensée d'une carrière en suggéra une autre à ses esprits glacés, et il s'éloigna lourdement vers Craigleith.

Le vent s'était levé, soufflant du nord-ouest.

Il était terriblement froid et brûlait comme du feu, lui picotant les phalanges des doigts.

Il flagellait les nuages, les nuages pâles, rapides, tumultueux, qui tachaient le ciel et projetaient de l'ombre sur la terre.

John gravit en rampant, au milieu des tas de décombres, plantés de coudriers, qui entourent l'ouverture de la carrière, et se coucha découragé sur les pierres.

Le vent rasait la terre.

Les pierres étaient coupantes et glacées.

Les noisetiers défeuillés gémissaient autour de lui sous la bise et bientôt la température de cet après-midi se mit à l'unisson avec ces étranges et tristes accords qui annoncent de la neige.

La douleur et la fatigue endurées se transformèrent dans les membres de John en une impatience déchirante et un désir aveugle de changer de place.

Maintenant il voulait rouler dans son affreux repaire, et il lui plaisait de se sentir raboté par les pierres de silex.

Il aurait voulu se glisser au bord du trou immense et y plonger le regard jusqu'à en avoir le vertige.

Il vit les spirales de la route qui descendait, les

rochers escarpés en étage, où les buissons s'accrochaient, le poudroiement des festons de neige et, tout en bas sur le sol, la grue à vapeur qui semblait minuscule.

Sans doute, c'était là le moyen d'en finir.

Mais cela ne frappa pas son imagination.

Et soudainement il s'aperçut qu'il avait faim. Oui, même au milieu des tortures du froid, même au milieu des glaces du désespoir, un désir immense, désespéré de prendre de la nourriture, quoi que ce fût, commença à s'éveiller en lui et à le talonner.

S'il engageait sa montre?

Mais non, un jour de Noël – car c'était le jour de Noël! – les maisons de gages étaient fermées.

S'il allait à l'auberge qui voisine Blackhall, et offrait sa montre d'une valeur de dix livres, en paiement d'un repas de pain et de fromage? Le défaut de rapport entre la dépense et le paiement était trop évident.

Les braves gens, ou bien le mettraient à la porte, ou le feraient conduire à la police.

Il retourna ses poches les unes après les autres : quelques billets de tram de San Francisco, un cigare, pas d'allumettes, le passe-partout de la maison de son père, un mouchoir de poche, avec un soupçon de parfum : mais pas d'argent et rien dont on pût faire de l'argent.

Il n'avait plus qu'à mourir de faim; et après tout, qu'importait?

C'était une porte de sortie.

John rampa parmi les buissons, tandis que le vent jouait autour de lui comme une mèche de fouet.

Ses habits lui semblaient minces comme du papier.

Ses phalanges le brûlaient, sa peau se figeait sur ses os.

Il eut la vision d'une piste à bestiaux, sur des

hauteurs, en Californie, et vit le lit d'un torrent desséché avec un étang vaseux près duquel des vaqueros campaient.

Un soleil splendide brillait sur tout.

Un feu de joie énorme flambait.

Les quartiers de vache brunissaient et fumaient embrochés dans des baguettes de bois.

Comme il faisait chaud! Comme était savoureux le fumet de la viande saignante!

John se rappela de nouveau ses malheurs multiples.

Il se terrait et se vautrait dans le sentiment de sa disgrâce et de sa honte.

Puis, il entrait au restaurant Frank, dans la Montgomery Street, à San Francisco. Il commandait une terrine de ragoût et des côtelettes de venaison, dont il était immodérément friand, et comme il attendait assis, Munroë, le brave garçon, lui apportait un punch au whisky.

Il voyait les fraises flotter dans les coupes délectables.

Il entendait la glace se crevasser autour des fraises.

Et puis, il s'éveilla de nouveau à son destin odieux et se retrouva assis en boule dans un trou venté de carrière abandonnée, l'obscurité épaisse autour de lui tandis que de minces flocons de neige voltigeaient de-ci, de-là comme des papillotes et que le frémissement violent de son corps lui faisait claquer les dents comme dans un hoquet.

Nous n'avons vu John que dans les circonstances les plus orageuses de sa vie.

Nous l'avons vu abandonné, désespéré, éprouvé, en dehors de ses facultés moyennes, de son moi ordinaire, joyeux, régulier, non prodigue; nous n'avons rien vu et ce sera peut-être une surprise pour le lecteur d'apprendre qu'il était très soigneux de sa santé.

Sa préoccupation favorite s'éveillait maintenant en lui.

S'il restait là assis et y mourait de froid, il aurait gagné bien peu de chose.

Plutôt la cellule de la police et les risques d'un procès que la certitude misérable de la mort, sur le bord d'un fossé, avant l'aurore prochaine, ou la mort, un peu plus tard, dans la salle éclairée au gaz d'un hôpital.

Il se leva sur ses jambes endolories et tituba de-ci, de-là parmi les monticules de décombres qui entouraient l'ouverture bâillante de la carrière.

Peut-être s'imagina-t-il errer ainsi, car l'obscurité était déjà si opaque et la neige s'épaississait tellement qu'il se mouvait comme un aveugle, et avec des appréhensions d'aveugle.

Enfin, il escalada une palissade, pensant sauter de là sur la route et au lieu de cela il se retrouva titubant au milieu des sillons durs comme fer d'une terre labourée sans fin, grande, semblait-il, comme tout un comté.

Puis, il s'enfonça dans un bois, se butant aux jeunes arbres; et, ensuite, il aperçut une maison dont les nombreuses fenêtres étaient éclairées.

Des équipages de Noël attendaient à la porte et des cochers de Noël étaient déjà encapuchonnés de neige.

Loin de ces rayons de joie humaine, John fuyait comme Caïn.

Il voyageait dans la nuit, sans pilote, insouciant du lieu où il allait.

Il tombait, se couchait, se relevait et repartait plus loin et enfin, comme changement de scène, il se trouva dans les artères éclairées de la ville, regardant un réverbère qui avait déjà coiffé de côté un bonnet de neige.

Il se produisit alors une bourrasque; et pendant

qu'il restait à regarder le réverbère, ses pieds s'enterrèrent dans la neige fondue.

Il se rappela un fait semblable du passé, un réverbère couronné et casqué de neige du côté du vent, la bise qui poussait son cri endeuillé et lui-même qui contemplait ce spectacle, comme à présent; mais le froid avait impressionné trop cruellement ses esprits et il manqua de mémoire pour fixer la date et la suite de ses souvenirs.

Son second moment de conscience se produisit sur le pont du Doyen; mais qu'il fût le John Nicholson d'une banque dans une rue de Californie, ou quelque autre ancien John, employé dans le bureau de son père, il l'avait complètement oublié.

L'instant d'après, il introduisit son passe-partout dans le trou de la serrure de la maison de son père.

Des heures devaient être passées.

Qu'il eût rampé sur les pierres froides ou erré à travers les champs dans la neige, c'était plus qu'il ne pouvait dire; mais des heures étaient passées.

L'aiguille de l'horloge du hall approchait de minuit.

Un faible jet de gaz répandait des ombres, et la porte de la chambre de derrière, la chambre de son père, était ouverte et laissait passer une lumière chaude.

A une heure si tardive, tout cela était étrange.

Les lumières auraient dû être éteintes, les portes fermées à clef, les braves gens couchés.

Il s'étonnait de cette singularité, en s'appuyant sur la table, et il s'étonnait d'être là lui-même; et il s'émut et sa faim s'accrut à l'air chaud de la maison.

L'horloge donna son premier signal.

Dans cinq minutes, le jour de Noël serait parmi les jours du passé.

Noël!... quel Noël!

Eh bien! il était inutile d'attendre.

Il était entré dans la maison, sans savoir comment.

Si on le mettait à la porte de nouveau, il valait mieux que ce soit fait tout de suite; et il se dirigea vers la porte de la chambre du fond et entra.

Oh! mais, alors il était fou, comme il le croyait depuis longtemps.

Dans la chambre de son père, à minuit, le feu pétillait et le gaz brillait.

Les papiers, les papiers sacrés qu'il était criminel de toucher, avaient tous été enlevés de dessus la table et empilés sur le plancher.

Une nappe était tendue et un souper était servi sur la table de travail et sur la chaise de son père une femme, habillée comme une nonne, était assise et mangeait.

A son apparition au seuil de la porte, la nonne se leva, poussa un long cri et resta là à le fixer.

C'était une femme grande, forte, calme, avec quelque chose de masculin, les traits portant une empreinte de courage et de bon sens; et comme John la regardait fixement, une faible ressemblance s'esquissa dans sa mémoire, comme lorsqu'un air de musique nous hante sans que nous puissions nous le rappeler.

– Eh quoi! c'est John! cria la nonne.

– J'oserais dire que je suis fou, dit John, plagiant inconsciemment le roi Lear; ma parole, je crois que vous êtes Flora.

– Naturellement, je la suis! répliqua-t-elle.

« Et cependant ce n'est pas Flora du tout, pensa John; Flora était mince et timide et de couleur changeante. Elle avait les yeux tendres. Flora avait-elle à ce point l'accent d'Édimbourg? »

Mais il n'exprima aucune de ces réflexions, ce qui fut peut-être aussi bien.

Ce qu'il dit fut :

– Alors, pourquoi êtes-vous religieuse?

– Quelle plaisanterie! repartit Flora. Je suis une garde-malade; je soigne ici votre sœur, qui, entre nous, n'a rien de bien grave... Mais ce n'est pas là la question. Le point est celui-ci. Comment êtes-vous venu ici? Et n'êtes-vous pas honteux de vous montrer?

– Flora, dit John, d'un voix sépulcrale, je n'ai rien mangé depuis trois jours, rien bu. Enfin, je ne sais pas le jour qu'il est; mais je sens que je meurs de faim.

– Pauvre garçon! cria-t-elle. Venez ici, asseyez-vous et prenez mon souper; je dois justement monter là-haut voir ma malade, mais je ne doute pas qu'elle soit presque endormie, car Maria est une *malade imaginaire*.

Sur ce spécimen de français, non de Stratford-atte-Bowe, mais d'une pension de perfectionnement de la Moray-Place, elle laissa John seul dans le sanctuaire de son père.

Il se précipita aussitôt sur les mets.

Il est à supposer que Flora avait trouvé sa malade éveillée et avait été retenue par quelques menus soins, car John eut le temps d'avaler tout ce qu'il y avait à manger, et non seulement de vider le pot de thé mais de l'emplir de nouveau en puisant à la bouillotte qui chantait sur le feu de son père.

Là-dessus, il resta envahi de torpeur, heureux et troublé.

Il avait presque oublié ses malheurs; et son esprit considérait, non sans regret, ce retour peu sentimental à son ancien amour.

Il était occupé de ces pensées, quand l'active jeune fille rentra sans bruit.

– Avez-vous mangé? dit-elle... Alors racontez-moi toute votre histoire.

Ce fut un long et pitoyable récit mais Flora l'écouta sans desserrer les lèvres.

Elle ne s'arrêta pas à ces questions sur la destinée humaine qui ont, de temps en temps, retardé la course de ma plume, car les femmes, comme elle, ne sont pas des philosophes, et ne voient que le concret, et des femmes, comme elle, sont très dures pour l'homme imparfait.

– Très bien, dit-elle quand il eut fini, mettez-vous à genoux à présent et demandez pardon à Dieu.

Et le grand bébé tomba à genoux et fit comme elle ordonnait; et ce ne fut pas le pire! mais tandis qu'il demandait pardon avec assez de cœur au nom des principes généraux, son esprit réfléchissait et se demandait si, peut-être, d'un autre côté, il ne méritait pas des éloges.

Et quand il se releva de cet exercice bienséant, il jeta un regard de doute sur son ancienne bien-aimée et, alors, prenant courage, exprima sa protestation.

– Je dois vous dire, Flora, que dans toute cette affaire, je ne puis voir qu'une faute légère de ma part.

– Si vous aviez écrit chez vous, répliqua la jeune fille, tout cela ne serait pas arrivé. Si vous étiez allé à Murrayfield à jeûn, vous ne vous y seriez pas endormi, et le pire ne serait pas arrivé. D'ailleurs, toute l'affaire remonte à des années. Vous êtes tombé dans le désordre, et quand votre père, cet homme honnête, vous en témoigna son mécontentement, vous fûtes en proie à un accès d'humeur ou effrayé, et vous prîtes la fuite pour éviter le châtiment. Eh bien! vous avez suivi votre propre voie, John, et je ne suppose pas que vous l'aimiez.

– Je m'imagine parfois que je ne suis guère meilleur qu'un fou, soupira John.

– Mon cher John, dit-elle... pas beaucoup plus, en effet.

Il la regarda fixement et baissa les yeux.

Une certaine colère montait en lui.

C'était la Flora qu'il désavouait.

Elle était dure; elle ne rougissait pas; elle avait les manières calmes d'une personne mûre, point décorative, simple dans ses paroles, simple dans sa tenue – il était près de dire : simple de visage.

Et cette personne, ainsi changée, s'appelait du même nom que la jeune fille d'autrefois, créature aux teintes nuancées, caressante, qui riait souvent aux éclats, qui poussait des soupirs nombreux et qui lui jetait des regards tendres, à la dérobée.

Et pour comble de misère, elle prenait un air de supériorité avec lui, ce qui (selon la remarque juste de John) était intervertir les rôles naturels à leur sexe.

Il bronza son cœur contre cette garde-malade.

– Et comment êtes-vous ici? demanda-t-il.

Elle lui raconta comment elle avait soigné son vieux père durant sa longue maladie et comment, restée seule du fait de sa mort, elle avait entrepris de soigner les autres, en partie par habitude, en partie pour être utile à quelque chose en ce monde, en partie, cela se pouvait aussi, pour se distraire.

– On ne discute pas des goûts, conclut-elle.

Elle lui dit comment elle fut généreusement reçue dans la maison de vieux amis, quand elle fut dans le besoin; et comment elle y était bienvenue, d'abord en qualité de vieille connaissance, et ensuite de garde-malade expérimentée, à qui les médecins confiaient les cas les plus graves.

– Et, à la vérité, c'est une comédie que ma présence ici pour la pauvre Maria, continua-t-elle... mais votre père prend sa souffrance à cœur, et je ne pouvais pas lui refuser sans cesse de venir. Nous sommes de grands amis, votre père et moi. Il a été si bienveillant pour moi il y a bien longtemps, il y a dix ans.

Un frémissement étrange agita le cœur de John. Tout ce temps-là il n'avait pensé qu'à lui.

Pendant tout ce temps-là, pourquoi n'avait-il pas écrit à Flora?

Avec un sentiment de tendre regret, il lui prit la main, et il la garda ainsi avec une crainte respectueuse et avec complaisance.

Une voix lui disait que c'était Flora, après tout. Une voix le lui disait si doucement et pourtant avec une vibration de voix qui chante.

– Et vous ne vous êtes jamais mariée? dit-il.

– Non, John, je ne me suis jamais mariée, répliqua-t-elle.

L'horloge sonna deux heures et les rappela au sens du temps.

– Et maintenant, dit-elle, vous voilà restauré et réchauffé et j'ai entendu votre histoire... et il est grand temps d'appeler votre frère.

– Oh! s'écria John, chancelant, pensez-vous que ce soit absolument nécessaire?

– Ce n'est pas moi qui puis vous recevoir ici, je suis une étrangère, dit-elle. Vous avez donc envie de reprendre votre vagabondage. Je pensais que vous en aviez assez.

Il courba la tête sous la réprimande.

Elle le méprisait, réfléchit-il, quand il se rassit et qu'il fut seul.

C'est action monstrueuse de la part d'une femme que de mépriser un homme; et le plus étrange de tout, c'est qu'elle semblait l'aimer. Son frère allait-il le mépriser aussi? Son frère allait-il l'aimer?

A ce moment-là son frère se présenta, sous la conduite de Flora, et, se tenant loin, à côté de l'entrée, regarda le héros de ce conte.

– C'est donc vous? dit-il à la longue.

– Oui, Alick, c'est moi – c'est John, répliqua l'aîné, d'une voix faible.

– Et comment avez-vous fait pour venir ici? demanda le cadet.

– Oh! j'avais mon passe-partout, dit John.

– Le diable vous possédait, dit Alexander. Ah! vous viviez dans un meilleur monde! Fini les passe-partout maintenant!

– Ma foi, père leur avait toujours été contraire, soupira John.

Et la conversation tomba, et les deux frères se regardaient, l'air interrogateur, dans le silence.

– Eh bien! que diantre allons-nous faire? dit Alexander. Je suppose que, si les autorités ont vent de votre présence, vous serez arrêté!

– Cela dépend si elles ont trouvé le corps ou non, répliqua John. Et puis, il y a ce cocher, bien sûr!

– Oh! le bel embarras que le corps! dit Alexander. Je parle d'autre chose. C'est sérieux!

– Est-ce ce dont mon père m'a parlé? demanda John. Je n'y ai rien compris...

– Votre vol à la banque en Californie, naturellement, répliqua Alexander.

Il était évident à lire sur le visage de Flora que c'était le premier mot qu'elle entendait de cette affaire; plus évident encore, à lire dans les traits de John, qu'il était innocent.

– Moi! s'écria-t-il. Moi, j'ai volé ma banque! Mon Dieu! Flora, c'est trop fort; vous-même, vous le croyez!

– Que signifie cette dénégation? demanda Alexander.

– Je n'ai jamais volé personne de ma vie, cria John, excepté mon père, si vous appelez cela un vol; et je venais lui rapporter l'argent, mais il n'en a pas voulu.

– Voyons, John, dit son frère. Comprenons-nous bien sur ce point. Mac-Ewen est venu voir mon père. Il lui a dit qu'une banque, où vous travailliez à

San Francisco, câblait en ce moment par tout l'univers habitable pour vous faire arrêter. D'où il était à supposer que vous aviez pris des milliers de livres, et il fut établi que vous aviez pris trois cents livres. Voilà ce qu'a affirmé Mac-Ewen. Je vous prie donc de peser votre réponse. Je dois vous dire aussi que notre père a payé les trois cents livres sur-le-champ.

– Trois cents? répéta John. Trois cents livres, voulez-vous dire? Cela fait quinze cents dollars. Eh bien c'est Kirkman, lâcha-t-il. Dieu merci! Je puis tout expliquer. Je les avais remis à Kirkman pour les verser à ma place, la nuit d'avant mon départ : quinze cents dollars et une lettre pour le directeur. Pourquoi suppose-t-on que j'aurais volé quinze cents dollars? Je suis riche. J'ai ma fortune déposée dans une banque. C'est la plus sotte histoire que j'aie jamais entendue. Il faut câbler les renseignements nécessaires au directeur. Kirkman a les quinze cents dollars; il faut trouver Kirkman. C'était un employé de ma connaissance, et qui vivait péniblement, mais pour être juste envers lui, je ne pensais pas qu'il fût aussi bas que cela.

– Et qu'avez-vous à répondre à cela, Alick? demanda Flora.

– Je dis que le câblogramme partira cette nuit! s'écria énergiquement Alexander. Réponse payée, aussi. Si cela peut être écarté, et ma parole, je crois que cela peut l'être, nous pourrons de nouveau marcher la tête haute... Vous, John, écrivez-moi l'adresse du directeur de votre banque. Vous, Flora, vous pouvez faire coucher John dans mon lit, car je n'y coucherai pas plus longtemps cette nuit. Je cours à la poste et de là à High Street au sujet du cadavre. La police doit être prévenue, voyez-vous, et prévenue par John : moi, je puis leur raconter quelque histoire de mon invention sur mon frère, en le leur présentant comme un névrosé et ce qui s'ensuit. Et puis, je voulais vous dire, John... Avez-vous remarqué le nom sur le cab? »

John donna le nom du cocher, que je supprime ici, puisque je ne puis vraiment recommander sa voiture.

« Eh bien, résuma Alexander. Je vais les remettre tous à leur place avant mon retour et je paierai votre dette. De la sorte, avant le déjeuner, vous serez aussi net qu'à votre naissance. »

John murmura des remerciements inarticulés.

Il était ému plus qu'on ne saurait le dire, de voir son frère si énergique à le servir.

S'il ne sut exprimer ce qu'il sentait, il témoigna visiblement sa reconnaissance par son attitude; et Alexander put la lire sur son visage et préféra cette expression muette.

– Mais voici autre chose, dit Alexander, les câblogrammes sont chers; et, ma foi, vous vous souvenez assez de notre père pour deviner l'état de mes finances.

– L'ennui, dit John, c'est que j'ai toutes mes coupures dans cette bête de maison.

– Toutes vos quoi? demanda Alexander.

– Coupures, argent, expliqua John. C'est une expression américaine. Je crains bien d'en avoir dépensé une ou deux.

– J'en ai, dit Flora. J'ai un billet de banque d'une livre, là-haut.

– Ma chère Flora, répliqua Alexander, une livre ne nous conduirait pas bien loin; et d'ailleurs, c'est l'affaire de mon père, et je serais très surpris si ce n'est pas mon père qui paiera les frais de cette affaire.

– Je ne voudrais pas recourir à lui, maintenant. Je ne crois pas que cela soit sage, objecta Flora.

– Vous avez une idée très imparfaite de mes

ressources, mais nulle idée de mon effronterie, répliqua Alexander, je vous prie de le remarquer.

Il écarta John de son chemin, choisit un énorme couteau parmi le service du souper, et avec une rapidité surprenante, éventra le tiroir de son père.

– Rien de plus aisé, quand on veut se donner la peine d'essayer, fit-il observer, en empochant l'argent.

– J'aurais bien voulu que vous ne fissiez pas cela, dit Flora. Vous n'en entendrez jamais la fin.

– Oh! je n'en sais rien, répliqua le jeune homme, Notre père est humain, après tout... Et maintenant, John, exhibez-moi votre fameux passe-partout! Allez vous mettre au lit et n'en bougez pas avant mon retour. On ne croira pas que c'est vous, si vous ne répondez pas, quand on frappera à la porte. Je ne réponds pas, moi, en général.

IX

DANS LEQUEL M. NICHOLSON ACCEPTE LE PRINCIPE D'UNE ALLOCATION

En dépit des horreurs qu'il avait traversées ce jour-là et des rasades de thé qu'il avait prises la nuit, John dormit d'un sommeil d'enfant.

Il fut réveillé par la servante, frappant à la porte, comme il aurait pu l'être dix ans plus tôt.

Le lever du soleil d'hiver peignait l'est de rose; et, comme la fenêtre donnait sur le derrière de la maison, il filtrait dans la chambre des couleurs étranges dues à la réfraction de la lumière.

Dehors, les toits des maisons étaient couverts de neige blanche; et les jardins dormaient sous un manteau d'un pied d'épaisseur.

Les gazons étincelaient de givre.

Rien n'était devenu étrange pour John comme la neige, durant les années qu'il avait passées dans la baie de San Francisco.

Ce fut d'abord ce qui l'émut davantage.

C'était à la possession de la propre chambre de John qu'Alexander avait été promu.

Il y retrouvait donc la vieille tapisserie avec ses fleurs dessinées dans lesquelles une imagination féconde pouvait découvrir la physionomie de Skinny Jim, de l'Académie, l'ancienne école de John.

Il y trouvait encore le bahut à tiroirs; les chaises,

une, deux, trois – trois comme auparavant. Seul le tapis était nouveau et aussi le désordre des habits, des livres et des instruments de dessin d'Alexander, ainsi qu'un crayon sur le mur, qui, aux yeux de John, apparut comme une merveille.

John reposait dans son lit, regardant autour de lui et rêvant, suspendu entre deux époques de sa vie, quand Alexander s'approcha de la porte et révéla sa présence par un chuchotement, John le fit entrer et sauta de nouveau dans le lit chaud.

– Eh bien! John, dit Alexander, le câblogramme est envoyé à votre nom et vingt mots de réponse sont payés. J'ai été au bureau central des voitures et j'ai payé la vôtre. J'ai même vu le digne homme en personne et lui ai fait les excuses convenables. Il s'est très bien laissé apaiser et m'a communiqué sa conviction que vous étiez ivre. Là-dessus je suis monté frapper à la porte de Mac-Ewen et l'ai fait lever. Je lui ai expliqué l'affaire tandis qu'il grelottait assis dans sa robe de nuit. Avant cela, j'étais allé à High Street, où l'on n'a rien entendu dire relativement à votre cadavre, de sorte que j'incline à croire que vous l'avez rêvé.

– Tu me fais marcher! dit John.

– Eh bien! la police ne sait jamais rien, affirma Alexander. De toute façon ils ont envoyé un homme faire une perquisition et recouvrer votre pantalon et votre argent, de sorte que maintenant votre casier judiciaire est net; et je ne vois qu'un lion sur votre chemin : notre père.

– Je vais être mis à la porte, encore, vous verrez, dit John avec tristesse.

– Je ne me l'imagine pas, répliqua l'autre, non, cela n'arrivera pas, si vous faites ce que Flora et moi avons combiné : vous allez vous habiller et ne pas perdre de temps... Votre montre va-t-elle juste? Eh bien! vous avez un quart d'heure. Cinq minutes avant la demie, vous devez être à table, à votre ancienne place, sous le portrait de l'oncle Duthie. Flora sera là pour vous donner une contenance; et nous verrons ce que nous verrons.

– Ne serait-il pas plus sage pour moi de rester au lit? dit John.

– Si vous avez l'intention de mener vos propres affaires, vous pouvez faire comme bon vous semble, répliqua Alexander, mais si vous n'êtes pas à votre place cinq minutes avant la demie, je me désintéresse de vous cette fois.

Et là-dessus, il partit.

Il avait parlé avec chaleur, mais le fait est que son cœur était quelque peu troublé.

Et quand il se pencha par-dessus la balustrade, pour guetter l'apparition de son père, il eut toute la peine du monde à se réconforter pour affronter la rencontre qui devait suivre.

« S'il prend cela bien, j'aurai de la chance, réfléchissait-il. S'il le prend mal, eh bien! ce sera un bâton dans les roues, un obstacle pour John, et peut-être tout sera pour le mieux... C'est un rude imbécile que mon frère, mais il semble être un brave garçon. »

A ce moment, une porte s'ouvrit en bas comme avec une certaine solennité et il vit M. Nicholson descendre posément les escaliers et passer dans son appartement.

Alexander le suivit, tremblant intérieurement, mais le visage impassible.

Il frappa, on l'autorisa à entrer et il trouva son père debout devant le tiroir forcé, qu'il indiquait du doigt en parlant.

– C'est une chose bien extraordinaire, dit-il. J'ai été volé!

– Je suis désolé que vous vous en aperceviez, remarqua le fils. La table a été si bêtement hachée!

– Vous êtes désolé que je m'en aperçoive? répéta M. Nicholson. Je vous en prie, que voulez-vous dire?

– Que je suis un voleur, monsieur, répliqua Alexander. J'ai pris *tout* l'argent au cas où les domestiques voleraient le reste et voici la monnaie et la note de mes dépenses. Vous étiez allé vous coucher, et je n'ai pas voulu prendre la liberté de frapper à votre porte; mais quand vous aurez appris toutes les circonstances, je pense que vous me rendrez justice. Le fait est que j'ai des raisons de croire qu'on a fait une erreur épouvantable en ce qui concerne mon frère John. Le plus tôt que cette erreur sera mise en lumière, meilleur ce sera pour tout le monde. C'était une partie de cette affaire, monsieur – et je l'ai entreprise et j'ai décidé sous ma propre responsabilité – d'envoyer un télégramme à San Francisco. Grâce à ma célérité, nous aurons la réponse aujourd'hui. Il va apparaître certain, monsieur, qu'on a agi abominablement envers John.

– Quand ces faits ont-ils eu lieu? demanda le père.

– La nuit dernière, monsieur, après que vous fûtes endormi, fut la réponse.

– Extraordinaire! dit M. Nicholson. Voulez-vous dire que vous avez été dehors toute la nuit?

– Toute la nuit, comme vous dites, monsieur. Je suis allé porter le télégramme, j'ai couru au poste de police et chez M. Mac-Ewen. Oh! j'avais les mains pleines, dit Alexander.

– Très irrégulier, dit le père. Vous ne pensez qu'à vous...

– Je ne vois pas que j'aie beaucoup à gagner au retour de mon frère aîné, répliqua Alexander, avec malice.

La réponse plut au vieillard. Il sourit.

– Bien, bien. Je reviendrai ici après déjeuner, répliqua-t-il.

– Je suis fâché pour la table, dit le fils.

– La table, c'est peu de chose. Je n'y pense pas, dit le père.

– C'est un autre exemple, continua le fils, de l'incommodité qu'il y a pour un homme à ne disposer d'aucun argent. Si j'avais eu une *somme à ma disposition*, comme tant d'autres jeunes gens de mon âge, tout cela n'aurait pas été nécessaire.

– Une somme à votre disposition, répéta le père sur un ton sarcastique, car l'expression n'était pas nouvelle pour lui. Je ne vous ai jamais refusé d'argent pour un but avouable.

– Sans doute, sans doute, dit Alexander : mais vous voyez bien que vous n'êtes pas toujours là pour qu'on vous explique la chose... La nuit dernière, par exemple.

– Vous auriez pu m'éveiller la nuit dernière, interrompit le père.

– Est-ce que ce n'est pas une affaire semblable qui jeta John dans le désordre? demanda le fils, éludant finement la réponse.

Mais le père n'était pas moins adroit.

– Je vous en prie, monsieur, comment êtes-vous entré et sorti de la maison?

– J'avais oublié de fermer la porte à clef, vraisemblablement, répliqua Alexander.

– J'ai eu l'occasion de me plaindre souvent de cette négligence, dit M. Nicholson. Mais je ne comprends pas encore. Aviez-vous fait lever les domestiques?

– Je me propose de vous donner tous ces détails après déjeuner, répliqua Alexander. C'est la demie et nous ne devons pas faire attendre Miss Mackenzie.

Et, avec une grande audace, il ouvrit la porte.

Alexander lui-même, qui, on doit s'en être aperçu, jouissait d'une liberté relative avec son père, Alexander lui-même n'avait jamais osé auparavant couper court à une conversation de cette manière cavalière.

Mais le fait est que l'importance même des délits de son fils intimidait le vieux gentleman.

Il était comme l'homme à la charrette de pommes, cela le dépassait.

Qu'Alexander ait pu forcer sa table, prendre son argent, passer la nuit dehors et reconnaître tout cela froidement, c'était quelque chose qui était inimaginable pour l'esprit philosophique de M. Nicholson et était au-delà de tout commentaire.

Le fait qu'Alexander avait rendu la monnaie, que le vieux gentleman tenait en main, avait été un trait d'impudence remarquable.

Ce geste lui avait porté un coup étourdissant.

Puis, c'était le rapport établi par Alexander entre ce fait et la fuite de John – un sujet qu'il avait toujours tenu voilé dans son esprit, car c'était un homme qui aimait à n'avoir commis aucune faute, et, quand il craignait d'en avoir fait une, il n'en parlait pas.

A la vue de ces surprises et de ces souvenirs, ainsi que de l'attitude calme et maître de soi de son fils, M. Nicholson commença à éprouver une appréhension maladive.

Il se sentait hors de son assiette.

S'il faisait ou disait quelque chose, il pourrait le regretter ensuite.

Le jeune homme, d'ailleurs, comme il l'avait indiqué de lui-même, jouait un rôle de générosité.

Et, s'il avait mal agi, il avait agi après tout pour un Nicholson – et cela le justifiait certainement.

Après ces considérations, tout éberlué qu'il fût d'être coupé net quand il posait des questions, le vieux gentleman se résigna, empocha la monnaie et suivit son fils dans la salle à manger.

Au cours de ces quelques pas, il fut une fois de plus révolté et une fois de plus, cette fois pour de bon, il laissa retomber ses bras.

La petite voix silencieuse de sa conscience l'avait informé authentiquement du fait nouveau qui se produisait : il avait peur d'Alexander.

Le fait étrange est qu'il trouvait du plaisir dans cet effroi.

Il était fier de son fils; il pouvait être fier de lui; le gars avait du caractère et de la fermeté et il savait ce qu'il faisait.

Il en était là de ses réflexions quand il tourna l'angle de la porte de la salle à manger.

Miss Mackenzie était à la place d'honneur, exorcisant avec un pot de thé et un flux de paroles et, attention! il y avait une autre personne présente, un homme grand, corpulent, aux traits accentués, qui avait un air à son aise et respectable.

Il se leva de son siège et s'avança la main tendue.

– Bonjour, père, dit-il.

De la lutte des sentiments qui s'agitèrent dans le cœur sec de M. Nicholson, aucun signe ne transpira au-dehors; et il ne demeura pas longtemps sans arrêter sa conduite.

Pourtant, dans cet intervalle, il eut le temps de passer en revue une foule d'hypothèses touchant tant au passé qu'à l'avenir.

Ou bien il était possible qu'il n'eût pas traité John avec une parfaite sagesse, ou bien que John fût innocent.

S'il chassait John de nouveau, comme son autorité outragée le lui suggérait, c'était peut-être susciter un scandale; et s'il en venait à cette extrémité, il était encore possible qu'Alexander se révoltât.

– Hum! fit M. Nicholson.

Et il plaça sa main molle et moite dans la main de John.

Et alors, dans un silence embarrassé, tous prirent leur place – et le journal – où chaque jour le vieux gentleman avait l'habitude de boire du chagrin en constatant le déclin de nos institutions –, même le journal, demeura non déplié à ses côtés.

Mais alors Flora vint à la rescousse.

Elle glissa dans le silence avec une habilité professionnelle cette demande : si John prenait toujours autant de sucre qu'autrefois.

Ce n'était que le premier pas vers la question brûlante du jour; et, d'un ton un peu ému, elle fit des commentaires sur l'intervalle qui s'était écoulé depuis la dernière tasse de thé qu'elle avait faite pour le prodigue et le félicita de son retour.

Puis, s'adressant à M. Nicholson, elle le congratula d'une manière qui bravait sa mauvaise humeur et de là se lança dans le récit des mésaventures de John, non sans y faire quelques suppressions convenables.

Alexander se joignit graduellement à elle.

A eux deux, qu'il le voulût ou non, ils arrachèrent à John une parole ou deux.

Il les articula en tremblant tellement et d'un ton si éloquent, révélant un esprit si oppressé d'une crainte mortelle, que M. Nicholson se radoucit.

A la fin, il contribua à la conversation par une question et, avant la fin du repas, les quatre convives causaient avec assez de liberté.

La prière suivit, au grand étonnement des domestiques à la vue de ce nouveau venu qu'aucun d'eux n'avait fait entrer, et après les prières, l'heure sonna à l'horloge, qui était le signal du départ de M. Nicholson.

– John, dit-il, vous restez ici, naturellement. Prenez grand soin de ne pas énerver Maria, si Miss Mackenzie croit désirable que vous la voyiez. Alexander, je veux parler seul avec vous.

Et ensuite, quand ils furent seuls dans la chambre du fond :

– Vous n'avez pas besoin de venir au bureau aujourd'hui, dit-il; vous pouvez rester ici et distraire votre frère. Je pense qu'il serait convenable de faire une visite à l'oncle Greig. Et à propos (ceci fut dit, osons le dire, avec une certaine timidité) je suis d'avis de vous accorder une pension régulière; je vais consulter le docteur Durie, qui est homme du monde et a des fils, concernant le montant de cette allocation. Eh! mon bel ami, vous pouvez vous croire en veine! ajouta-t-il avec un sourire.

– Je vous remercie, dit Alexander.

Avant midi, un détective vint rendre à John son argent et apporter des nouvelles, tristes en vérité, mais peut-être les moins tristes possibles.

On avait trouvé Alan dans sa propre maison de la Terrasse du Régent, soigné par son majordome terrifié.

Il était presque fou et, au lieu de le conduire en prison, on le dirigea sur l'asile de Morningside.

L'homme assassiné, comme il apparut, était un tenancier expulsé qui avait poursuivi, une année auparavant, son ancien propriétaire d'insultes et de menaces.

A part cela, la cause et les détails de la tragédie furent ignorés.

Quand M. Nicholson rentra pour dîner, on lui mit en main une dépêche :

John V Nicholson. Randolph Crescent. Edimbourg. Kirkman est disparu. La police le recherche. Tout compris. Tranquillisez-vous. –Austin.

Après des explications, le vieux gentleman prit la clef de la cave et y choisit deux bouteilles de 1820.

L'oncle Greig dîna ce jour-là, la cousine Robina aussi, et, par un hasard singulier, M. Mac-Ewen; et la présence de ces étrangers soulagea ce qui n'aurait pu être autrement que des rapports familiaux un peu tendus.

Avant leur départ, la famille était réunie une fois de plus dans une apparence d'unité.

A la fin d'avril, John conduisit Flora, ou, plus exactement, Flora conduisit John à l'autel, si l'on peut appeler autel ce qui n'était que le manteau de la cheminée du salon de M. Nicholson, avec le R. Docteur Durie placé sur le tapis du foyer, en qualité de célébrant de l'hyménée.

***

Les dernières nouvelles que j'ai eues d'eux remontent à un récent voyage que je fis dans le Nord.

C'était à un dîner chez mon vieil ami Gellatly Mac-Bride.

Quand nous eûmes rejoint les dames, selon l'expression classique, j'eus l'occasion d'entendre Flora causer avec une autre femme mariée sur cette matière très discutée du tabac marital.

– Oh! oui, dit-elle, je ne permets que quatre cigares par jour à M. Nicholson. Il en fume trois à un temps marqué, après le repas, vous savez, ma chère; et le quatrième, il peut le fumer, si cela lui plaît, avec un ami.

« Bravo! pensai-je en moi-même. Voici la femme qui convenait à mon ami John. »

Histoire d'un mensonge

I

OÙ L'ON PRÉSENTE L'AMIRAL

Pendant le séjour de Dick Naseby à Paris il y fit quelques bizarres connaissances, car il était de ceux qui ont des oreilles pour entendre et dont les yeux ne sont pas moins actifs que leur intelligence.

C'était un penseur comme Stuart Mill, mais sa philosophie s'en tenait à la pure matière et était au point de vue de la méthode expérimentale. Il chassait les caractères et les types de l'espèce humaine. Il dédaignait le petit gibier et les personnalités insignifiantes, qu'ils se présentassent sous forme de ducs ou de portefaix, et les laissait tomber avec le même mépris qu'une algue; mais apercevait-il une figure fine ou puissante, entendait-il une voix vibrante ou une voix qui entraînait la conviction, se sentait-il recherché par un regard vif, aguiché par un geste passionné, ou un sourire significatif et ambigu, aussitôt son esprit était mis en éveil.

« Voilà un homme; voilà une femme », semblait-il dire, et il se tenait en observation, avec un plaisir égal à celui que l'artiste trouve dans son art.

A tout bien considérer d'ailleurs, l'intérêt qu'il ressentait était artistique en soi. Il n'y a pas de science dans l'étude personnelle de la nature humaine.

Toute compréhension est une création; la femme que j'aime est en quelque sorte mon œuvre.

Le véritable amoureux n'est-il pas celui qui, comme le grand peintre, sait embellir son sujet au point de le rendre plus qu'humain, tandis que, cependant, par un art adroit, il a si bien basé son apothéose sur la nature qu'il lui prête, que la femme peut, après cela, se montrer vraiment femme, donner libre cours à son caractère, faire preuve de mesquinerie, couver de la rancune, ou être avide de plaisirs vulgaires ou ordinaires, et, lui, continuer de l'adorer sans le moindre soupçon de ses défauts.

Aimer un caractère est le seul héroïque moyen de le comprendre.

Quand on aime, soit par quelque noble sentiment personnel, soit à cause d'une certaine noblesse d'allure ou de nature chez l'autre partie, on conçoit la personne aimée d'après ce qu'il y a de plus élevé en soi-même.

Quand on étudie simplement une excentricité quelconque, la méthode n'est autre qu'une série d'indulgences.

Où commence la compréhension, là commence la sympathie; car la première naît seulement quand nous avons établi l'état des défauts et des qualités d'une autre personne par rapport aux nôtres.

De là, la proverbiale admiration des artistes pour leurs mauvaises créations.

De là, aussi, il advint que Dick Naseby, esprit supérieur et gentleman aussi scrupuleux et loyal qu'on puisse le souhaiter, tenait en une sorte d'affection les divers êtres humains qu'il avait rencontrés et étudiés dans leur bassesse vile.

Parmi ceux-ci figurait M. Peter Van Tromp, animal à deux pieds, au langage anglais, du genre international et par profession d'utilité générale plus qu'équivoque.

Un certain nombre d'années auparavant, Van Tromp avait été peintre de quelque renom dans une colonie, et des portraits signés de son nom avaient célébré la grandeur des gouverneurs et des juges coloniaux.

De ce temps-là, il était marié et même il promenait sa femme et sa fille dans une voiture attelée d'un poney.

Quelles furent les étapes de son déclin?

Nul ne le savait exactement. Maintenant il était à Paris et n'en avait pas bougé depuis plus de dix ans, vivant en manière de triste parasite des étrangers qui résidaient dans la capitale de la France.

Il serait très hasardeux de spécifier son industrie exacte.

Grossièrement exercée, elle aurait mérité un nom devenu presque étranger à nos oreilles; exercée à sa façon, avec d'adroites réticences, dans une sorte de *chiaroscuro* social, il était encore possible aux personnes polies de le qualifier de peintre de profession.

Son repaire était le Grand Hôtel et les cafés les plus fastueux.

On pouvait l'y voir ébaucher un croquis avec un air d'inspiration.

Il était toujours affable, et l'un de ceux aussi avec lesquels il était le plus facile d'entrer en conversation, causerie qui se transformait habituellement en une sorte d'intimité, car il était difficile de concevoir la quantité de petits services que Van Tromp pouvait rendre en trente-six heures.

Sa position flottait entre le rang d'un ami et celui d'un courrier, ce qui rendait beaucoup plus embarrassante la rémunération, mais ceux qu'il obligeait avaient toujours la ressource d'acheter un de ses affreux petits tableaux, ou, si l'obligeance avait été plus délicate ou de plus longue durée, ils pouvaient commander de plus grandes toiles avec la claire certitude qu'ils n'entendraient plus jamais parler de la transaction.

Parmi les artistes résidants, il jouissait d'une célébrité qui n'avait rien de professionnel.

Il avait dépensé plus d'argent (pas moins de trois fortunes), disait-on, qu'aucun de ses associés ne pouvait espérer en gagner.

En dehors de sa carrière coloniale, il avait fait le voyage de Grèce dans un brigantin armé de quatre caronades de bronze.

Il avait parcouru l'Europe dans une chaise de poste à quatre chevaux et il avait rendu visite aux palaces de princes allemands.

Les reines du chant et de la danse l'avaient suivi comme un troupeau de moutons et avaient payé ses notes de tailleur.

Le voir, aujourd'hui, quémander de petits prêts d'un ton de condescendance apitoyée, circonvenir un jeune étudiant de dix-neuf ans de l'École des beaux-arts pour se faire payer un déjeuner, tout cela faisait de lui un Don Juan déchu qui avait oublié de mourir à l'heure voulue, mais donnait à l'ensemble du personnage une couleur de roman attirante pour les jeunes imaginations.

Son nom et son brillant passé, vu au travers du prisme des bavardages qu'on chuchotait tout bas, lui avaient valu le surnom d'Amiral.

Dick le rencontra un jour en son quartier général ordinaire.

Tromp croquait rapidement un couple de poules et un coq sur son album d'aquarelles et levait les yeux au vitrage du plafond, de temps à autre, comme un homme qui demanderait l'inspiration à la muse.

Dick trouva extraordinaire qu'un peintre choisisse le coudoiement d'un café pour y travailler tout en sirotant une absinthe : aussi examina-t-il l'homme. Son aspect de vieux libertin était accentué par un costume trop jeune.

Il avait des cheveux gris et un nez ulcéré et rouge qui n'inspiraient pas l'estime, mais les vêtements et le geste, tout l'extérieur de l'homme étaient encore assortis à la parade.

Dick s'avança vers la table et demanda s'il pouvait jeter un coup d'œil sur ce que peignait le gentleman.

On imagine la satisfaction et la joie de l'Amiral.

– Une toute petite chose, dit-il. Je les croque à la hâte comme cela... A la hâte, ajouta-t-il avec un geste.

– C'est tout à fait cela, observa Dick, qui fut frappé de la faiblesse de l'œuvre.

– Comprenez-moi, continua Van Tromp. Je suis un homme du monde, et cependant autrefois j'étais un artiste, je suis toujours un artiste. Tout à coup une pensée me traverse l'esprit dans la rue, je deviens sa proie : c'est comme une belle femme, inutile de lutter. Il faut que je l'exprime en hâte.

– Je vois, fit Dick.

– Oui, poursuivit le peintre; tout cela me vient facilement. Ce n'est pas pour moi un travail, c'est mon plaisir. La vie, voilà mon travail – la vie – cette grande cité, – Paris, – Paris la nuit – ses lumières, ses jardins, ses coins étranges. Ah! cria-t-il, être jeune de nouveau! Le cœur est jeune, mais les pieds sont lourds. Une pauvre et pitoyable affaire, que de devenir vieux! Rien ne reste que le coup d'œil, le plaisir du contemplatif, monsieur...

Et il s'arrêta comme s'il cherchait le nom.

– Naseby, compléta Dick.

L'autre, immédiatement, lui offrit une boisson capiteuse et s'étendit sur le plaisir de rencontrer un compatriote sur une terre étrangère.

A l'entendre, on aurait pensé qu'ils se rencontraient dans l'Afrique centrale.

Dick n'avait jamais vu personne s'enthousiasmer aussi rapidement de lui, ni le lui témoigner d'une manière aussi aisée et plus agréable.

Le peintre paraissait enchanté de lui comme un compagnon plus âgé serait flatté de la présence d'un jeune garçon charmant et spirituel.

Il insinua qu'il n'était pas rigoriste, mais que, cependant, dans son jeune temps, il n'avait jamais été un gaillard tel qu'il croyait Dick.

Cette manière d'enlever l'intimité à la pointe de la baïonnette était un des trucs de réserve de Van Tromp.

Avec un homme plus âgé il s'insinuait; avec un jeune il s'imposait et par la même occasion imposait un idéal à sa victime, qui se rendait compte qu'elle devait l'atteindre ou renoncer à l'estime de son vieux et vicieux patron.

Et quel jeune homme peut supporter de perdre une réputation d'homme vicieux!

Enfin, comme l'heure du dîner approchait :

– Connaissez-vous Paris? demanda Van Tromp.

– Pas aussi bien que vous, j'en suis certain, répliqua Dick.

– Moi aussi, répondit l'autre gaiement. Paris! mon jeune ami – vous me permettez – quand vous connaîtrez Paris comme moi, vous aurez vu des choses étranges. Je ne vous en dis pas plus; j'ai tout dit en disant « des choses étranges ». Nous sommes des hommes du monde, vous et moi, et dans Paris, au cœur de la vie civilisée. Voici une occasion, monsieur Naseby. Allons dîner. Permettez-moi de vous montrer où dîner.

Dick consentit.

Chemin faisant, l'Amiral lui montra où acheter des gants et lui en fit acheter; où se procurer des cigares, et lui en fit prendre une quantité.

Il en accepta quelques-uns obligeamment.

Au restaurant, il lui indiqua ce qu'il fallait commander, ce qui fut la cause de tout autant de surprises sur l'addition.

Ce que Tromp gagna ce soir-là en commissions serait difficile à estimer.

Dick ne faillit en aucune occasion à donner son assentiment en souriant, quoiqu'il se rendît bien compte qu'il était dupe, mais il mettait ses pertes au compte des frais de poursuite de l'étude du type, de même qu'un chasseur sacrifie ses chiens.

Quant à ce qui est des choses étranges, le lecteur apprendra avec soulagement qu'elles n'étaient nullement plus étranges qu'on les supposait et Naseby aurait pu trouver des choses aussi étranges sans faire la dépense de prendre un Van Tromp pour guide.

Cependant, ce n'était pas un guide de méprisable importance.

Van Tromp savait suppléer à l'insuffisance de ce qu'il avait à exhiber par un commentaire copieux et plein d'imagination.

– Et tel est Paris, conclut-il dans un hoquet.

– Pouah! répondit Dick, qui était las de cette représentation.

L'amiral tendit l'oreille et leva les yeux de côté avec une lueur de soupçon.

– Bonsoir, dit Dick, je suis fatigué.

– Si anglais! s'écria Van Tromp le saisissant par la main. Si anglais! si blasé! Un si charmant compagnon! Permettez que je vous accompagne jusque chez vous.

– Écoutez, répliqua Dick. Je vous ai dit bonsoir et maintenant je m'en vais. Vous êtes un vieux compagnon amusant, je vous aime en une certaine façon; mais tenons-nous-en là pour ce soir. Vous n'aurez ni cigare, ni grog, ni aucune commission de plus grâce à moi.

– Je vous fais mes excuses, s'écria l'Amiral avec dignité.

– Bah, mon cher! reprit Dick, vous n'êtes pas froissé, vous êtes, je l'ai vu, un homme du monde. Je vous ai étudié; maintenant c'est fini. N'ai-je pas bien payé la leçon? *Au revoir.*

Van Tromp rit gaiement, donna à Naseby une vigoureuse poignée de main, en souhaitant cordialement qu'ils se revoient de nouveau et souvent, mais il suivait Dick du regard, comme il partait, avec un tremblement d'indignation.

Par la suite, il advint que tous deux se trouvèrent assez fréquemment sur le chemin, l'un de l'autre, et Dick alors offrait souvent un bon mais simple déjeuner à son vieux camarade dans un restaurant de son propre choix.

Souvent, également, il lui arrivait de prêter à Van Tromp la valeur d'une livre sterling, en raison du prochain départ de ce gentleman pour l'Australie.

Alors il se passait une scène d'adieux presque touchante en son genre et, une semaine ou un mois plus tard, ils se rencontraient de nouveau sur le boulevard sans surprise ni embarras.

Entre temps, Dick en apprenait davantage sur sa nouvelle connaissance.

Il entendit ainsi parler de son yacht, de sa chaise de poste à quatre chevaux, de sa brève période de célébrité au milieu d'une population plus confiante, de sa fille, dont il aimait à se plaindre entre deux verres, de son artificieuse et parasite manière de vivre, à laquelle il laissait l'anonymat.

A chaque nouveau détail, quelque chose qui n'était pas simple intérêt, ni cependant tout à fait de l'affection, grandissait dans l'esprit de

Naseby, à l'encontre de ce peu honorable fils des arts.

Avant que Naseby ne quittât Paris, Van Tromp fut un de ceux qu'il invita à un souper d'adieu; et le vieux bonhomme fit les frais de la conversation de la soirée, puis roula sous la table pleurant, souriant, paralysé.

II

UNE LETTRE AUX JOURNAUX

Le vieux M. Naseby avait le naturel rude et inculte de la portion la plus élevée de la classe moyenne.

L'univers lui semblait très simple.

– Ceci est bien ou ceci est mal, déclarait-il.

Et tout était terminé là-dessus.

Il y avait une énergie contenue et prophétique dans ses expressions, même sur les plus insignifiants sujets.

Il voyait les choses condamnables.

Si vous n'en faisiez pas autant, cela était dû à la perversité de votre esprit, et cette pensée lui faisait monter le sang à la tête.

Hors cela qui en faisait un compagnon très désagréable, c'était un des plus droits, des plus chauds et des plus emportés vieux gentlemen du Royaume-Uni.

Florissant, la tête couronnée de cheveux blancs, le visage d'un vieux Jupiter, la taille d'un vieux chasseur de renard, il animait la vallée de la Thyme, d'un bout à l'autre, sur son gros alezan allant le petit galop.

Il avait un profond respect pour Dick, qu'il trouvait garçon de ressources.

Dick avait, de son côté, pour son père, qu'il considérait comme le meilleur des hommes, un respect tempéré par la révolte politique d'un jeune homme, qui a à acquérir son indépendance.

Toutes les fois que tous deux discutaient, ils en arrivaient à une rupture ouverte et les discussions se produisaient souvent, car ils étaient également positifs, et l'un et l'autre aimaient la gymnastique de l'intelligence.

C'était un régal de voir M. Naseby défendre l'Église d'Angleterre dans une volée de jurons, ou soutenir des cas de morale ascétique avec un enthousiasme auquel n'était pas tout à fait étranger le vin de Porto.

Dick, d'ordinaire, s'indignait, et d'autant plus que, son père étant un adroit discuteur, il se trouvait souvent avoir le dessous.

En ces occasions, il redoublait d'énergie et déclarait que le noir était blanc, et le bleu jaune avec une grande conviction et une chaleureuse ardeur; mais le lendemain matin pareilles licences dans les discussions pesaient sur sa conscience comme un crime.

Alors il se mettait à la recherche de son père du côté où il allait faire sa promenade avant déjeuner, sur une terrasse surplombant toute la vallée de la Thyme.

– J'ai à vous faire des excuses pour hier soir, monsieur, commençait-il.

– Assurément, répondait le vieux monsieur joyeusement. Vous avez parlé comme un fou. N'en dites plus rien.

– Vous ne me comprenez pas, monsieur. Je fais allusion à un point particulier. J'avoue qu'il y a beaucoup de force dans votre argument d'après la doctrine des possibilités.

– Naturellement, il y en a, répliquait le père. Venez, allons voir les écuries. Seulement, ajouta-t-il, rappelez-vous ceci, c'est qu'un homme de mon âge et de mon expérience en sait beaucoup plus sur ce dont il parle qu'un garçon inexpérimenté.

Il prononçait alors le mot « garçon » d'un ton plus offensant que ne le fait la moyenne des pères, et la manière leste avec laquelle il acceptait ses excuses allait droit au cœur de Richard.

Celui-ci en tirait de petites comparaisons : il se rappelait qu'il était toujours le seul à faire des excuses.

Ceci le plaçait très haut dans sa propre estime et contribuait ainsi indirectement à lui dicter une conduite plus correcte, car il était scrupuleux autant que spirituel et intelligent, et ne s'enorgueillissait de rien plus que d'une juste soumission.

Ainsi allèrent les choses jusqu'au jour où M. Naseby s'engagea par contrat à assurer l'élection au Parlement du candidat d'un parti puissant et écrivit une lettre flamboyante aux journaux.

Cette lettre avait à peu près tous les défauts des lettres qui expriment les idées d'un parti en général. Elle était empreinte dans ses expressions de l'énergie d'un convaincu. Elle était personnelle, plus d'à moitié injuste et aux trois quarts inexacte.

Le pauvre vieux n'avait nullement l'intention de dire des choses fausses, c'est certain, mais il avait témérairement recueilli les racontars, ainsi que ses préventions le lui suggéraient, et maintenant il les rejetait sur le public, renforcés de l'appui de son nom.

« Le candidat libéral, concluait-il, n'est qu'un renégat. Est-ce là l'homme que nous voulons? On l'a démenti, il a avalé l'insulte. Est-ce là l'homme que nous voulons? Je réponds non! De toute la force de ma conviction, je réponds non! »

Et là-dessus il signait et datait la lettre avec toute la fierté d'un amateur.

Il s'attendait à être célèbre le lendemain.

Dick, qui n'était aucunement au courant de l'affaire, se trouva levé le premier jour fatal et emporta le journal sous une tonnelle dans le jardin. Il trouva lc manifeste de son père dans l'une des colonnes et dans une autre un article de fond.

Celui-ci s'exprimait ainsi :

« Personne à notre connaissance n'a consulté M. Naseby sur ce sujet, mais le corps entier des électeurs eût-il eu recours à lui, sa lettre n'en serait pas moins sans générosité et pleine d'injustice à l'égard de M. Dalton.

« Nous n'avons pas l'intention d'essayer de démentir M. Naseby, car nous savons trop bien qu'elles seraient les conséquences de cette attitude, mais nous hasarderons de publier, au lieu de ce démenti, les faits, concernant les deux cas auxquels fait allusion ce partisan trop bouillant.

« M. Naseby est, c'est certain, un gros propriétaire du voisinage, mais la fidélité à la vérité, des sentiments décents, un anglais plus correct, voilà des qualités plus importantes que la possession de terres.

« M. Naseby est sans nul doute un grand homme.

« Dans ses vastes jardins et ses serres d'un demi-mille de long où il a probablement mûri son intelligence et son tempérament, il peut dire ce que bon lui semble à ses inférieurs salariés, mais comme disent les Écossais :

« *Ici il ne pouvait songer à dominer.*

« Le libéralisme est d'origine trop libre et trop solide, etc. », continuait le journaliste anonyme.

Richard Naseby lut cet article d'un bout à l'autre et une honte écrasante l'accabla.

Son père avait agi en fou, il était parti bruyamment en guerre, et il en revenait couvert de confusion. Au moment où il sonnait de la trompette, il avait été honteusement désarçonné.

Pas moyen de mettre les faits en doute; ils étaient tous du premier au dernier contre le squire du village.

Richard aurait tout donné pour supprimer le tirage entier du journal, mais comme cela ne se pouvait pas il fit seller son cheval et, se munissant d'un bâton commode, se dirigea immédiatement vers Thymebury.

Le directeur était à déjeuner dans une pièce grande et triste.

L'absence de meubles, l'extrême simplicité du repas, et le regard maladif des yeux brillants et hagards du coupable, désarmèrent notre héros, mais il serra son bâton, et se campa sur ses jambes, résolu et provocant.

– C'est vous qui avez écrit cet article du journal de ce matin? demanda-t-il.

– Vous êtes le jeune M. Naseby? Je l'ai publié, répliqua l'éditeur en se levant.

– Mon père est un homme âgé, dit Richard.

Puis brusquement, dans un éclat :

– Et un homme autrement mieux que vous et Dalton.

Il s'arrêta et respira largement : il était décidé à ce que tout se passe correctement.

– Je n'ai qu'une question à vous poser, monsieur, reprit-il. Admettons que mon père ait été mal informé, n'eût-il pas été plus convenable de garder la lettre et de discuter avec lui en particulier?

– Croyez-moi, répliqua le directeur, cette alternative ne m'était pas laissée, M. Naseby me disant dans une note qu'il avait envoyé sa lettre à trois autres journaux, et en fait il me menaçait de ce qu'il appelait un éclat si je ne la publiais pas dans le mien. Je suis réellement affligé de ce qui est arrivé. Je comprends et j'approuve votre émotion, jeune homme; mais l'attaque contre M. Dalton était grossière, très grossière, et je ne pouvais faire autrement que de lui offrir mes colonnes pour répondre. Le parti impose des devoirs, monsieur, ajoute le journaliste s'enflammant, comme quelqu'un qui éprouve un regret, et l'attaque était grossière.

Richard se tint immobile une demi-minute, ruminant la réponse, puis, le sens de la justice s'élevant au-dessus de tout dans son âme, il murmura un sec : « Bonjour » et gagna la rue.

Il ne pressa pas son cheval au retour et il fut en retard pour le déjeuner.

Le squire était debout, le dos en feu, dans un état voisin de l'apoplexie, les doigts violemment noués sous les pans de son habit.

Quand Richard entra, il ouvrit et ferma la bouche comme un poisson et ses yeux sortirent de leur orbite.

– Avez-vous vu cela, monsieur? s'écria-t-il, faisant un signe de tête du côté du journal.

– Oui, monsieur, répondit Richard.

– Oh! vous l'avez lu, n'est-ce pas?

– Oui, je l'ai lu, répliqua Richard regardant ses pieds.

– Eh bien! alors, demanda le vieux gentilhomme, qu'en dites-vous?

– Vous me paraissez avoir été mal informé, dit Dick.

– Comment? Qu'y a-t-il? Votre esprit est-il si stérile, monsieur, que vous n'ayez pas un mot de commentaire, ni une proposition à présenter?

– Je crains, monsieur, que vous n'ayez à faire des excuses à M. Dalton. Ce serait beaucoup plus beau même, et vraiment ce ne serait que juste, et une libre reconnaissance de vos torts ferait...

Richard s'arrêta, aucune expression ne lui paraissait assez adroite dans ce cas difficile.

– Ceci est une suggestion qui doit venir de moi, monsieur, gronda le père. Elle est bien déplacée sur vos lèvres. Ce n'est pas la pensée d'un fils loyal. Eh bien! monsieur, si mon père avait été placé dans des circonstances aussi déplorables, j'aurais battu le directeur de cette vile feuille au point de le laisser à demi mort. Je l'aurais brisé, monsieur. C'eût été l'acte d'un âne, mais il aurait montré que j'avais le sang et les sentiments naturels d'un homme. Fils? Vous n'êtes pas mon fils, mon fils à moi, monsieur!

– Monsieur... dit Dick.

– Je vais vous dire ce que vous êtes, monsieur! Vous êtes un sectateur de Bentham. Je vous répudie. Votre mère serait morte de honte. Il n'y avait pas la moindre hypocrisie chez votre mère. Elle le pensait, elle me l'a dit, monsieur... Je suis content qu'elle soit dans sa tombe, Dick Naseby. Mal informé! mal informé, monsieur? N'avez-vous aucune loyauté, aucun élan, aucun sentiment naturel? N'êtes-vous qu'un mouvement d'horlogerie, hein? Sortez! Votre place n'est pas ici. Allez-vous-en! cria-t-il, en secouant ses mains dans l'air. Allez-vous-en! Laissez-moi!

Alors Dick battit en retraite dans un complet désarroi de tous ses nerfs, ses artères battant, en un mot dans un tel désordre de tout son être qu'il était incapable à la fois de parler et même d'entendre.

Une seule idée subsistait, au milieu de tout ce trouble, celle d'une impardonnable injustice, et elle resta gravée dans sa mémoire.

III

AU NOM DE L'AMIRAL

On ne revint pas sur le sujet, mais Dick et son père en conservèrent une certaine froideur dans leurs rapports.

Le rigide vieux gentilhomme se montrait encore plus rigide quand il rencontrait son fils, raidi par une éternelle rancune.

Il s'informait de la santé de Dick et parlait du temps et des récoltes avec une courtoisie affectée.

Sa prononciation était correcte, sa voix froide, nette et quelquefois tremblante d'indignation contenue.

Quant à Dick, sa vie lui semblait avoir été brusquement suspendue.

Il oubliait ses théories et ses imaginations.

Ses prétentions prématurées d'homme du monde, dont il s'était enorgueilli durant ses voyages, disparaissaient comme une chose honteuse devant ce réel chagrin.

L'orgueil, l'honneur blessé, la pitié et le respect se disputaient dans son cœur.

Parfois, il était sur le point de se jeter aux pieds de son père et d'implorer sa pitié.

En d'autres moments, il songeait à s'échapper de nuit et à ne plus jamais revenir à Naseby-House.

Il souffrait en voyant son père; bien plus, il souffrait même du voisinage de cette vallée familière où chaque coin avait pour lui sa légende et était plein des souvenirs de son enfance.

S'il fuyait vers un monde nouveau, où il serait entouré seulement d'étrangers, peut-être échapperait-il à sa destinée, qu'en savait-on? et recommencerait-il une nouvelle vie le cœur plus léger?

Du haut de la plus élevée des collines voisines qui, de temps à autre, telle qu'un doigt levé, brillait dans un rayon de soleil à travers les cassures des nuages, le berger pouvait, quand le temps était clair, apercevoir la mer étincelante.

Là, pensait-il, était l'espoir.

Mais dès qu'il voyait son père, le cœur lui manquait et il restait.

Son lot n'était pas celui du voyageur qui parcourt les mers et les terres; il ne devait voyager qu'en esprit et il commença ses voyages beaucoup plus tôt qu'il ne le supposait.

Un jour, sa promenade le conduisit dans une partie des plateaux qui lui était presque inconnue.

Grimpant au travers des bois sauvages, il se trouva, à l'orée, dans une lande qui atteignait presque les collines.

Quelques hautes fougères d'Écosse poussaient tout près d'une butte.

Une claire fontaine, toute proche du pied de la butte, laissait échapper un ruisselet en miniature qui serpentait dans les bruyères.

Une averse venait de tomber, mais le soleil brillait de nouveau et l'air était embaumé du parfum des pins et des plantes.

Sur une pierre, sour les arbres, une jeune fille dessinait.

Nous avons coutume de nous représenter les femmes dans une sorte de transfiguration symbolique basée sur leurs toilettes.

Une des plus habituelles façons de concevoir nos maîtresses n'est autre qu'un composé de jupons. Mais l'humanité a triomphé des vêtements.

L'aspect, le toucher d'une robe sont devenus réalité vivante et la femme, qui se vêt de ses enveloppes matérielles, ressort au travers et transparaît en dépit de sa robe.

Ce n'était qu'une simple robe noire qui avait conquis l'œil de Dick, mais elle s'empara de son imagination et toute autre pensée cessa d'être pour lui.

Il s'approcha.

La jeune fille se retourna.

Son visage le frappa; c'était un visage dont il avait soif; il s'en reput immédiatement comme on aspire l'air vital.

– Je vous demande pardon, dit-il, en enlevant son chapeau, vous dessinez?

– Oh! dit-elle, pour m'amuser, car je n'aime pas ce que je fais.

– Je parie dix contre un que vous vous faites injure, répliqua Dick.

« De plus, ceci est un lien entre nous. Moi-même, je dessine et vous savez ce que cela signifie.

– Non, quoi? demanda-t-elle.

– Deux choses, répondit-il. La première, que je ne suis pas un critique difficile, la seconde, que j'ai un titre à voir votre tableau.

Elle couvrit son bloc de ses deux mains.

– Oh non! dit-elle, j'ai honte.

– Vraiment, il faut alors que je vous donne un avis, dit Dick. Quoique je ne sois pas artiste moi-même, j'en ai connu beaucoup. A Paris j'en avais plusieurs comme amis et j'avais coutume de rôder dans les ateliers.

– A Paris? s'écria-t-elle, avec un éclair de joie dans les yeux. N'avez-vous jamais rencontré M. Van Tromp?

– Moi? Oui. Mais, vous n'êtes pas la fille de l'Amiral, n'est-ce pas?

– L'Amiral? Est-ce ainsi qu'on l'appelle? Oh! comme c'est gentil, comme c'est gentil à eux! Ce sont les jeunes qui l'appellent ainsi, n'est-ce pas?

– Oui, répondit Dick un peu lentement.

– Vous pouvez comprendre désormais, dit-elle, avec un accent de noble orgueil satisfait, pourquoi je ne veux pas montrer mon dessin. La fille de Van Tromp! La fille de l'Amiral! Alors vous connaissez mon père?

– Oui, dit Dick, je l'ai rencontré souvent; nous étions même intimes. Peut-être a-t-il eu occasion de vous dire mon nom : Naseby?

– Il écrit si peu! Il est si occupé, si entièrement voué à son art. J'ai fait parfois à demi le souhait, ajouta-t-elle en riant, que mon père soit un homme plus simple, que je pourrais aider, à qui je pourrais faire honneur. Mais seulement quelquefois, croyez-le, et seulement avec une partie de mon cœur. Car c'est un grand peintre. Avez-vous vu ses œuvres?

– Quelques-unes, répliqua Dick. Elles... elles sont gentilles.

Elle rit très fort.

– Gentilles, répéta-t-elle. Je vois que vous ne vous souciez guère de l'art.

– Pas beaucoup, acquiesça-t-il, mais je sais que beaucoup de gens achètent avec plaisir les tableaux de M. Van Tromp.

– Appelez-le l'Amiral, dit-elle. Cela me semble aimable et familier, et je suis heureuse de savoir qu'il est apprécié et considéré des jeunes peintres. On ne l'a pas toujours apprécié; il a eu une vie difficile pendant plusieurs années; et quand je songe (il y avait des larmes dans ses yeux) quand je songe à cela, il me semble que je vais devenir folle, conclut-elle. Et maintenant je vais rentrer. Vous m'avez rempli de joie, car imaginez, monsieur Naseby, je n'ai pas vu mon père depuis l'âge de six ans et cependant il ne quitte pas ma pensée. Il faut venir me voir. Ma tante sera enchantée de vous recevoir, j'en suis sûre, et vous me raconterez tout ce que vous savez, tout, au sujet de mon père, n'est-ce pas?

Dick l'aida à réunir son matériel de dessin et, ses préparatifs de départ terminés, elle tendit la main à Dick et lui donna une poignée de main sympathique.

– Vous êtes l'ami de mon père, dit-elle; nous serons aussi de grands amis. Il faut venir me voir bientôt.

Puis elle partit, prenant sa course pour descendre la colline.

Dick, lui, demeura dans une sorte d'étonnement et en même temps de détresse.

L'aventure présentait certains côtés risibles, mais la robe noire et le visage de celle à qui elle appartenait, ainsi que la main qu'il avait tenue dans la sienne, l'inclinaient à la prendre au sérieux.

Qu'allait-il faire dans les circonstances présentes?

Éviter la jeune fille, peut-être?

On verrait, il allait y réfléchir.

Lui dévoiler la vérité?

Hélas! il y avait quatre-vingt-dix-neuf chances sur cent, – telle était son infatuation, – pour qu'il aille au-devant d'un échec. Peut-être encore lui conserver ses illusions pour colorer les faits bruts, la maintenir dans ses idées fausses, toutefois sans dire de mensonges?

Eh bien! il allait réfléchir à tout cela, il verrait également s'il fallait éviter la jeune fille.

Il réfléchit si bien sur ce point que l'après-midi du lendemain le trouvait en route pour lui rendre visite.

De son côté, la jeune fille était rentrée directement chez elle, légère comme un oiseau, tremblante de joie, dans son petit cottage où elle vivait seule avec une tante célibataire, et aussitôt elle communiqua à cette dame, une vieille femme écossaise de soixante ans, à mine renfrognée, avec de petits signes de tête entendus, l'histoire de sa rencontre et de son invitation.

– Un de ses amis, s'écria la tante. Comment est-il? Quel est, dites-vous, son nom?

Elle ne soufflait mot et regardait la vieille femme à figure sombre. Puis, très doucement :

– J'ai dit que c'était l'ami de mon père; je l'ai invité à venir ici et il viendra, dit-elle.

Là-dessus, elle sortit et se retira dans sa chambre où elle resta assise, regardant le plafond toute la soirée.

Miss Mac Glashan, car tel était le nom de la tante, se mit à lire une grosse Bible, dans la cuisine, avec un air de martyre.

Il était à peu près trois heures et demie quand dick se présenta, plutôt soigneusement habillé, à la porte du cottage.

Il frappa, et une voix lui répondit d'entrer.

La cuisine, qui ouvrait directement sur le jardin, était un peu assombrie par le feuillage, mais il put la voir comme elle approchait vers lui de l'extrémité de la pièce.

Cette deuxième rencontre avec la jeune fille la lui révéla sous un jour nouveau.

Ses épais sourcils noirs indiquaient un caractère prompt à la colère et difficile à apaiser.

Sa bouche était petite, nerveuse, et marquait la faiblesse.

Il y avait quelque dangereuse et désobligeante obstination dans sa nature, en même temps que beaucoup d'honnêteté, de pitié et même de noblesse.

– Au nom de mon père, vous êtes le bienvenu ici, l'accueillit-elle.

Elle lui tendit la main en esquissant une révérence.

C'était un aimable accueil, quoique un peu maniéré, et Dick se sentit au troisième ciel.

La jeune fille le conduisit par la cuisine à un parloir et le présenta à Miss Mac Glashan.

– Esther, dit la tante, voyez à préparer le thé pour M. Naseby.

Et tout aussitôt que la jeune fille fut partie remplir ses devoirs d'hôtesse, la vieille femme traversa la pièce et s'approcha tout près de Dick avec un air menaçant.

– Vous connaissez cet homme? demanda-t-elle d'un ton impérieux.

– M. Van Tromp, dit Dick, oui, je le connais.

– Et qu'est-ce qui vous amène ici? dit-elle. Je n'ai pas pu sauver la mère, la sienne, qui est morte, mais pour l'enfant!...

Il y avait un son dans sa voix qui remplit Dick de consternation.

– Mon cher, continua-t-elle, que voulez-vous de nouveau? Est-ce de l'argent?

– Ma chère dame, dit Dick, je crois que vous n'interprétez pas exactement ma position. Je suis M. Naseby fils, de Naseby-House. Mes relations avec M. Van Tromp sont plutôt très maigres et je crains que Miss Van Tromp n'ait exagéré notre intimité dans sa propre imagination. Je ne sais absolument rien des affaires privées de M. Van Tromp, et ne me soucie pas de les connaître. Je l'ai rencontré par hasard dans Paris, et c'est tout.

Miss Mac Glashan poussa un long soupir de soulagement.

– A Paris, dit-elle. Eh bien! que pensez-vous de lui?... Qu'en pensez-vous? répéta-t-elle, d'un accent tout différent, tandis que Richard, qui ne trouvait aucun attrait à une telle question, lui faisait attendre sa réponse.

– Je l'ai trouvé un compagnon agréable, dit-il.

– Ah! dit-elle, vraiment! Et comment gagne-t-il son pain?

– Je crois, soupira-t-il, que M. Van Tromp a beaucoup d'amis généreux.

– J'en suis certaine, ricana-t-elle.

Et avant que Dick eût pu trouver quelque chose de plus à dire, elle avait quitté la pièce.

Esther revint avec le plateau à thé et s'assit.

– Maintenant, dit-elle, en s'asseyant confortablement, parlez-moi de mon père.

– Oh! balbutia Dick, c'est un agréable compagnon.

– Je commence à penser qu'il l'est plus que vous, monsieur Naseby, dit-elle en riant. Je suis sa fille, vous l'oubliez. Commencez par le commencement et dites-moi tout ce que vous savez de lui, tout ce qu'il vous a dit et ce que vous avez répondu. Vous vous êtes d'abord rencontrés quelque part, commencez par là.

Et c'est ainsi qu'il commença.

Il raconta comment il avait trouvé l'Amiral peignant dans un café; comment il était à ce point possédé par son art qu'il ne pouvait attendre d'être rentré chez lui pour interpréter son idée; comment (ceci en réponse à une question) cette idée, ce croquis, consistait, ce jour-là, en un coq chantant et deux poules picorant du blé; combien il aimait les coqs et les poules; et comment cela ne l'amenait pas à négliger des œuvres plus artistiques et plus ambitieuses; comment il avait dans son atelier un tableau sur un sujet grec qu'on disait remarquable à divers points de vue; comment personne n'avait vu ni connu le lieu précis où était l'atelier dans lequel ce chef-d'œuvre avait été vigoureusement, quoique secrètement, conçu et exécuté, comment (en réponse à une suggestion) cette timidité, cet amour du mystère, étaient communs à l'Amiral, à Michel-Ange et à d'autres.

Il raconta comment tous deux, l'Amiral et lui, s'étaient liés aussitôt et avaient dîné ensemble dès ce même soir; comment lui (l'Amiral) avait une fois donné de l'argent à un mendiant; comment il parlait avec effusion de sa petite fille, et avait une fois emprunté de l'argent pour lui envoyer une poupée – trait digne de Newton, vu qu'elle était alors dans sa dix-neuvième année au moins; comment, si la poupée n'était jamais arrivée à destination (car elle n'arriva jamais), le trait n'en était que plus caractéristique du très haut degré de l'intelligence créatrice de l'artiste.

Il ajouta que Van Tromp était – non pas beau – mais remarquable (oui, Dick alla aussi loin), remarquable d'apparence; que ses chaussures étaient à lacets et son vêtement noir, à basques courtes, une redingote; et ainsi de suite, ainsi de suite, sans fin.

Dick était étonné du peu de mensonges nécessaires pour entretenir la conversation.

Après tout, les gens exagèrent les difficultés de l'existence.

Un peu de direction, une légère touche au gouvernail d'ici, de là, et avec un auditeur de bonne volonté il n'y a pas de limite au domaine des propos équivoques.

Parfois, Miss Mac Glashan faisait une froide apparition dans le parloir, ce qui rendait la tâche incontestablement plus difficile, mais pour Esther, qui était tout yeux et tout oreilles, la physionomie brillante d'intérêt, le flux des récits de Dick coulait sans arrêt et sans heurt et l'esprit de ce dernier était toujours fertile en ingénieuses évasions, etc.

Quel après-midi ce fut pour Esther!

– Ah! dit-elle enfin, que c'est bon d'entendre tout cela... Ma tante, il faut que vous le sachiez, est d'esprit étroit et, trop religieuse, elle ne peut comprendre la vie d'un artiste. Elle ne m'effraye pas, moi! ajouta-t-elle avec hauteur. Je suis la fille d'un artiste!

Ce petit discours permit à Dick de se consoler de son imposture.

Esther n'était pas si grossièrement trompée en somme, et puis si c'était de la fraude, cette fraude n'était-elle pas piété elle-même?

Et que pouvait-il y avoir de plus sacré que de conserver dans le cœur d'une fille cette confiance et cet honneur filial qui, bien que mal placés, lui seyaient comme un bijou de l'esprit?

Dans ce sentiment de Dick, il pouvait se glisser une autre pensée, une ombre de lâcheté, un désir égoïste de plaire.

Ce pauvre Dick n'était, après tout, qu'un homme : qu'auriez-vous voulu qu'il fît?

IV

ESTHER ET SES SENTIMENTS FILIAUX

Un mois plus tard, Dick et Esther se rencontrèrent à la barrière, près de la croisée des routes.

S'il y avait eu quelqu'un pour les voir, en dehors des oiseaux et des insectes de l'été, ce quelqu'un aurait remarqué qu'ils s'accostaient d'une façon différente de la veille.

Dick la tint à distance à longueur du bras, et ils se regardèrent l'un et l'autre droit dans les yeux.

– Esther, dit-il, vous avez dû entendre sa voix.

– Dick! dit-elle.

– Ma chérie!

Ils tardèrent un peu à partir pour leur promenade.

Il lui enlaçait la taille d'un bras et leurs corps étaient tout rapprochés, l'un de l'autre, comme ils marchaient.

Le soleil, les oiseaux, le vent d'ouest bruissant dans les arbres, une pression, un regard, le serrement qui se resserrait autour d'un seul doigt, tout cela leur tenait lieu de pensées et remplissait leurs cœurs de joie.

Le chemin, qu'ils suivaient, les conduisit dans un bois de pins dont le sol était tapissé de bruyère et d'airelle bleue et, sur ce délicieux tapis, Dick, non sans quelque gravité, la fit asseoir.

– Esther, commença-t-il, il y a quelque chose que vous devez savoir. Vous savez que mon père est riche et vous pourriez penser, à présent que nous nous aimons, que nous pouvons nous marier quand il nous plaira. Mais je crains, chérie, que nous n'ayons à attendre longtemps et que nous ayons besoin de tout notre courage.

– J'ai du courage pour toute chose, dit-elle. J'ai tout ce qu'il me faut; entre mon père et vous, je suis très bien, et l'attente est rendue si heureuse que je pourrais attendre toute une vie sans me lasser.

Il éprouva une vive douleur à la mention de l'Amiral.

– Écoutez-moi, continua-t-il. J'aurais dû vous dire ceci plus tôt, mais c'est une pensée devant laquelle je recule. Si c'était possible, je ne vous en parlerais même pas maintenant. Mon père et moi, nous nous parlons à peine.

– Votre père, répéta-t-elle en pâlissant.

– Cela vous paraît étrange; et, cependant, je ne puis croire que je suis blâmable, dit-il. Je vais vous raconter comment cela est arrivé.

– Oh! Dick, dit-elle, quand elle l'eut écouté jusqu'à la fin, combien vous êtes courageux et combien orgueilleux!...

« Pourtant, reprit-elle, je ne voudrais pas être fier avec un père. Je lui dirais tout.

– Comment, s'écria Dick, revenir là-dessus après des mois, et me vanter d'avoir voulu briser l'homme et de ne l'avoir pas fait! Et pourquoi? parce que mon père s'était montré plus âne encore que je ne le supposais. Ma chère, cela n'a pas le sens commun.

Elle recula à ces propos et s'éloigna.

– Mais c'est tout ce qu'il demande, plaida-t-elle. S'il savait seulement que vous avez ressenti cette impulsion, il en serait si fier et si heureux. Il verrait que vous étiez bien son fils après tout et que vous avez les mêmes pensées et le même esprit chevaleresque. Vous vous êtes fait une injustice à vous-même, alors que vous parlez juste maintenant... Ce fut parce que le journaliste était faible, qu'il était pauvre et s'excusa de lui-même, que vous avez regretté votre première détermination. S'il eut été un gros homme à face rouge et à moustaches, vous l'auriez battu – vous l'auriez fait certainement – même si M. Naseby avait été dix fois plus maladroit. Pensez-vous que si vous pouvez me raconter cela et si je le comprends aussitôt, ce serait plus difficile à dire à votre père et qu'il ne serait pas aussi vite disposé à la sympathie pour vous que moi? Je vous aime, Dick, mais tout de même c'est votre père.

– Ma chère, répondit Dick, navré, vous ne comprenez pas. Vous ne savez pas ce que c'est d'être traité chaque jour comme si l'on manquait d'intelligence, de subir de petites injustices chaque jour durant votre enfance, votre jeunesse et votre âge viril, au point que vous désespériez d'être compris, au point que cela vous obsède comme un cauchemar, au point que vous haïssiez presque la vue de l'homme que vous aimez et qui est après tout votre père. En un mot, Esther, vous ne savez pas ce que c'est d'avoir un père, et c'est cela qui vous aveugle.

– Je vois, dit-elle en réfléchissant, vous voulez dire que je suis heureuse avec mon père. Mais je ne suis pas si bien partagée après tout. Vous oubliez que je ne le connais pas. C'est vous qui le connaissez : il est déjà plus votre père que le mien.

Et ici elle lui serra la main.

Le cœur de Dick était devenu aussi froid que de la glace.

– Mais j'en suis fâchée pour vous. Aussi, continua-t-elle, vous devez être bien triste et isolé.

– Vous me comprenez mal, dit Dick, froissé. Mon père est le meilleur homme que je connaisse dans tout le monde; il me vaut cent fois. Seulement il ne me comprend pas, et il m'est impossible de le comprendre.

Il y eut un court silence.

– Dick, commença de nouveau Esther, je vais vous demander une faveur, c'est la première depuis que vous m'avez dit que vous m'aimiez. Puis-je voir votre père – le voir passer, veux-je dire, à un endroit où il ne me remarquerait pas?

– Pourquoi? questionna Dick.

– C'est un caprice. Vous oubliez que je suis romanesque en matière de pères.

L'insinuation suffit à Dick.

Il consentit vivement et, rempli de repentir et de répugnance, comme un chien qu'on fouette, il l'amena par un chemin détourné et la plaça au milieu des arbustes d'où elle pourrait voir le squire passer tout près, en rentrant à cheval pour l'heure de son dîner.

Là, tous deux s'assirent en silence, mais se tenant par la main, pendant près d'une demi-heure.

Enfin, le trot d'un cheval se fit entendre au loin.

La grille du parc s'ouvrit avec bruit, puis M. Naseby apparut, les épaules courbées, la physionomie lourde et bilieuse, se soulevant avec langueur au trot du cheval.

Esther le reconnut aussitôt.

Elle l'avait vu souvent déjà, quoique sa grande indifférence, pour tout ce qui était en dehors du cercle de son amour, l'eût même empêchée de s'enquérir de qui il était; mais maintenant elle le reconnaissait et le trouvait vieilli de dix ans, lourd, sans ressort et marqué du sceau d'un chagrin constant.

– Oh! Dick! Dick! dit-elle.

Et les larmes commencèrent de couler sur son visage, comme elle se cachait sur sa poitrine.

Celles de Dick coulaient avec abondance également.

Le retour fut triste; et cette soirée-là, comblé de tendresses et de bons conseils, Dick déploya tout son art pour plaire à son père, pour le convaincre de son respect et de son affection, pour réparer la brèche, à force de preuves d'affection, et réunir deux cœurs.

Hélas! le squire était malade et maussade.

Toute la journée avait été assombrie par l'éloignement de Dick (car c'est ainsi qu'il se représentait la situation), et maintenant par des grognements, de dures paroles et sa froideur, il décourageait toute avance, et se retranchait dans un juste ressentiment.

V

LE PÈRE PRODIGUE REPARAÎT AU FOYER FAMILIAL

Cela se passait un mardi.

Le mardi suivant, comme Dick se rendait au rendez-vous, fixé plus tôt que de coutume, et marchait dans la direction du cottage, il fut tout étonné de rencontrer sur sa route un fiacre de Thymebury dans lequel il reconnut la silhouette de Miss Mac Glashan.

La dame ne daigna pas faire attention à lui au passage.

Son visage était inondé de larmes et exprimait beaucoup d'intérêt pour les divers colis dont elle était entourée.

Il s'arrêta, se demandant ce que cela pouvait signifier et présager.

Il faisait un temps si magnifique qu'il repoussa toute idée de malheur, et cependant quelque chose avait dû se passer au cottage, quelque chose de décisif, car Miss Mac Glashan partait en voyage, avec son petit patrimoine sous forme de paquets de papier brun, et de plus l'air de la vieille dame laissait supposer une chaude querelle, suivie d'une inqualifiable défaite.

La maison allait-elle lui être fermée à lui?

Esther était-elle abandonnée, ou un nouveau protecteur avait-il surgi parmi les millions d'êtres de l'Europe?

C'est un trait distinctif de l'amour d'abhorrer les proches parents de l'être aimé.

De nombreux chapitres de l'histoire de l'humanité justifient ce sentiment et la conduite des oncles, en particulier, a souvent encouru la censure des romanciers.

Miss Mac Glashan apparaissait à Dick, maintenant, enveloppée de regrets.

Quelle que fût la personne qui lui succédait, Dick pressentait qu'il ne pourrait que perdre au change.

Il se mit à marcher plus vite dans cet état d'esprit, et son anxiété croissait à chaque pas.

Comme il entrait dans le jardin, une voix frappa son oreille.

Une fois de plus, il s'arrêta, non pas avec un doute, mais avec la certitude évidente d'un malheur. La foudre était tombée. L'Amiral était arrivé.

Dick aurait battu en retraite dans un mouvement de terreur panique, mais Esther se tenait en éveil quand elle attendait son amoureux.

En un clin d'œil, elle fut près de lui, rayonnante de joie et de plaisir, trop heureuse pour remarquer son embarras, et dans un de ces transports délirants d'exultation qui surpassent non seulement toute expression, mais même les caresses.

Elle le saisit par le bout des doigts (s'avançant pour les prendre, car sa grande préoccupation était de gagner du temps), l'attira vers elle, le poussa devant elle pour le faire entrer et le plaça face à face avec M. Van Tromp, vêtu d'un complet français en veloutine et le nez orné d'un remarquable clou.

Puis, comme si cette scène était le couronnement de ce qu'elle pouvait supporter de joie, Esther fit demi-tour et se sauva de la pièce.

Les deux hommes restèrent l'un devant l'autre, éprouvant un même sentiment de gêne.

Van Tromp reprit naturellement ses sens le premier.

Il tendit la main d'un geste élégant.

– Et vous connaissez ma petite fille, mon Esther, commença-t-il. Cela est amusant, c'est ainsi que j'imaginais mon home. Mot étrange chez le vieux coureur du monde que je suis, mais nous avons tous un attrait pour la maison et pour tout ce qui est familial, de quelque façon que nous le déguisions. C'est ce sentiment qui m'a amené ici, monsieur Naseby, continua-t-il avec une intonation qui aurait assuré son succès sur la scène par sa mesure, sa tristesse, sa dignité, sa conformité avec le sentiment de l'homme du monde et du philosophe –, et vous voyez un homme heureux.

– Je vois, répondit Dick.

– Asseyez-vous, continua le parasite, en lui donnant l'exemple. La chance a tourné contre moi (j'avale un peu d'eau-de-vie pour me refaire de mon voyage). Je m'enfonçais, monsieur Naseby. Entre vous et moi, j'étais décavé. J'ai emprunté cinquante francs. J'ai passé ma valise en fraude sous les yeux du concierge, un tour de passe-passe qui nécessitait un rude tact... Et me voici.

– Oui, dit Dick, et vous voilà.

Il était presque idiot.

Esther, à ce moment, fit sa réapparition dans la pièce.

– Êtes-vous content de le voir? murmura-t-elle à son oreille, le plaisir faisant presque explosion dans sa voix, comme un chant à travers le murmure.

– Oh! oui, répondit Dick. Très content!

– Je savais que vous le seriez, répliqua-t-elle. Je lui ai dit combien vous l'aimiez...

– Servez-vous, servez-vous vous-même et buvons à une nouvelle existence.

– A une nouvelle existence! répéta Dick.

Et il porta le verre à ses lèvres, mais il le reposa sans avoir bu une goutte de breuvage.

Il en avait assez de nouveautés pour un seul jour.

Esther s'était accroupie sur un tabouret aux pieds de son père.

Elle pressait ses genoux dans ses mains et portait agréablement ses regards alternativement de l'un à l'autre de ses deux visiteurs.

Ses yeux étaient si brillants qu'on se fût demandé s'ils contenaient ou ne contenaient pas de larmes; des petits frissons voluptueux lui parcouraient le corps.

Parfois elle enfonçait son menton dans sa gorge comme un oiseau se blottit dans son nid. Parfois elle rejetait sa tête en arrière dans une sorte d'extase.

En un mot, elle était dans cet état où sont plongés, dit-on, ceux qui ne peuvent garder pour eux la conscience de leur bonheur.

Par contre, nul mot ne saurait rendre l'agonie de Richard.

Entre-temps, Van Tromp bavardait sans fin.

– Je n'ai jamais oublié, disait-il, ni un ami ni un ennemi; de ceux-là je n'en ai que deux : moi-même et le public, et j'imagine que je me suis joliment vengé de tous deux.

Il pouffa de rire.

– Mais ce temps-là est passé. Van Tromp n'est plus... Ce fut un homme qui avait des succès... Je crois que vous savez qu'il eut des succès dont nous ne parlerons plus désormais.

Avec un sourire, il ramena un peu plus bas sa cravate.

– Cet homme-là, reprit-il, n'existe plus. Par un effort de volonté, je l'ai supprimé... Il y a quelque chose comme cela chez les poètes. C'est ce qu'ont constaté, je puis dire, tous les observateurs : D'abord une carrière brillante et remarquable, y compris les bombances et franches lippées. Puis, tout à coup, *presto*, surgit un bonhomme tranquille, en dessous, vieilli, un peu rustre, qui cultive ses roses. A Paris, monsieur Naseby...

– Appelez-le Richard, père, dit Esther.

– Richard, s'il me le permet. Après tout, nous sommes de vieux amis, et maintenant presque des voisins? Le cottage est bâti, je crois, sur les terres de votre père, une famille que je respecte, et le bois, je le sais, appartient à Lord Trevanion. Peu m'importe! Je suis un vrai bohème. J'ai rompu net avec le monde. J'ai rompu quand j'étais dans les argents et maintenant je récolte mon salaire, et je puis rester sur la rupture, avec dignité, dans mon abaissement présent... Nous avons notre petit amour-propre, ma fille : votre père doit se respecter lui-même...

« Merci, oui, merci... Un soupçon, rien qu'un soupçon... Merci, merci!... Vous me comblez...

« Mais je disais, Richard, ou plutôt j'allais dire, ma fille s'est rouillée, oui, rouillée... Sa tante était une vraie duègne... De là, entre parenthèses, Richard, ses sentiments de défiance à mon égard... Ma nature et celle de la duègne sont aux deux pôles opposés... aux deux pôles... Mais maintenant que je suis ici, maintenant que j'ai renoncé à la lutte et que je ne vivrai plus désormais que pour une seule de mes œuvres – j'ai la modestie de dire que c'est la meilleure –, ma fille, eh bien! nous allons remettre les choses droit, comme elles doivent être... Les voisins, Richard, qui sont-ils?...

Dick répondit qu'il y avait dans la vallée de la Thyme beaucoup de bonnes familles.

– Vous nous présenterez, dit l'Amiral.

La chemise de Dick en fut trempée de sueur d'angoisse.

Il se lança dans de maladroites excuses pour

avancer son départ, qu'Esther s'expliqua par la crainte d'être indiscret, et elle inscrivit cela au crédit des mérites de Dick, tout en s'efforçant de le retenir.

– Avant notre promenade, protesta-t-elle. Jamais! J'ai droit à ma promenade.

– Partons tous, dit l'Amiral, qui se leva.

– Vous ne savez pas si l'on a besoin de vous, geignit Esther en s'appuyant sur son épaule avec une caresse. Je puis désirer parler à mon vieil ami au sujet de mon nouveau père, mais vous viendrez aujourd'hui. Vous ferez tout ce qu'il vous plaira. Je me suis mis en tête de vous gâter.

– Je vais boire une gorgée de plus de cet excellent brandy.

Là-dessus, l'Amiral se baissa vers la table pour se servir un nouveau verre de spiritueux.

– C'est étrange, reprit-il, comme ce voyage m'a fatigué. Ah! je deviens vieux, je deviens vieux et, je regrette de l'ajouter, mon crâne se déplume.

Il planta coquettement sur sa tête un bolivar blanc à bords relevés.

Ses vieilles ressouvenances de bourreau des cœurs renaquirent aussitôt.

Esther avait rapidement posé son modeste chapeau sur ses jolis cheveux blonds et était prête que son père étudiait encore l'effet de sa coiffure dans la glace.

Son épingle de cravate avait un peu péniblement arrêté son attention.

– Maintenant nous sommes papa, nous sommes respectables, dit-il à Dick pour expliquer son dandysme.

Et alors allant d'un pas élastique à une gaine à parapluies et à cannes, qui était parmi ses bagages, il y fit choix d'un jonc.

Ah! où étaient les élégantes cannes de son beau

temps de Paris? Ce n'était là que soutien d'un vieillard, l'appui sûr et sans prétention qui convenait à ce décor champêtre.

Dick commença à voir et à apprécier la gaieté de l'homme qui tient un nouveau rôle, quand il se rendit compte avec quel art il le jouait.

Il avait inventé une guitare pour cette première course à travers champs avec sa fille et il la touchait admirablement.

Il marchait d'un air las; il s'appuyait sur sa canne; il regardait autour de lui avec une mine triste, une sympathie qui s'arrêtait à tout ce sur quoi il fixait les yeux.

Il demanda même le nom d'une plante et se moqua de lui-même gentiment, se traitant de vieux moineau de ville ignorant de la nature.

– La vie aux champs va me rendre jeune de nouveau, soupira-t-il.

Vers une heure de l'après-midi, ils arrivaient à la crête de la colline.

Le soleil commençait à décliner dans le ciel.

L'orient se colorait de mille tons, modelant les collines échelonnées jusqu'à leurs moindres contours et les lointains marais avec leurs fondrières veinées de bruyères et de bouquets de coudriers courant à l'ouest et au nord dans une lumière chargée d'humidité et de brouillard.

Alors le peintre s'éveilla en Van Tromp.

– Bon Dieu! Dick! s'écria-t-il, quelles valeurs!

Une ode en quatre cents vers n'eût pas paru plus touchante à Esther.

Ses yeux s'emplirent de larmes de bonheur.

Oui, c'était bien là le père qu'elle avait rêvé, le père que Dick lui avait décrit : simple, enthousiaste, étranger au monde, bon, peintre jusqu'au fond de l'âme et gentleman aux manières distinguées.

Et ce fut à ce moment précis que l'Amiral aperçut

une maison au bord de la route et un écriteau qui pendillait à la porte et qui pouvait s'interpréter comme un appel à ceux qui ont soif et désirent un repos.

– Est-ce un bouchon? demanda-t-il en la désignant de son stick.

Il y avait dans sa voix un changement marqué, comme s'il attachait quelque importance à la question.

Esther écouta, espérant qu'elle allait entendre un trait d'esprit ou de sagesse.

Dick répondit que c'était effectivement une auberge.

– Vous la connaissez? interrogea l'Amiral.

– J'ai passé devant une centaine de fois, mais voilà tout, répliqua Dick.

– Oh! dit Van Tromp avec un sourire et en remuant la tête, vous n'êtes pas un vieil homme des champs. Vous avez beaucoup à apprendre encore. Vous le voyez, moi, je devine une auberge à deux pas de chez moi et ma première pensée est pour mes voisins... Je vais aller de l'avant. Je vais faire la connaissance de mes voisins... Vous, vous n'avez pas besoin de me suivre... Je ne resterai là qu'un instant.

Et d'un pas gai et vif, il s'en alla vers l'auberge, laissant Dick seul avec Esther sur la route.

– Dick! s'écria-t-elle, je suis si heureuse d'échanger un mot avec vous. Je suis au comble de la joie. J'ai tant de milliers de choses à vous dire. Il faut que vous me rendiez un service... Imaginez, il n'a apporté ni boîte de peinture ni chevalet et je veux qu'il ait tout cela... Il faut aller pour moi chercher ces objets à Thymebury... Vous voyez comme maintenant son cœur se tourne du côté de la peinture... Il ne pourrait pas vivre sans elle, ajouta-t-elle.

Sans doute elle songeait à la fois à Van Tromp et à Michel-Ange.

Jusqu'à ce moment, elle n'avait rien observé de l'attitude de Dick.

Elle était trop heureuse pour que sa curiosité fût en éveil et le silence du jeune homme en présence de cet être grand et bon, qu'elle appelait son père, lui avait paru à la fois naturel et digne d'éloges.

Mais maintenant qu'ils étaient seuls, elle eut conscience qu'il s'était élevé une barrière entre son amoureux et elle, et l'alarme surgit dans son cœur.

– Dick, se plaignit-elle, vous ne m'aimez pas.

– Je vous aime, lui répondit-il dans un élan d'amour.

– Mais vous êtes malheureux... Vous êtes changé... Vous... vous n'êtes pas heureux de voir mon père, conclut-elle avec un brisement dans la voix.

– Esther, reprit Dick, je vous dis que je vous aime. Si vous m'aimez, vous savez ce que cela signifie et que tout ce que je désire est de vous voir heureuse... Pensez-vous que je puisse jouir de votre plaisir? Je le puis, Esther... Si je suis soucieux, si je suis alarmé, si... Oh! ayez confiance, essayez et croyez en moi, se plaignit-il, renonçant à discuter par une inspiration qui n'était certes pas malheureuse.

Mais les soupçons de la jeune fille étaient éveillés et bien qu'elle ne poussât pas plus loin les choses – on voyait, en effet, revenir l'Amiral – ses tourments n'en furent pas pour cela apaisés.

Tout d'abord, elle reprochait simplement à Dick l'égoïsme qui avait projeté sur sa joie des yeux chargés d'inquiétude et des paroles empreintes de tristesse.

Il n'est rien pour quoi une femme soit moins indulgente que pour le langage d'une passion qu'elle ne partage pas, ne fût-ce qu'en ce court moment.

Ensuite, elle le suspecta d'être jaloux de son père

et elle l'en méprisa, bien qu'elle pût voir des excuses à cette attitude.

Enfin, d'une façon ou d'une autre, c'était là le dangereux début d'une séparation entre leurs deux cœurs.

Esther se trouvait en désaccord avec son plus cher ami.

Elle ne pouvait plus longtemps regarder dans son cœur et y lire tout ce qu'elle pensait, écrit dans la même langue que dans le sien.

Elle ne pouvait plus songer à lui comme au soleil qui irradiait le bonheur sur sa vie, car elle s'était tournée vers lui une fois et il avait soufflé sur elle ombre et froideur, il avait irradié sur elle ténèbres et glace.

Pour tout dire, en un mot, Esther commençait, quoique ce sentiment fût à peine esquissé en elle, à cesser d'aimer.

VI

LE PÈRE PRODIGUE Y VA DE PLUS EN PLUS FORT

Nous ne raconterons pas par le menu le retour et l'installation de l'Amiral, mais nous nous hâterons vers la catastrophe, donnant, chemin faisant, une simple chronique de quelques incidents saillants, au sujet desquels nous nous en rapporterons entièrement au témoignage de Richard, car jusqu'à ce jour Esther n'a jamais ouvert la bouche sur ce pénible incident de sa vie.

Quant à l'Amiral, eh bien! cet officier de l'armée de mer, quoique encore vivant et maintenant très confortablement installé dans un petit port de mer où il a un télescope et un drapeau sur le pont de son jardin, est incapable de projeter le moindre rayon lumineux sur la question.

Comme il l'a bien des fois observé à celui qui écrit ces pages :

– Si je sais quoi que ce soit là-dessus, monsieur, je veux bien être... peut-être ce que j'espérais qu'il ne serait pas.

Et alors il se mettait à regarder le portrait de sa fille, une photographie, remuait la tête avec un air amusé et se préparait un autre grog en façon de consolation.

Une fois, je l'ai entendu aller plus loin, exprimer

ses sentiments à l'égard d'Esther par ce mot simple, mais éloquent :

– Une mijaurée, monsieur, dit-il sans rancune, mais plutôt d'un ton d'amusement, et il vida cordialement son verre à sa santé.

Son pire ennemi eût été forcé d'admettre qu'il était un homme sans malice. Il ne garda jamais une dent à personne de sa vie, car il n'avait pas le goût de ces petitesses et il négligeait d'y porter attention.

Ce fut cependant durant cette période obscure que le drame se déroula réellement et la scène en fut le cœur d'Esther à l'abri de tout œil curieux.

Si cette jeune fille passionnée, droite et triste, eut été différemment traitée par le destin, les événements se fussent abattus sur elle en une succession différente, car certaines choses conduisent aisément aux autres.

Tout le cours de ce récit en eût été changé et Esther n'aurait jamais été enlevée.

Quoi qu'il en soit, au travers d'une série d'actes et de paroles dont peu nous sont connus et d'un enchaînement de pensées que chacun peut imaginer de lui-même, elle s'éveilla, en quatre jours, du rêve qu'elle vivait.

La première cause tangible du désenchantement, ce fut quand Dick apporta au cottage, le soir du vendredi, l'arsenal de peintre qu'elle lui avait demandé.

L'Amiral était au coin de la cheminée, sirotant une fois de plus un brandy à l'eau et Esther, assise à la table, travaillait.

Tous deux s'empressèrent au-devant de celui qui arrivait et la jeune fille, le soulageant de son énorme fardeau, se mit à étaler ces cadeaux sous les yeux de son père.

La mine de Van Tromp tomba de plusieurs degrés; il se prit presque de colère.

– Dieu me damne! s'écria-t-il.

Puis, d'un ton presque d'hostilité que rien ne déguisa :

– Il faut vraiment que je vous prie, mon enfant, de vous mêler de ce qui vous regarde.

– Père, dit-elle, pardonnez-moi, je sais que vous avez renoncé à votre art...

– Ah oui! riposta l'Amiral, j'y ai renoncé jusqu'au jour du jugement.

– Pardonnez-moi, dit-elle avec fermeté, mais je ne crois pas, je ne puis pas admettre que vous ayez raison sur ce point. Supposons que le monde soit injuste, supposons que personne ne vous comprenne, vous avez toujours un devoir à remplir envers vous-même... Oh! Oh! ne détruisez pas le plaisir que j'ai eu à vous voir chez nous près de moi. Montrez-moi que vous pouvez être mon père, et cependant ne pas sacrifier votre destinée... Je suis pas comme certaines filles... Je ne jalouserai pas votre art et j'essaierai de le comprendre.

La situation était d'une farce odieusement comique.

Richard en poussait des grognements. Il eût souhaité de pouvoir protester hardiment et dénoncer la mystification.

Mais le mystificateur, imaginez-vous qu'il fût très à son aise dans ses souliers?

Je sais bien d'autre part qu'il était très malheureux à ce moment-là et il trahit ses souffrances par un très vilain et très indigne mouvement de colère au cours duquel il brisa sa pipe en plusieurs morceaux, lança son grog dans le feu et employa des mots qui n'étaient pas jolis-jolis, bien qu'il les bredouillât de façon quelque peu confuse.

Cela fut de brève durée.

Van Tromp reprit ses esprits et il était de la plus délicieuse humeur, trois minutes après la première explosion.

– Je suis un vieux fou, dit-il avec franchise. J'ai été gâté dans mon enfance. Quant à vous, Esther, vous êtes tout le portrait moral de votre mère. Vous avez un sens morbide du devoir, surtout pour autrui. Luttez contre ce penchant, mon enfant, luttez contre ce penchant. Quant aux couleurs, soit, je m'en servirai un de ces jours, et pour témoigner de mon empressement je prierai Dick de me préparer une toile.

Dick s'employa sans retard à cette besogne servile sans que l'Amiral daignât s'occuper de la façon dont il s'y prenait.

Au contraire, il s'absorba dans la mixture d'un nouveau grog et se livra à une plaisante débauche de bavardage.

Un peu plus tard, Esther se leva et, sous un prétexte quelconque, bon ou mauvais, alla se coucher.

Dick demeura empêtré dans son travail de préparation de la toile et fut en proie pendant une heure au cramponnage de Van Tromp.

Le lendemain samedi, croit-on, il y eut un petit échange de propos un peu vifs entre Esther et son père.

Quoi qu'il en soit, vers midi, Dick rencontra l'Amiral qui reprenait la direction de l'auberge avec le patron de laquelle il était devenu une paire d'amis.

Dick se demandait qui défrayait ces visites et à la pensée que le réprouvé trouvait sa monnaie de poche, comme son gîte et sa pension, dans la générosité de la pauvre Esther, il eut quelque envie de jeter à terre d'un coup de poing le vieux.

Celui-ci avait la mine fleurie, les gestes pleins de grâce, l'esprit pétillant de bonne humeur.

– Mon cher Dick, dit-il en passant son bras sous le sien, voilà qui est d'un bon voisin. Cela marque votre tact que vous me rencontriez alors que je souhaitais de vous voir. Je suis en grande gaieté et c'est alors seulement que je désire voir un ami.

– Je suis heureux d'entendre que vous êtes si heureux, répliqua amèrement Dick. Il est certain qu'il n'y a pas de cause qui vous puisse troubler.

– Non, consentit l'Amiral, pas de cause. Je suis sorti à temps de mes embarras et ici, eh bien! ici, tout me plaît. Je suis franchement à mon goût... A propos vous ne m'avez jamais demandé comment j'aimais ma fille?

– Non, dit tout net Dick. Je ne vous l'ai certes pas demandé.

– C'est avec intention que vous ne le demandez pas, Dick. Et pourquoi?... C'est ma fille naturellement, mais je suis un homme qui a vécu, un homme de goût, Dick, et parfaitement qualifié pour donner une opinion avec impartialité, oui, Dick, avec impartialité... Franchement, je n'ai aucune désillusion par elle... Elle a de jolis traits. Elle les tient de sa mère. Elle est dévouée, elle m'est toute dévouée.

– C'est la meilleure femme du monde, s'écria bruyamment Dick.

– Dick, s'exclama l'Amiral, qui s'arrêta court. J'attendais ce cri. Allons, descendons ensemble aux Armes de Trevanion et nous traiterons la question en vidant une bouteille...

– Certes, non, dit Dick. Vous avez déjà trop fréquenté les bouteilles.

Le parasite fut sur le point de relever ce trait, mais un coup d'œil qu'il jeta sur le visage de Dick et quelque ressouvenir des termes, dans lesquels ils étaient à Paris, vinrent à l'aide de sa jugeote et le retinrent.

– Comme il vous plaira, reprit-il. Quoique je ne sache ce que vous voulez dire, et à parler franc, je m'en soucie peu... Promenons-nous si vous préférez cela... Vous êtes encore un jeune homme... Quand vous aurez mon âge... Mais poursuivons... Vous me plaisez, Dick. Vous m'avez plu dès la première rencontre et, pour dire la vérité, Esther est un peu fantasque et mieux vaudra qu'elle soit mariée... Elle a ses idées à elle, comme vous vous en êtes sans doute aperçu... Cela lui vient, comme ses traits, de sa pauvre et chère mère... Elle a eu tous les bonheurs du fait de sa mère. Je souhaiterais qu'elle ait tous les bonheurs du côté de son mari, et, voyez-vous, Dick, à ce point de vue, vous êtes, vous, et nul autre, le mari qui lui convient. Ce soir, je sonderai ses sentiments.

Dick s'arrêta, effaré.

– Monsieur Van Tromp, je vous en supplie, dit-il, en ce qui concerne vos propres affaires, faites ce qu'il vous plaît, mais, pour l'amour de Dieu, laissez votre fille s'en tirer toute seule.

– C'est mon devoir, répliqua l'Amiral, et entre nous, scélérat, c'est mon inclination aussi. J'aime à m'occuper de mariages, comme une vieille femme... Il sera plus discret de votre part de ne pas paraître chez nous ce soir... Adieu, vous laissez vos intérêts en bonnes mains. J'ai l'habitude de ces petites affaires de cœur... Je ne suis pas à mes débuts.

Toute discussion ne servit de rien.

Le vieux lascar était arrivé à ses fins.

Richard ne pouvait se dissimuler combien cette intervention pouvait porter atteinte à ses projets et il livra vaillamment bataille.

Il y eut un instant une lueur d'espoir.

L'Amiral proposa de nouveau d'aller s'asseoir aux Armes de Trevanion et, sur le refus renouvelé de Dick, un instant, il fut en question de savoir si le buveur invétéré ne s'y rendrait pas seul.

S'il l'eut fait, tout naturellement Dick prenait ses

jambes à son cou et allait prévenir Esther de ce qui arrivait et lui apprenait comment les choses avaient commencé. Mais l'Amiral, après une pause, décida d'aller boire du brandy au cottage et en prit la direction.

De ses opérations de sondage, nous ne savons rien.

Le jour suivant, on vit l'Amiral à l'église, proprement, très correctement vêtu.

Il se rendit droit aux chaises de la famille, se joignit aux répons et aux hymnes, comme s'il n'avait jamais fait que cela toute sa vie.

Son attitude, comme il en avait bien l'intention, attira l'attention des fidèles.

Le vieux Naseby notamment le remarqua.

– Nous avions en face de nous à l'église un vieux pochard, dit-il à son fils, comme ils revenaient en voiture au château. Savez-vous qui c'est?

– Un certain Van Tromp, si je ne m'abuse, répondit Dick.

– Encore un étranger! observa le squire.

Dick ne put trop se congratuler d'avoir heureusement effectué sa fuite.

Si l'Amiral l'avait rencontré avec son père, quel aurait été le résultat de l'abordage?

Une pareille catastrophe pourrait-elle, cependant, être longtemps retardée?

Il lui semblait que l'orage était près d'éclater, et certes il était encore plus proche qu'il ne le pensait.

Il ne put aller au cottage l'après-midi, retenu qu'il était par la crainte et l'embarras; mais quand le dîner fut terminé à Naseby-House et sitôt que le squire fut tombé dans un propice assoupissement, Dick s'échappa du salon et s'enfuit.

Il courut à toutes jambes à travers la campagne, partie pour gagner du temps, partie pour empêcher que son courage ne se refroidît; car maintenant il avait en horreur la pensée du cottage et de l'Amiral, et, s'il ne la haïssait pas, du moins il redoutait de penser à Esther.

Il n'était pas maître de ses réflexions; mais il ne pouvait cacher à son propre cœur qu'il devait avoir déchu dans l'estime de la jeune fille et le spectacle de l'aveuglement où elle était l'irritait, ainsi qu'une insulte.

Il frappa et on lui ouvrit.

Dans la pièce, rien n'était changé depuis sa dernière visite, Esther assise à la table et Van Tromp auprès du feu; mais l'expression des deux visages disait que les choses avaient suivi un cours bien différent.

La jeune fille était plus pâle que d'habitude.

Ses yeux étaient sombres.

La couleur du cerne, qui les entourait, paraissait altérée et leur regard, plus rapide, était aussi vigilant que fixe.

Les traits de l'Amiral, d'autre part, étaient vermeils, flasques et moites.

Ses joues pendaient sur son col de chemise.

Son sourire était détaché et errant, et il avait tellement livré la bride au caprice de ses yeux qu'un d'eux était dirigé intérieurement comme s'il surveillait la croissance d'un bouton.

Nous sommes sur nos gardes contre les jugements téméraires mais l'Amiral avait certainement cultivé la bouteille.

Il ne fit aucune tentative pour se lever quand Richard entra, mais il brandit vivement sa pipe en l'air et lança un clin d'œil de bienvenue.

Esther prêta aussi peu d'attention que possible à l'arrivant.

– Ah! Ah! Dick, cria le peintre. J'ai été à l'église, j'y suis allé, ma parole! Et je vous y ai vu, bien que vous ne m'ayez pas aperçu. Et j'ai vu aussi une diabolique petite femme, par Dieu! Si ce n'était cette calvitie et cet aimable air mauvais garçon que je ne puis déguiser – s'il n'y avait pas ceci et cela, et autre chose. Ah! J'ai oublié ce que je disais... Non pas ça... j'ai une foule de choses à débagouler... Je suis d'humeur communicative ce soir. Je laisserai dehors tous mes chats égal à 70 fois 7... Je suis ce que j'appelle en scène et tout ce que je désire, c'est un écouteur... Même s'il est sourd, je serai aussi heureux que Nabuchodonosor.

Des deux heures qui suivirent, il n'est pas nécessaire de donner plus qu'une esquisse.

L'Amiral était extrêmement idiot, de temps en temps amusant et jamais réellement ennuyeux.

Il était évident qu'il ne perdait pas de vue la présence de sa fille et choisissait un sujet et un ton de langage qui ne pouvaient heurter une dame.

En une autre occasion, la scène aurait plu à Dick.

L'égoïsme de Van Tromp, s'évaporant avec la boisson, montait à un diapason plus élevé que la simple vanité.

Il devenait candide et se répandait en explications; il cherchait à mettre ses auditeurs entièrement dans ses confidences et leur exposait ses plus intimes convictions, celles qu'il renfermait le plus étroitement en lui-même.

De son propre savoir, qui était considérable, et de sa vanité, qui était immense, il avait créé un étrange animal hybride qu'il appelait de son propre nom.

Comme il avait dégarni de leurs plumes des vertus qui eussent réjoui le cœur de César ou de saint Paul, il complétait son propre portrait par quelqu'une de ces touches d'impitoyable réalisme que le satiriste cherche si souvent en vain.

– Maintenant, voilà Dick, dit-il, c'est un malin. Il

m'a pénétré de fond en comble la première fois que nous nous sommes rencontrés, et il m'a dit comme ça – comme ça à la face – que j'avais le don d'observer... Je ne vous en veux pas de votre malice, Dick; vous aviez raison; je suis un blagueur.

On peut imaginer comment Esther perdit courage en voyant sur quel nouveau terrain se rencontraient ses deux idoles.

Et alors, dans une parenthèse, Van Tromp reprit :

– C'était quand je peignais mes ordures, mes ignobles barbouillages!...

Et un peu plus tard, il dit, peut-être en blaguant, mais avec un air de vérité :

– Je n'ai jamais eu la plus légère hésitation à écornifler une créature humaine!

Là-dessus Dick se leva.

– Je crois que peut-être, observa-t-il, nous ferions mieux de penser à aller nous coucher.

Et il avait un sourire faible et méprisant.

– Pas du tout, cria l'Amiral. Je sais un tour qui en vaut deux... Mon petit chat, que voici, – et il indiquait sa fille du doigt, – mon petit chat ira se coucher, et vous et moi nous nous amuserons jusqu'à ce que tout soit bleu de nouveau dans le ciel.

Là-dessus Esther se leva dans une dignité navrée.

Assise là, elle avait deux mortelles heures écouté son idole se dénigrer elle-même et se moquer de sa divinité.

Une par une, ses illusions s'étaient effeuillées.

Et maintenant voici qu'il lui enjoignait dans sa propre maison d'aller se coucher! Maintenant il l'appelait son petit chat! Maintenant également il proférait des mots mal sonnants en retombant sur sa chaise et cassait le tuyau de sa pipe en trois.

Jamais le mouton ne se retourne contre son tondeur d'un front plus impérieux.

Sa voix était calme, sa parole un peu lente, mais parfaitement distincte, et, avant de lui parler, elle se campa dans la plus simple et la plus virginale attitude.

– Non, dit-elle, M. Naseby aura la bonté de retourner chez lui et vous, vous irez vous coucher!

Les fragments de la pipe tombèrent des doigts de l'Amiral; il semblait, à voir sa contenance, avoir vécu trop longtemps dans un monde indigne de lui; mais, circonstance bizarre, il n'essaya pas de répliquer et s'assit atterré, la bouche ouverte.

Esther fit vivement un signe à Dick en lui indiquant la porte et il ne put que lui obéir; quand il eut franchi le seuil, découvrant qu'elle était tout près de lui, il osa s'arrêter et lui dire tout bas :

– Vous avez bien fait!

– J'ai fait ce qui m'a plu, dit-elle. Peut-il peindre?

– Quelques-uns aiment ses peintures, répondit Dick d'une voix étouffée. Elles ne m'ont jamais plu et je n'ai jamais dit qu'elles me plaisaient, ajouta-t-il se défendant en désespéré avant d'être attaqué.

– Je vous demande s'il peut peindre. Il ne faut pas répondre à côté. Peut-il peindre? reprit-elle.

– Non, dit Dick.

– En a-t-il le goût?

– Pas maintenant, je crois.

– Et il est ivre?

Elle appuya sur le mot avec haine.

– Il a bu!

– Allez, dit-elle.

Et elle allait rentrer dans la maison quand une autre inquiétude l'arrêta.

– Venez me trouver demain matin, quand je serai calme, dit-elle.

– Je viendrai, répondit Dick.

Et alors, la porte fermée derrière elle, Dick se trouva seul dans l'obscurité.

Il y avait encore un rayon de lumière au-dessus du seuil, un chaud, un doux éclat qui partait de derrière la fenêtre.

Le toit du cottage et une partie des tertres et des noisetiers étaient plongés dans une épaisse obscurité, jusqu'au ciel; mais tout le reste était informe, inanimé et silencieux comme une tombe.

Dick demeura là où Esther l'avait quitté, debout, le poids du corps campé sur un pied et reposant seulement sur l'orteil de l'autre, et comme il restait fixe, comme il écoutait de toute son âme!

Le bruit d'une chaise qui frappait rudement sur le parquet fit monter son cœur à ses lèvres; mais le silence qui avait été troublé une seconde par cette chute s'appesantit de nouveau sur le cottage et sur ses entours.

Ce qui se passa pendant cet intervalle est un secret pour nombre de gens; mais quand Dick fut au-delà de la portée de sa voix, Esther parla encore également et sans interruption pendant peut-être une demi-minute.

Aussitôt que sa voix eut cessé de résonner, de pénibles et d'incertains faux pas traversèrent le parloir et montèrent en vacillant l'escalier.

La jeune fille avait dompté son père.

Van Tromp, obéissant, était allé se coucher, tant il avait subi l'autorité de sa surveillante.

Et Dick attendait encore, tendant l'oreille, et la terreur et un malaise au cœur.

Esther eût-elle suivi son père, eût-elle même fait un mouvement, dans cette grande conspiration des hommes et de la nature pour avoir une heure de calme absolu, Dick l'aurait su à l'instant à l'endroit où il était devant la porte.

Et si elle n'avait pas bougé, ne s'était-elle pas évanouie, ou n'était-elle pas morte?

Il pouvait entendre l'horloge du cottage mesurer

les secondes, pour lui le temps était arrêté et une terreur superstitieuse était maîtresse de ses facultés.

A la fin, il ne put supporter davantage l'attente et, sautant en deux bonds à travers le jardin, il colla son visage contre la fenêtre.

Le store, qui n'était pas complètement baissé, laissait une ouverture d'un centimètre de haut dans le bas du carreau, et la salle à manger tout entière apparut aux observations de Dick.

Esther était assise à la table.

Sa tête reposait sur sa main, ses yeux demeuraient fixés sur la bougie.

Ses sourcils étaient légèrement froncés, sa bouche légèrement ouverte, son attitude si calme que Dick avait peine à croire qu'elle respirât.

Elle n'avait pas bougé au bruit de l'approche de Dick.

Bientôt après, faisant un bruit qui parut énorme dans le grand silence de la nuit, l'horloge fit entendre sa voix et sonna onze fois comme un coucou.

Esther restait encore immobile et fixait toujours la bougie.

Minuit suivit, puis une heure du matin.

Elle n'avait toujours pas encore remué, ni Richard Naseby n'avait osé quitter la fenêtre.

Alors vers une heure et demie la bougie qu'elle avait tant fixée crépita et brilla d'une dernière flamme.

Elle se leva avec un soupir, regardant encore une fois partout autour d'elle, souffla la lumière, se retourna et on l'entendit monter rapidement l'escalier dans le noir.

Dick était resté seul dans l'obscurité, et dans ce triste état d'esprit où un homme pense que sa misère ne peut être pire.

Il était presque heureux de penser ainsi.

Il tourna sur ses talons et marcha doucement vers la barrière.

Elle ne lui avait pas fixé d'heure, et il avait résolu à quelque heure qu'elle vînt qu'elle le trouverait là, attendant.

Lorsqu'il arriva au lieu du rendez-vous, le jour commençait à poindre.

Il s'appuya à la barrière et embrassa les ombres qui s'enfuyaient.

Enfin, le soleil perça les nuages qui semblaient se débander à l'est.

Un fort vent s'était élevé, balayant la terre chargée de feuilles, et avait séché la rosée.

« Hélas! pensa Dick Naseby, comment un nouveau jour peut-il se présenter si désagréablement à moi? »

Il avait encore besoin de l'expérience du lendemain.

VII

L'ENLÈVEMENT

Il était environ dix heures.

Dick s'était à moitié endormi sur le tertre quand Esther vint sur la route.

Elle portait un paquet.

L'instinct ou peut-être de légers pas rappelèrent Dick, tandis qu'elle était encore bien loin, à la possession de ses facultés.

Il se souleva à demi et il contempla le monde.

Il lui fallut un certain temps pour se retrouver dans la vie réelle.

Il s'était réveillé avec une sensation de plaisir enfantin, comme un homme à qui un héritage eût échu pendant la nuit; mais cette sensation s'enfuit graduellement, et soudainement il eut la conception de la vérité.

Toute l'histoire de la soirée passée revint à sa mémoire dans les moindres détails, comme s'il revoyait tout d'une vision directe et vive de ses yeux.

Il se leva du fossé et, avec un ardent courage, alla à la rencontre de son amour.

Elle vint à lui, marchant droit et vite, la figure encore pâle, mais en apparence tout à fait calme.

Elle ne témoigna ni surprise ni plaisir en trouvant son amoureux au rendez-vous.

Elle ne lui tendit pas la main.

– Me voici, dit-il.

– Oui, répondit-elle.

Et alors, sans arrêt et sans changement dans sa voix :

– Je désire que vous m'enleviez, ajouta-t-elle.

– Vous enlever! Comment? Où?

– Aujourd'hui, dit-elle. Ça m'est égal où, mais je désire que vous m'enleviez.

– Pour combien de temps? Je ne comprends pas, soupira Dick.

– Je ne reviendrai plus jamais ici.

Ce fut sa seule réponse.

Des paroles extravagantes, proférées, comme celles-là l'étaient, avec une tranquillité parfaite de manières et de voix, exerçaient une double influence sur l'esprit de l'auditeur.

Dick était confondu : il revint de son étonnement pour tomber dans le doute et l'alarme.

Il observa l'attitude glaciale d'Esther, si décourageante pour un amoureux qui a la prétention qu'on fasse attention à lui, et repoussa la pensée que cette attitude suggérait.

– Avec moi, demanda-t-il, Esther? Vous venez avec moi, Esther?

– Il faut que vous m'emmeniez, répéta-t-elle impatiemment. Emmenez-moi d'ici.

La situation n'était pas suffisamment définie.

Dick se demanda avec affliction si elle était tout à fait dans son bon sens.

L'enlever, l'épouser, travailler pour la faire vivre, Dick était content de faire tout cela : encore désirait-il quelques preuves d'amour de sa part.

Il n'était pas de ces égoïstes et de ces cœurs légers qui épouseraient leur amoureuse à la pointe de la baïonnette plutôt que de ne pas l'épouser du tout.

Il désirait qu'une femme se jetât dans ses bras

avec bonne volonté communicative, sinon avec ardeur, et l'attitude d'Esther était plutôt désespérée qu'amoureuse.

Cela le glaça et lui enseigna la sagesse.

– Chérie, dit-il, dites-moi ce que vous désirez, et vous l'aurez; dites-moi vos pensées, alors je pourrai vous conseiller. Mais partir d'ici sans un plan, sans préméditation, dans la chaleur du moment, serait plus fou que la folie et n'avancerait à rien. Je ne parle pas comme un homme, mais je parle le langage de la vérité, et je vous le répète, la chose est absurde, déraisonnable et pleine d'inconvénients.

Elle le regarda avec un méprisant et languissant regard de colère.

– Alors vous ne voulez pas m'enlever, dit-elle... Bien, je partirai seule.

Elle commença à s'en aller, et il se jeta devant elle.

– Esther! Esther! cria-t-il.

– Laissez-moi partir. Ne me touchez pas... De quel droit vous occupez-vous de moi? Qui êtes-vous pour me toucher?

Elle partit comme l'éclair, tremblante de colère.

Alors, enhardi par la violence même d'Esther, il l'empoigna brutalement par le bras et la retint pendant qu'il parlait.

– Vous savez bien qui je suis et ce que je suis et que je vous aime. Vous dites que je ne veux pas vous aider, mais votre cœur sait le contraire. C'est vous qui ne voulez pas me venir en aide, puisque vous ne voulez pas me dire ce dont vous avez besoin. Vous voyez ou vous pourriez voir, si vous preniez la peine de regarder, que j'ai attendu ici toute la nuit pour être prêt pour vous servir. J'ai seulement demandé à être informé de vos volontés... je vous prie seulement de réfléchir et j'insiste pour vous supplier de mieux penser à ce que vous avez en tête. Si vous êtes décidée, allons-y; je ne vous prierai pas plus longtemps. Je commande et je ne permettrai pas que vous alliez plus loin toute seule.

Elle le considéra un moment froidement, l'examina méchamment, comme quelqu'un qui essaie la trempe d'un outil.

– Bien, enlevez-moi alors, dit-elle avec un soupir.

– Bon! dit Dick. Venez avec moi aux écuries. Là nous prendrons la charrette et le poney et nous irons jusqu'à la station. Ce soir vous serez à Londres. Je suis si entièrement à vous qu'aucune parole ne pourrait ajouter à mon dévouement et, du reste, vous le savez, et les mots sont inutiles. Que Dieu m'aide à être bon pour vous, Esther – et que Dieu m'aide, car je vois que vous, vous ne voulez pas le faire.

Alors, sans autre propos, ils partirent ensemble.

Ils étaient déjà loin quand il remarqua qu'elle portait toujours sa valise.

Elle la lui remit passivement, et quand il lui offrit son bras, elle hocha la tête simplement et pinça les lèvres.

Le soleil brillait clairement et colorait leurs visages.

Le vent était fort et frais et il fleurait le parfum des bois et des prairies. Lorsqu'ils descendaient dans la vallée de la Thyme, le babillage du courant s'élevait dans l'air comme un rire continu.

Sur les collines lointaines, les rayons de soleil et les ombres couraient le long des pentes et grimpaient de cime en cime.

La terre, l'air et l'eau semblaient être revenus à la pleine santé et on n'avait plus conscience de ce qu'il y avait de malaise pénible les autres matinées, et de l'est à l'ouest, du vallon le plus bas au plus haut du ciel, de chaque regard, de chaque attouchement, et de chaque odeur, une créature humaine pouvait recueillir les plus encourageants enseignements, sur la durée et l'esprit de l'univers.

Esther marchait dans ce milieu enchanteur.

Elle posait à peine ses pieds sur le sol, légère comme un oiseau, mais elle demeurait silencieuse : un nuage régnait sous ses sourcils épais.

Elle paraissait insensible, non seulement à la nature mais aussi à la présence de son compagnon.

Entièrement, absolument préoccupée d'elle-même, elle ne regardait ni à droite ni à gauche mais devant elle sur le chemin.

Quand ils furent sur le pont, elle s'arrêta pourtant.

Elle se pencha sur le parapet et fixa un moment la pure et sombre nappe d'eau et le fugitif monceau de neige des courants.

– Je vais boire, dit-elle.

Et elle descendit le sentier jusqu'au bord de l'eau.

Là elle but dans ses mains avec gourmandise et se baigna les tempes avec de l'eau.

La fraîcheur semblait emporter pour un instant la fatigue qui l'accablait, et au lieu de se hâter, s'attardant dans un nonchalant et infatigable vagabondage, elle demeura là ou elle se trouvait, regardant droit devant elle.

Et Dick, du haut du pont, l'observant, lui vit un sourire équivoque et fugitif, puis elle redevint aussi grave qu'avant.

Le sentiment de l'éloignement, si cruel à supporter pour un amoureux, pesait plus lourdement sur son compagnon.

Les pensées de la jeune fille étaient un secret pour lui.

Son cœur était fermé et verrouillé; et lui, il restait là, la courtisant vainement des yeux.

– Vous sentez-vous mieux? demanda Dick, quant à la fin elle revint le retrouver.

Et, après la contrainte d'un si long silence, sa voix sonnait étrange à ses oreilles.

– Oui.

La sollicitude de Dick fut coupée net et comme glacée.

Ses paroles s'arrêtèrent en chemin.

Ses yeux même, désespérant d'un encouragement, cessèrent de regarder les siens.

Et tous deux ils avancèrent en silence à travers le hameau de Kirton, où un vieillard les suivit des yeux.

Peut-être enviait-il leur jeunesse et leur amour!

Ils traversèrent l'Ivy.

Le moulin éclaboussait et grondait sourdement dans l'ombre entrecoupée du vallon, et le meunier, devant la porte, secouait la farine de ses mains en sifflant un refrain; ils s'en allèrent au-dessus du petit bois, ils contemplèrent les montagnes de part et d'autre.

Ils descendirent la colline pour gagner les dépendances et les bâtiments de service de Naseby-House.

Esther était toujours en avant et Dick la suivait péniblement. Il marchait docilement dans son sillage, mais aussitôt qu'ils approchèrent des écuries il se dépêcha de prendre les devants.

Il eût préféré qu'elle l'attendît sur le chemin tandis qu'il irait chercher la voiture, mais après avoir été tant de fois rudoyé et repoussé par elle, il manqua de courage pour le lui proposer.

Peut-être aussi lui semblait-il plus sage de ne pas perdre de vue sa voiture. Aussi entrèrent-ils dans la cour en file indienne comme un chemineau et sa femme.

Le groom retroussa ses sourcils, quand il reçut l'ordre d'atteler le phaéton.

Il continua de les retrousser durant les préparatifs qu'il fit.

Esther resta debout et regarda tranquillement de petits poulets qui picoraient dans un coin de la cour.

« M. Richard, pensa le groom, n'est pas dans son état normal. »

Vrai, il portait la valise comme une relique et il restait debout d'un air indifférent, ou bien il marchait de long en large d'un pas précipité.

En outre, il avait négligé de se laver les mains et il avait l'air de revenir d'une excursion prolongée.

La contenance du groom paraissait celle de quelqu'un qui retient une envie de siffler.

Et à peine la voiture avait-elle tourné le coin et pris bruyamment la grande route emportant ce couple inexplicable, qu'on entendit un sifflement prolongé et chevrotant; et le groom, ainsi soulagé de sa contrainte, exprima le reste de sa surprise par un simple mot anglais, familier dans la bouche du loup de mer et du mineur couvert de suie.

Là-dessus il courut raconter toutes ces nouvelles aux servantes de Naseby-House.

Le déjeuner sera sur la table dans un peu plus d'une heure. Le squire, en s'asseyant, ne manquera pas de demander après M. Richard.

Ainsi que le lecteur intelligent peut le prévoir, ce groom a son rôle à jouer dans l'imbroglio.

Pendant ce temps, Dick avait réfléchi profondément et amèrement.

Il lui semblait que son amour s'était envolé, mais pas bien loin, et qu'il lui fallait trouver un geste adroit, une intonation juste. Alors le cœur d'Esther le reconnaîtrait et ce cœur serait attendri.

Cependant, il n'osait pas ouvrir la bouche et il conduisit en silence, jusqu'à ce qu'ils eussent passé les petites grilles du parc et eussent tourné le chemin de traverse le long du mur.

Maintenant il lui semblait que c'était le moment ou jamais.

– Ne pourriez-vous pas vous apercevoir que vous me tuez? cria-t-il. Parlez-moi, regardez-moi, traitez-moi comme un être humain.

Elle se retourna doucement, le regarda en face avec des yeux qui paraissaient meilleurs.

Il lâcha les guides et prit sa main.

Elle ne fit aucune résistance et son étreinte fut sans réponse.

Mais quand alors il passa son bras autour de sa taille, qu'il chercha à lui baiser les lèvres, certainement pas comme un amoureux, pas parce qu'il en avait envie, mais comme un homme désespéré qui joue tout son sort dans ce geste, elle s'écarta de lui, un pli au front, tourna la tête de tous côtés et le repoussa de la main.

Alors il n'y avait plus aucun doute.

Dick vit aussi clairement que le soleil qu'elle avait du dégoût pour lui, qu'elle nourrissait une haine contre lui.

– Alors, vous ne m'aimez pas, dit-il, en s'éloignant d'elle comme si son toucher l'avait brûlé, et comme elle ne faisait aucune réponse, il répéta d'une intonation impérieuse bien que sympathique :

– Vous ne m'aimez pas, n'est-ce pas? Vous ne m'aimez pas.

– Je ne sais pas, répliqua-t-elle. Pourquoi me demandez-vous ça? Comment le saurais-je?... Il n'y a eu entre nous que des mensonges – mensonges, mensonges et toujours mensonges!

Il cria vivement son nom comme un homme qui vient d'éprouver un choc physique.

Ce fut la dernière parole qu'il prononça jusqu'à leur arrivée à la station de Thymebury.

Cette gare, isolée au milieu de la lande, est desservie par la ligne ferrée de Londres.

La ville la plus proche, Thymebury, elle-même, est à sept milles de distance sur l'embranchement qu'on appelle chemin de fer de la vallée de la Thyme.

Il était presque midi et demi.

Le train venait de passer et il n'y aurait plus de train avant 3 h 30, heure où le train local entre en gare pour correspondre avec l'express de 3 h 45.

Le chef de gare était déjà parti pour son jardin, situé à un demi-mille plus loin, dans un coin de la lande.

Un facteur, qui s'apprêtait à partir aussi, prit soin du phaéton et promit de le ramener à Naseby-House avant la nuit, et seul un vieil employé sourd, priseur et rébarbatif, resta là pour faire les honneurs de la gare à Dick et à Esther.

Avant que le phaéton fût parti, la jeune fille était entrée dans la gare et s'était assise sur un banc.

La lande s'étendait à perte de vue devant elle, sans aucune clôture que l'horizon.

Deux lignes de rails, quelques poteaux télégraphiques apportaient une maigre diversion au paysage.

A l'approche de midi, le vent était de plus en plus tombé et maintenant il faisait une chaleur torride : l'air tremblait sous les rayons brûlants du soleil.

Dick s'arrêta un instant. Puis, en deux pas, il fut aux côtés d'Esther et, d'une voix larmoyante, il lui dit :

– Esther, ayez pitié de moi. Qu'ai-je fait? Ne pouvez-vous pas me pardonner? Esther, vous m'avez aimé, ne pourrez-vous m'aimer encore?

– Comment puis-je vous le dire! Comment puis-je le savoir! répliqua-t-elle. Vous n'êtes que mensonge, rien que mensonge, du premier au dernier mot. Vous riiez de ma folie, jouant avec moi comme avec un enfant, au même moment que vous me déclariez que vous m'aimiez. Où est la vérité? Y avait-il quelque chose de vrai ou tout cela était-il de la moquerie? Je suis lasse de le chercher. Et vous dites que je vous aimais; j'aimais l'ami de mon père. Je ne vous ai jamais aimé. Je n'avais jamais entendu parler de vous, et lorsque cet homme est revenu j'ai commencé à me trouver déçue. Rendez-moi mon père, soyez ce que vous étiez autrefois et vous pourrez parler d'amour avec certitude.

– Alors vous ne pouvez pas me pardonner? – Vous ne le pouvez pas? demanda-t-il.

– Je n'ai rien à pardonner, répondit-elle. Vous ne me comprenez pas.

– Est-ce votre dernier mot, Esther? dit-il, tremblant et mordant sa lèvre pour la contraindre à ne pas trembler.

– Oui, c'est mon dernier mot, répliqua-t-elle.

– Alors nous sommes dans une fausse situation et nous ne resterons pas plus longtemps ici, dit-il. Si vous m'aviez encore aimé, je vous aurais enlevée, parce qu'alors j'aurais pu vous rendre heureuse. Mais comme cela n'est pas, je dois vous parler franchement; ce que vous me proposez est dégradant pour vous, insultant pour moi, méchant et ingrat à l'égard de votre père. Votre père peut être ceci ou cela, mais vous devriez le respecter.

– Que voulez-vous dire? Je lui ai laissé ma maison et mon argent, c'est plus qu'il ne mérite. Je suis étonnée que vous osiez me parler de cet homme, et du reste, ce qu'il a est tout ce qu'il désire. Laissez-lui tout prendre et que je n'entende plus jamais parler de lui.

– Je vous croyais romanesque en matière de parents, riposta-t-il.

– Est-ce une raillerie? demanda-t-elle.

– Non, répliqua-t-il, c'est un argument. Personne ne peut vous forcer à l'aimer, mais ne lui faites pas honte devant lui-même. Il est vieux, Esther, vieux et cassé. J'ai pitié de lui, et, pourtant, il a été la perte de tout ce que j'ai aimé. Écrivez à votre tante. Quand je verrai sa réponse, vous pourrez partir, et naturellement je vous conduirai jusqu'à sa porte. En attendant, vous devez retourner chez vous. Vous n'avez pas d'argent et vous devez faire ce que je vous dis. Croyez-moi, Esther, je fais tout pour votre bien, rien que pour votre bien, que Dieu m'entende!

Elle avait mis sa main dans sa poche; elle la retira vivement.

– Je comptais sur vous, gémit-elle.

– Vous avez raison d'y compter, dit-il. Pour vous plaire un moment, je ne veux pas nous rendre malheureux, tous les deux, pour toute notre vie; et puisque je ne puis pas vous épouser, nous avons été trop longtemps dehors. Il vous faut vous en retourner tout de suite à la maison!

– Dick, cria-t-elle soudainement, peut-être pourrai-je – peut-être plus tard – peut-être...

– Il n'y a pas de peut-être en cette question, interrompit Dick. Je dois ramener le phaéton.

Et là-dessus, il sortit de la gare, dans un transport de passion et de vertu.

Aux paroles de Dick, les joues d'Esther s'empourprèrent et elle demeura un instant comme pétrifiée.

Elle resta sans bouger pendant son absence et, quand il revint, il voulut la faire remonter dans le phaéton et il la reconduisit comme un enfant fatigué et malade.

En comparaison de ce qu'était maintenant sa situation d'esprit, celle du matin semblait toute naturelle.

Elle s'assit, blanche, froide et silencieuse; ses yeux n'avaient aucune expression.

Le pauvre Dick fouettait le poney.

Une fois, il essaya de siffloter, mais son courage l'abandonna.

D'énormes nuages de désespoir assombrissaient son âme et, de temps à autre, leur obscurité était déchirée par un éclair de désir et de regret.

Il avait perdu son amour, pour de bon.

Le poney était fatigué et les côtes très hautes et très raides.

L'air était plus étouffant que jamais, car maintenant la brise commençait à manquer entièrement.

Il semblait que cette misérable promenade ne dût jamais finir, et que le pauvre Dick ne pourrait jamais partir, car tout son désir était de s'échapper de la présence d'Esther, de se dérober au reproche de ses regards.

Il avait perdu son amour, pour tout de bon, pensait-il, il l'avait perdu pour tout de bon.

Ils n'étaient pas bien loin du cottage quand son cœur défaillit et il la supplia une fois encore, parlant tout bas en phrases entrecoupées.

– Je ne peux pas vivre sans vous, conclut-il.

– Je ne comprends pas ce que vous voulez dire, répliqua-t-elle.

– Bien, dit-il, meurtri, votre tante peut venir vous chercher elle-même. Naturellement vous pouvez me demander ce dont vous aurez besoin... Mais je crois que ce serait le mieux.

– Oh oui! dit-elle tristement, ça vaut mieux comme ça!

Ce fut le seul échange de paroles entre eux jusqu'à 4 heures.

Quand le phaéton monta le chemin, ils purent voir le cottage entre les haies fleuries.

Une mince fumée sortait de la cheminée.

Les fleurs, dans le jardin, courbaient leur tige sous la chaleur; le silence n'était entrecoupé que par le bruit du pas des chevaux. Car juste en face de la grille, un domestique en livrée marchait de long en large accompagnant un cheval sellé.

Et, en voyant cela, Dick frémit en reconnaissant le cheval brun de son père.

Le domestique, comme reprenant le train-train de son service, s'occupa du phaéton.

Cependant, Dick pensa qu'il avait touché son chapeau avec une légère grimace.

Esther, passive comme toujours, sortit et traversa le jardin avec une démarche lente et mécanique; et Dick, la suivant, entendit, à l'intérieur du cottage, la voix de son père criant un anathème, et la voix tremblante de l'Amiral qui répondait sur un ton belliqueux.

VIII

BATAILLE ROYALE

Le squire Naseby, en s'asseyant, pour le déjeuner, s'était informé de Dick, qu'il n'avait pas vu depuis la veille au dîner; et le domestique répondit maladroitement que Master Richard était revenu, mais était ressorti avec le poney et le phaéton.

Les soupçons paternels furent éveillés.

Il questionna l'homme jusqu'à ce qu'il lui eût arraché toute la vérité.

De ce rapport, il résulta que Dick sortait depuis près d'un mois avec une demoiselle de la vallée – une demoiselle Van Tromp; qu'elle demeurait près du bois de Lord Trevanion; que le père de Mlle Van Tromp était récemment revenu des pays étrangers après une longue absence; que ce père était un vieux monsieur bavard et qui dépensait beaucoup au cabaret.

En entendant cela, la figure de M. Naseby devint pourpre, le groom ajouta qu'en outre le père se disait amiral – sur quoi M. Naseby siffla brièvement, furieusement comme s'il jurait – et que le jeune M. Dick semblait au mieux avec le papa.

– Dieu l'aide! dit M. Naseby.

La nuit dernière, le jeune M. Dick n'était pas rentré, et aujourd'hui il était parti avec la jeune demoiselle en phaéton.

– Jeune femme, corrigea M. Naseby.

– Oui, monsieur, dit l'homme, qui était peu disposé à bavarder d'abord et qui maintenant était accablé par l'effet de ses communications sur son maître. Jeune femme, monsieur.

– Avaient-ils des bagages? demanda le propriétaire.

– Oui, monsieur.

M. Naseby resta silencieux un moment, s'efforçant de cacher son émotion, et il la maîtrisa si bien qu'il prit un ton sarcastique, quand il était le plus prêt à donner libre cours à son chagrin.

– Est-ce que ce Van Dunk était avec eux? demanda-t-il en appuyant avec mépris sur le nom.

Le domestique ne le croyait pas et, désirant rejeter la responsabilité sur d'autres épaules, suggéra que peut-être le maître ferait mieux de s'adresser au garçon d'écurie en personne.

– Dites-lui de seller le cheval alezan et de m'accompagner. Il peut monter le cheval hongre, car sans doute nous irons bon train... Vous pouvez enlever cette cochonnerie, ajouta M. Naseby en désignant du geste le déjeuner.

Et il se leva majestueusement dans sa colère et s'avança sur la terrasse en attendant qu'on lui amenât son cheval.

La vieille nourrice de Dick, Nance, l'y arrêta au passage car les nouvelles avaient parcouru toute l'échelle de la domesticité de Naseby-House, et elle exprima timidement l'espoir qu'il n'était rien arrivé de fâcheux au jeune maître.

– Je le sortirai de là, dit le squire d'un air farouche comme s'il avait l'intention de le tirer d'un moulin à battre le blé. Je le sauverai de cette bande. Il a du goût pour la mauvaise compagnie et aucune affection naturelle qui l'oblige à se ranger. Son père ne lui était d'aucune compagnie. Il préfère se griser avec ce ramolli de Hollandais, et maintenant le voilà pincé. Prions que cela lui serve de leçon.

Et il ajouta plus gravement :

– Mais la jeunesse n'est là que pour causer des ennuis et la vieillesse pour les réparer.

Nance, en pleurnichant, se mit à raconter plusieurs épisodes de l'enfance de Dick, ce qui obligea M. Naseby à se moucher.

Il lui pressa la main fortement.

Puis, le cheval étant arrivé au moment opportun, il sauta en selle et partit au galop.

Il alla droit à Thymebury, où, comme on doit s'y attendre, il ne put recueillir aucun renseignement sur les fugitifs.

On ne les avait pas vus au George; on ne les avait pas aperçus à la gare.

La figure de M. Naseby s'assombrissait.

Il ne pensait pas à l'embranchement, et son dernier espoir était le cottage de Van Tromp.

Il ordonna à Georges de l'y mener et le suivit le cœur rempli de chagrin, d'anxiété et d'indignation.

– Voici l'endroit, monsieur, dit Georges en s'arrêtant.

– Quoi! sur mes propres terres! cria-t-il. Comment cela se fait-il? J'ai loué ce terrain à Mac Whirter ou Mac Glashan.

– Miss Mac Glashan était la tante de la jeune demoiselle, je crois, monsieur, répliqua Georges.

– Alors, dit le squire, je me brosserai aussi pour ma rente. Tenez mon cheval.

L'Amiral, par cet étouffant après-midi, était assis à la fenêtre avec une lunette d'approche.

Il connaissait de vue le propriétaire et, le voyant traverser le jardin, il en conclut sans aucun doute qu'il venait demander la main d'Esther.

« C'est pour cela qu'elle n'est pas encore rentrée,

pensa-t-il, une délicatesse exquise de la part du jeune Naseby. »

Il soigna son attitude avec un certain soin, répondit au fort coup de cravache sur la porte par une agréable invitation à entrer, s'avança avec un salut amical et dit :

– Monsieur Naseby, je crois?

Le propriétaire, armé pour l'explication, toisa l'homme des pieds à la tête, en une seconde, et se décida à parler tout de suite.

Il ferait bien voir à ce gaillard-là qu'il avait compris son jeu.

– Vous êtes M. Van Tromp? répliqua-t-il brusquement sans prendre la main que l'autre lui tendait.

– Lui-même, monsieur, répliqua l'Amiral. Prenez un siège, je vous prie.

– Non, dit le squire nettement. Je ne veux pas m'asseoir... On m'a dit que vous étiez amiral? ajouta-t-il.

– Non, monsieur, je ne suis pas un amiral, répondit Van Tromp, qui commençait à comprendre le sujet de l'entretien.

– Alors pourquoi vous faites-vous appeler amiral, monsieur?

– Je vous demande pardon, cela n'est pas, dit Van Tromp aussi fier que le pape.

Mais rien n'en imposait au squire.

– Vous naviguiez sous de fausses couleurs, du commencement à la fin. Votre maison a été prise sous un faux nom.

– Ce n'est pas ma maison. Je suis l'invité de ma fille, répliqua l'Amiral. Et si c'était ma maison...

– Eh bien! dit le squire, alors quoi?

L'Amiral le regarda noblement, mais garda le silence.

– Écoutez, dit le squire, cette intimidation est une

perte de temps. Cela n'aura aucun succès avec moi, monsieur, je ne vous permettrai pas de gagner du temps, avec vos feintes... Maintenant, monsieur, je présume que vous comprenez ce qui m'amène ici.

– Je suis tout à fait ignorant du motif de votre visite, répondit en s'inclinant Van Tromp.

– Je tâcherai de vous le dire. Je viens ici comme un père – en jetant sa cravache sur la table. J'ai le droit et la justice de mon côté. Je comprends vos calculs, mais vous avez compté sans moi. Je suis un homme du monde et je vois à travers vos manœuvres. Je me défends contre une conspiration, je la stigmatise comme elle le mérite. Je la démasquerai et je l'anéantirai. Et maintenant je vous ordonne de me dire comment tout cela est arrivé et jusqu'à quel point vous avez trompé mon malheureux fils.

– Mon Dieu, monsieur, interrompit Van Tromp, j'en ai déjà par-dessus les oreilles... Votre fils? Dieu sait où il est... Que diable ai-je à faire avec votre fils? Ma fille est partie, à cause de cela, je pourrais vous demander où elle est : que diriez-vous à cela? Mais nous sommes dans la folie de la canicule. Exposez votre affaire distinctement et je vous répondrai point par point.

– Comment puis-je vous la dire? cria le squire. Où votre fille a-t-elle emmené mon fils avec cette maudite voiture et le poney?

– Dans la voiture au poney, répéta Van Tromp.

– Oui, monsieur – avec bagages. Bagages.

Van Tromp devint un peu pâle.

– Bagages, je dis – bagages! exclama Naseby. Vous pouvez épargner ces dissimulations. Où est mon fils? Vous parlez à un père, monsieur, à un père!

– Mais, monsieur, si cela est vrai, conclut Van Tromp dans un nouveau ton. C'est moi qui ai une explication à demander?

– Précisément. Il y a conspiration, répliqua Naseby. Oh! ajouta-t-il, je suis un homme du monde. Je sais voir à travers les choses et à travers vous.

Van Tromp commença à comprendre.

– Vous dites beaucoup que vous êtes un père, monsieur Naseby, reprit-il, je crois que vous oubliez que ce nom nous est commun. Je puis difficilement m'imaginer, je comprends mal qu'un homme – je n'ai pas dit un gentleman – puisse aussi impudemment en insulter un autre que vous l'avez fait, depuis que vous êtes entré dans cette maison. Pour la première fois, j'apprécie vos basses insinuations et je les méprise, ainsi que vous-même. Vous êtes, m'a-t-on dit, un industriel; je suis un artiste. J'ai vu des jours meilleurs, je me suis trouvé dans des sociétés où vous ne seriez pas reçu et j'ai dîné où vous seriez satisfait de payer une livre pour me voir dîner. L'aristocratie de l'argent, monsieur, je la méprise. Je refuse de vous aider, je refuse d'être aidé par vous. Voici la porte.

Et l'Amiral restait debout dans l'attente.

C'est alors que Dick entra.

Il était resté sous le porche un bon moment, et Esther silencieuse à ses côtés.

Il avait étendu son bras pour l'empêcher d'entrer et, quoique ayant l'air d'écouter, elle paraissait à peine comprendre.

Quant à Dick, il était aussi blanc qu'un linge. Ses yeux brûlaient et ses lèvres tremblaient de colère et il poussa violemment la porte, introduisit Esther avec une galanterie cérémonieuse et s'avança en enfonçant son chapeau sur la tête ainsi qu'un homme prêt à bondir.

– Qu'est-ce que tout ceci? demanda-t-il.

– Monsieur Naseby est-il votre père? demanda l'Amiral.

– C'est mon père, répondit le jeune homme.

– Je vous fais mes compliments, répondit Van Tromp.

– Dick, cria son père, en s'avançant, il n'est pas trop tard, n'est-ce pas? Je suis arrivé à temps pour vous sauver. Viens, viens avec moi – viens, quittons cet endroit.

Et il caressa Dick avec ses mains.

– Retirez vos mains de dessus moi, cria Dick, sans intention désobligeante, mais parce que ses nerfs étaient brisés après tant de misères.

– Non, non, dit le vieillard, ne repoussez pas votre père, Dick, quand il vient ici pour vous sauver. Ne me repoussez pas, mon fils. Je n'ai peut-être pas été bon pour vous, pas assez attentif, trop dur; mon fils, ce n'était pas par manque d'affection. Rappelez-vous le temps passé, j'étais bon pour vous alors, n'est-ce pas? Quand vous étiez un enfant et que votre mère était avec nous.

M. Naseby s'interrompit dans un sanglot.

Dick, debout, le regardait fixement.

– Venez, continua le père, dans un murmure, vous ne devez pas avoir peur des conséquences. Je suis homme du monde, Dick; et elle ne doit avoir aucun droit sur vous, vous dis-je; et nous serons généreux aussi, Dick, nous leur donnerons une somme ronde au père et à la fille, et ce sera fini!

Il essayait d'attirer son fils vers la porte, mais ce dernier s'en éloignait.

– Faites attention, monsieur, à la façon dont vous insultez cette dame, dit-il avec colère.

– Vous n'hésiterez pas entre votre père et votre maîtresse, dit le père.

– Comment l'appelez-vous, monsieur? cria Dick, haut et clair.

L'endurance et la patience n'étaient pas parmi les qualités de M. Naseby.

– Je l'ai appelée votre maîtresse, hurla-t-il, et j'aurais pu l'appeler une...

– C'est un lâche mensonge, répliqua Dick lentement.

– Dick, cria le père, Dick!

– Je m'en moque, dit le fils, se raffermissant contre son cœur. Je le dis, et c'est la vérité.

Il y eut une pause.

– Dick, dit le vieillard à la fin, avec une voix agitée comme par un souffle d'ouragan, je pars. Je vous laisse avec vos amis, monsieur, avec vos amis. Je suis venu pour vous aider et à présent, je pars... je suis un homme brisé. Pendant des années, j'ai vu venir ce qui advient aujourd'hui. Vous ne m'avez jamais aimé. Maintenant vous serez cause de ma mort. Vous pouvez vous en flatter. Je vous quitte, que Dieu vous pardonne!

Là-dessus il s'en alla, et le trio, demeuré dans le cottage, entendit les sabots de son cheval s'éloigner dans le sentier.

Esther n'avait pas fait un mouvement pendant cette entrevue et gardait encore le silence, mais l'Amiral, qui s'était promené une fois ou deux de long en large, s'avança au premier plan.

– Vous êtes un homme d'esprit et de cœur, monsieur, dit-il à Dick. Quoique je n'aime pas à m'occuper des affaires de famille, je vous dirai que vous avez été dur pour votre père.

Puis, il ajouta, avec un sourire :

– Vous avez commencé, Richard, avec une cuiller d'argent, et vous êtes ici dans l'eau comme les camarades. Travaillez, travaillez, rien ne vaut le travail. Vous avez de bonnes manières, des moyens; vous mourrez millionnaire!

Dick se récria.

Il prit Esther par la main en la regardant tristement.

– Alors, c'est un adieu, dit-il.

– Oui, répondit-elle sans intonation dans la voix et ne soutenant pas son regard.

– Pour toujours? ajouta Dick.
– Pour toujours, répéta-t-elle machinalement.
– Vous avez été dure, continua-t-il. Avec le temps j'aurais pu vous prouver ce que je vaux et vous prouver aussi combien je vous aimais. Mais cela ne devait pas être. J'ai tout perdu!
Il lâcha sa main, la regardant toujours, et elle se retourna pour quitter la pièce.
– Quoi! Que veut dire tout ceci? cria Van Tromp, Esther, revenez!
– Laissez-la partir, dit Dick.
Et il la regarda s'en aller avec un mélange d'étranges sentiments. Car il était dans l'état d'un homme à qui l'infortune donne le vertige, qui compte les lignes du destin et court vers l'acte décisif parce qu'il le libérera de l'inconnu, fût-ce au prix de la ruine.
C'est une des nombreuses petites formes de suicide.
– Elle ne m'aimait pas, dit-il se retournant vers l'Amiral.
– Je le craignais beaucoup, dit-il, quand je l'ai sondée. Pauvre Dick! Et je crois que je suis aussi chagrin que vous. J'étais né pour voir les autres heureux.
– Vous oubliez, reprit Dick avec un air moqueur, que je suis maintenant un indigent.
Van Tromp fit claquer ses doigts.
– Bah! dit-il, Esther est riche pour nous tous.
Dick le regarda avec étonnement.
Il ne lui serait jamais venu à l'idée que cet être sans ressources, prodigue et indigne, ne fût malgré tout point vénal dans la conclusion de ses pensées.
– Maintenant, dit Dick, je dois partir.
– Partir, cria Van Tromp. Où? Pas un pas de plus, monsieur Richard Naseby. En attendant, vous restez ici. Eh bien! faites quelque chose de pratique.

Par une annonce demandez une place de secrétaire particulier et quand vous l'aurez, partez et bonne chance. Mais en attendant, monsieur, pas de faux orgueil, nous devons rester avec nos amis, nous devons vivre avec le papa Van Tromp, qui a si souvent vécu aux dépens des autres.

– Par Dieu! cria Dick, je crois que vous êtes le meilleur du lot.

– Dick, mon garçon, répliqua l'Amiral, en clignant de l'œil, vous reconnaissez que je ne suis pas le plus mauvais.

– Alors pourquoi? commença Dick.

Puis il s'arrêta.

– Mais Esther? recommença-t-il de nouveau, et il s'interrompit.

« Le fait est, Amiral, que votre fille désirait s'enfuir de chez vous aujourd'hui, et je ne l'ai ramenée que difficilement.

– Dans la voiture au poney? demanda l'Amiral avec une grande surprise.

– Oui, répondit Dick.

– Pourquoi diable voulait-elle fuir?

Dick trouva la question d'une réponse difficile.

– Pourquoi? dit-il. Vous savez, vous êtes un peu agaçant.

– Je me conduis avec cette fille, monsieur, comme un évêque, répliqua avec chaleur Van Tromp.

– Bien, excusez-moi, mais vous savez que vous vous grisez, insista Dick.

– Je sais que j'ai été une feuille ballottée par le vent, monsieur... Une fois seulement, depuis que je suis arrivé ici, répliqua l'Amiral. Et même alors j'étais présentable dans n'importe quel salon. J'aimerais à vous raconter combien de pères montent l'escalier, chaque jour, avec une figure de homard et des yeux de merlan – et sont tristes et par-dessus le marché ne savent pas avoir la gaieté de l'argent! Non, si c'est pour cela qu'elle veut fuir; tout ce que je puis vous dire, le voici : laissez-la fuir!

– Vous voyez, répliqua Dick de nouveau, elle a des fantaisies.

– Que ses fantaisies la confondent! cria Van Tromp. Je l'ai traitée avec bonté, je la laissais libre. J'étais son père. Du reste j'aimais beaucoup ma fille et j'avais l'intention de vivre avec elle pour tout de bon. Mais je vous dirai, Dick, que depuis qu'elle batifole avec vous – oh! oui, elle a batifolé – depuis, son vieux papa n'est plus assez bon pour elle. – Que le diable l'emporte, dis-je.

– Vous serez bon pour elle au moins? dit Dick.

– Je n'ai jamais été méchant avec personne, répliqua l'Amiral. Je peux être ferme, mais pas mauvais.

– Bon, dit Dick en offrant la main, que Dieu vous bénisse et au revoir!

L'Amiral jura par tous ses dieux qu'il ne partirait pas.

– Dick, dit-il, vous êtes un égoïste, vous oubliez votre vieil Amiral. Vous n'allez pas le laisser seul, n'est-ce pas?

Inutile de lui rappeler que la maison n'était pas à lui et qu'il ne pouvait en disposer.

Ce genre de subtilité était au-dessus de son intelligence.

Donc, Dick partit et, lui criant au revoir, prit la route de Thymebury.

IX

COMME QUOI LE RÉDACTEUR LIBÉRAL RÉAPPARAÎT EN « DEUS EX MACHINA »

C'était environ une semaine après, comme le vieux M. Naseby était assis dans son bureau, on fit entrer pour affaire urgente un petit homme maladif et mal habillé.

– J'ai à vous demander pardon pour cette intrusion, monsieur Naseby, dit-il, mais je viens pour faire mon devoir. Ma carte vous a été présentée et vous ne savez peut-être pas que je suis l'éditeur du *Star*, de Thymebury.

M. Naseby le regarda indigné.

– Je ne crois pas, dit-il, que nous ayons beaucoup à discuter ensemble.

– Je n'ai qu'un mot à dire – un renseignement à vous communiquer. Il y a quelques mois, nous avons eu, pardonnez-moi, un malheureux différend.

– Venez-vous vous excuser? demanda le squire.

– Non, monsieur, c'est pour vous mentionner une circonstance. Le matin en question, votre fils, M. Richard Naseby...

– Je ne vous permets pas de prononcer son nom!

– Vous le permettrez quand même, répliqua l'éditeur.

– Vous êtes cruel, dit le squire.

Il avait raison. C'était un homme accablé.

Alors l'éditeur décrivit la visite que Dick lui avait faite au sujet de l'annonce, et il avait vu dans l'œil du garçon qu'il y avait du grabuge dans l'air et qu'il se sauvait « par pitié seulement, monsieur ».

– Aussi, monsieur, continua-t-il, si vous l'aviez entendu parler de vous, je suis sûr que vous auriez été fier de votre fils. Je sais que je l'ai admiré, moi-même, et voilà ce qui m'amène ici.

– Je l'ai mal jugé, dit le squire. Savez-vous où il est?

– Oui, monsieur, il est couché, malade, à Thymebury.

– Pouvez-vous me conduire près de lui?

– Je le peux.

– Je prie Dieu qu'il puisse me pardonner, dit le père.

Lui et l'éditeur partirent en hâte pour cette petite ville de province.

Le soir suivant, se répandait la nouvelle que Richard était réconcilié avec son père et qu'il était revenu à Naseby-House.

On disait qu'il était encore souffrant et que le squire le soignait comme une mère.

La rumeur rendait hommage à la vérité.

Au chevet du malade des confidences furent échangées et les nuages, qui s'étaient amoncelés pendant des années, se dissipèrent en quelques heures.

Un mardi pluvieux, on vit le squire sur le chemin du cottage.

Le vieillard avait commandé à ses traits, afin de cacher sa joie extérieure, et il entra au cottage pour faire une visite de réconciliation, comme un prêtre qui est chargé d'annoncer un décès.

L'Amiral et sa fille étaient tous deux là.

Et tous deux regardèrent leur visiteur avec plus de surprise que d'aménité.

– Monsieur, dit l'arrivant à Van Tromp, on m'a dit que j'avais été injuste avec vous.

Un son sortit de la gorge d'Esther et elle mit soudainement la main sur son cœur.

– Vous l'avez été, monsieur, et comme vous le reconnaissez, cela suffit, répliqua l'Amiral. Je me prépare, monsieur, à être indulgent avec vous, depuis que j'entends dire que vous êtes réconcilié avec mon ami Dick. Mais laissez-moi vous rappeler que vous devez des excuses à cette jeune fille aussi.

– J'aurai la témérité de demander plus que son pardon, dit le squire... Mademoiselle Van Tromp, continua-t-il, autrefois j'ai eu un grand chagrin, je ne connaissais rien de vous, ni de votre caractère; mais je crois que vous pardonnerez quelques paroles brutales à un vieillard qui vous demande pardon du plus profond de son cœur. J'ai entendu beaucoup parler de vous depuis, car vous avez un avocat fervent dans ma maison, je suppose que vous comprenez que c'est de mon fils que je parle. Il est, je regrette de le dire, loin d'être bien portant. Il ne reprend pas ses forces, comme le docteur s'y attendait; il a beaucoup de soucis et pour être franc, ma petite, si vous ne voulez pas nous aider, je crains de le perdre. Venez, pardonnez-lui. J'étais fâché avec lui, moi-même, et j'ai trouvé que j'avais tort. Ceci est un malentendu, comme l'autre, croyez-moi; et avec un bon mouvement vous pouvez lui apporter le bonheur ainsi qu'à vous et à moi.

Esther fit un mouvement vers la porte; mais, avant de l'atteindre, elle éclata en sanglots.

– C'est bien, lui dit l'Amiral, je comprends le sexe. Permettez-moi de complimenter M. Naseby.

Le squire était trop soulagé pour être fâché.

– Ma chère, dit-il à Esther, il ne faut pas vous agiter.

– Elle ferait mieux d'aller le voir, suggéra Van Tromp.

– Je n'osais pas le proposer, répondit le squire. Les convenances, je crois...

– Je m'en fiche, cria l'Amiral en faisant claquer ses doigts. Elle ira voir mon ami Dick. Courez vite vous apprêter, Esther.

Esther obéit.

– Elle ne s'est pas enfuie de nouveau? demanda M. Naseby, aussitôt qu'elle fut partie.

– Non, dit Van Tromp, pas de nouveau. C'est une drôle de fille, rappelez-vous cela.

« Oh! je ne peux supporter cet homme aux escarboucles! », pensa le squire.

Et voici pourquoi il y a un nouveau ménage et un nouveau-né dans le domaine de Naseby-House, et pourquoi le grand Van Tromp vit agréablement sur les côtes d'Angleterre – pourquoi enfin vingt-six exemplaires du *Thymebury Star*, représentant autant d'abonnements individuels, sont reçus quotidiennement à Naseby-House.

Le Trésor de Franchard

I

LA MORT DU SALTIMBANQUE

Avant six heures, on avait envoyé prévenir le docteur de Bourron.

Vers huit heures, quelques villageois des alentours arrivèrent pour la représentation et s'en retournèrent fort courroucés, quand on leur eut appris ce qu'il en était.

Ils n'admettaient pas qu'un saltimbanque se permît de tomber malade tout comme un homme ordinaire.

Vers dix heures, Mme Tentaillon, gravement alarmée, envoya chercher un autre docteur qui demeurait au bas de la rue.

Celui-ci, assis dans la salle à manger, semblait plongé dans ses manuscrits, tandis que sa femme s'était assoupie près d'un bon feu, dans une pièce contiguë.

– Sapristi! s'écria le docteur, quand le messager lui eut expliqué de quoi il s'agissait, le cas est grave et vous auriez dû me prévenir plus tôt.

Et, sans quitter sa calotte et ses pantoufles, il suivit incontinent le messager.

L'auberge était distante de trente mètres à peine.

Le messager ne s'y arrêta pas.

Entré par une porte, il sortit par une autre qui

donnait dans la cour et se dirigea vers un pavillon, situé près de l'écurie, où le saltimbanque gisait sous une soupente.

Dût-il vivre mille ans, le docteur Desprez n'oubliera jamais le spectacle qui s'offrit à ses yeux dans ce taudis, non pas seulement à cause de son étrangeté, mais aussi parce que ce qu'il y vit a marqué une date dans son existence.

Nous avons, en effet, l'habitude de supputer nos années, – j'en ai fait moi-même de dures expériences – en les calculant depuis notre premier chagrin et notre première humiliation, tristes accidents qui frappent par leur mauvaise grâce et s'incrustent dans notre mémoire.

Sans nous attarder sur ce point à de longs développements, n'est-il pas vrai qu'il s'est produit, dans la vie de chacun de nous, tel ou tel événement, tel ou tel incident qui y marquent comme des stades décisifs?

Ce fut le cas du docteur Desprez.

Ayant dépassé la quarantaine, marié, il n'était pas sans pouvoir évoquer plusieurs souvenirs pénibles qui lui servaient de points de repère. Cependant, dès qu'il eut pénétré dans la soupente adossée à l'étable des Tentaillon, il sentit qu'une ère nouvelle s'ouvrait devant lui.

La pièce était grande, éclairée uniquement par une bougie fichée en terre.

Le saltimbanque était étendu sur le dos dans un grabat.

C'était un homme d'aspect robuste, dont le nez était empourpré par la boisson.

Mme Tentaillon s'ingéniait à lui appliquer des compresses d'eau chaude et à baigner ses pieds dans de la moutarde en embrocation.

Non loin, assis sur une chaise, les jambes ballantes, se tenait un jeune garçon de onze à douze ans.

Ces trois personnages étaient les seuls occupants de la salle.

Ajoutons-y, cependant, les ténèbres qui augmentaient réellement le nombre des acteurs.

La dimension de la salle exagérait l'importance du groupe et, la bougie éclairant par en bas, sa lumière, en montant, produisait des raccourcis qui déformaient tous les objets.

Le profil du saltimbanque s'agrandissait démesurément et son ombre s'estompait sur le mur en caricature.

Le nez surtout paraissait bizarre, tantôt rapetissé et tantôt allongé, suivant les caprices de la flamme, qui obéissait elle-même aux courants d'air.

La masse profilée de Mme Tentaillon ressemblait à une énorme bosse surmontée d'énormes épaules, le tout surchargé d'un hémisphère ayant vaguement l'aspect d'une tête humaine.

Les pieds de la chaise s'étiraient en fuseaux grands comme des échasses et l'enfant, perché dessus, pouvait être comparé à une nuée opaque sur la voûte inclinée du plafond.

Ce garçon gagna tout de suite l'attention du docteur, avec son crâne arqué, son front et ses mains de musicien et ses yeux troublants : yeux grands et assurés, doux et profonds, armés d'un regard qui pénétra le docteur jusqu'au fond de son être et lui causa un véritable malaise.

Desprez était certain d'avoir aperçu semblable regard.

Où? Quand?

Il ne pouvait le préciser, mais ce garçon, qui était un étranger pour lui, avait cependant les yeux d'un vieil ami ou d'un vieil ennemi.

Assurément il ne lui laisserait dorénavant aucune paix.

Cependant, l'enfant paraissait profondément indifférent à ce qui allait se passer.

Il semblait détaché de toute ambiance par une contemplation supérieure.

Les mains croisées sur ses genoux, il battait la mesure avec ses pieds sur les barreaux de la chaise.

Malgré cette mimique, ses regards s'attachaient fixement au docteur et le suivaient à travers la chambre.

Desprez, qui en était obsédé, n'eût pu dire si c'était lui qui fascinait l'enfant ou s'il était fasciné par lui.

Sans rien témoigner de ce qu'il éprouvait, il s'occupa d'abord du patient, lui posa des questions, lui tâta le pouls et lança quelques jurons.

Puis, jetant les regards autour de lui, il retrouva, toujours braqués sur lui, les mêmes yeux bruns, inquisiteurs et mélancoliques.

Soudain le docteur crut comprendre.

Ces regards, il se rappelait fort bien les avoir vus déjà.

Ils sont généralement l'apanage des bossus.

Le jeune garçon était, il est vrai, droit comme un échalas, sans apparence de déformation.

Néanmoins il n'est que des individus mal conformés pour vous regarder ainsi.

Le docteur respira plus à l'aise.

Il était enfin soulagé de trouver une névrose, car il aimait les névrosés, – et de s'expliquer ce qui l'intéressait dans ce problème.

C'est pourquoi il dépêcha le malade avec une hâte inusitée.

Sans quitter les abords du grabat près duquel il avait mis un genou en terre pour s'en rapprocher plus près, il tourna un peu en rond sur ce genou, et se mit à contempler l'enfant à loisir.

Mais le gamin n'était point de ceux qu'on intimide et il continua son jeu en regardant tranquillement le docteur.

– Est-ce votre père? interrogea Desprez.
– Oh non! mon maître seulement.
– L'aimez-vous?
– Non, monsieur.
Mme Tentaillon et le docteur échangèrent des regards expressifs.
– Mon garçon, vous venez de prononcer une vilaine parole, observa le docteur d'un ton sévère. Chacun devrait aimer un mourant, ou tout au moins dissimuler son antipathie à son égard. Or votre maître est un mourant. Il m'est arrivé parfois de pester contre un oiseau qui volait les cerises de mon jardin. Cependant j'éprouvais une sorte de regret quand je le voyais s'envoler par-dessus le mur et disparaître dans la forêt voisine. Pourquoi? Parce que je ne le verrai plus. A plus forte raison doit-on regretter une créature humaine, robuste, intelligente, richement douée comme celle-ci. Songez donc qu'avant peu d'heures sa bouche sera muette, sa respiration éteinte; sa vie sera évanouie. Moi qui ne l'avais jamais vu et qui ne le verrai jamais plus, je le regrette, et cette dame, qui ne le connaît que comme son hôte, se sent prise pour lui de quelque sympathie.
L'enfant demeura un moment silencieux, semblant réfléchir.
– Vous ne le connaissiez pas, répliqua-t-il enfin. C'était un méchant homme.
– Oh! le petit païen! s'exclama la femme de l'aubergiste, ces saltimbanques, tous les mêmes, bateleurs, escamoteurs, pis encore. Aucun d'eux n'a de cœur.
Cependant, le docteur examinait toujours le petit païen, aux sourcils noueux et hérissés.
– Comment vous appelez-vous? lui demanda-t-il subitement.
– Jean-Marie.

A ce mot, Desprez, en proie à une nervosité soudaine, bondit sur le gamin et se mit à lui ausculter la tête pour résoudre un point d'interrogation ethnique qu'il venait de se poser.

– Celte! Celte! c'est un Celte, cria-t-il.

– Celte! Ah mon Dieu! fit écho Mme Tentaillon, qui avait peut-être confondu avec « hydrocéphale ». Pauvre enfant! Est-ce dangereux!

– Cela dépend, riposta le docteur d'un ton farouche.

Et s'adressant de nouveau à l'enfant :

– Que faites-vous pour vivre, Jean-Marie?

– Je danse, ou je fais des cabrioles.

– Danser et faire des cabrioles, ce doit être bon pour la santé, observa le docteur. Je hasarde la supposition que ces exercices sont très sains. Mais que faisiez-vous avant d'avoir appris à danser et à faire des cabrioles?

– Je volais, répondit Jean-Marie sans s'émouvoir.

– Parfait! Ah! sur ma parole vous êtes un enfant remarquable pour votre âge.

« Madame, conclut-il en parlant à l'hôtesse, quand mon confrère de Bourron sera arrivé, vous lui communiquerez mon diagnostic pessimiste. Je remets entre ses mains la continuation du traitement. Néanmoins, soit en cas d'aggravation du mal, soit en cas de recouvrement des forces, n'hésitez pas à me faire appeler de nouveau. Grâce à Dieu, je suis un docteur expéditif et je n'hésite pas devant les remèdes énergiques... Bonne nuit, madame! Dormez bien, Jean-Marie!

II

CAUSERIE MATINALE

Le docteur Desprez se levait toujours de bonne heure.

Avant que la première charrue n'eût franchi le pont et ne se fût dirigée vers les champs pour le labour journalier, on pouvait le voir errer dans son jardin, tantôt cueillant une grappe de raisin, tantôt mangeant une grosse poire de son espalier.

Quelquefois, avec le bout de sa canne, il traçait des arabesques sur le sable des sentiers.

On le voyait aussi, rarement, sur la rivière, toujours agité, dépassant volontiers l'emplacement qui lui était assigné pour amarrer au-delà de la futaie où était son ponton d'attache.

– Aucune heure, avait-il coutume de dire, n'est aussi propice que l'aurore pour l'éclosion et la construction des belles théories. Je me flatte d'être le premier levé dans tout le bourg. C'est la preuve que je vise bien au-delà de mon savoir et que je veux aller très loin.

Le docteur Desprez se connaissait en levers de soleil et il aimait que la journée commençât par une apparition théâtrale de l'astre lumineux.

Il prédisait le temps d'après l'apparence de la rosée, sur laquelle il avait échafaudé tout un système. Mais il ne s'en tenait point à ce critérium.

Beaucoup d'autres indices le guidaient vers cette divination : le son des cloches des villages voisins, l'odeur de la forêt, le vol des oiseaux et leur attitude dans les airs, la façon de nager des poissons, l'aspect des plantes de son jardin, la disposition des nuages, la coloration du ciel; enfin, pour compléter cet arsenal, il eût pu employer encore les instruments météorologiques qu'il avait entassés dans un coffre en bois déposé sur sa pelouse, mais il ne s'en servait qu'en dernière analyse.

Depuis qu'il s'était établi à Gretz, il n'avait jamais cessé de progresser dans l'étude de la météorologie locale, et s'en était institué l'oracle.

On le consultait gratuitement.

A peine installé, il avait déclaré qu'il n'existait dans tout l'arrondissement aucun climat aussi salubre que celui de Gretz.

Vers la fin de la deuxième année, il assura qu'on ne trouverait pas son pareil dans tout le département.

Quelque temps avant sa rencontre avec Jean-Marie, il se préparait à lancer à la France et à l'Europe entière le défi de trouver un site préférable à celui qu'il avait choisi.

– Docteur! se disait-il parfois, on m'intitule docteur, mais le terme est impropre; on ne devrait jamais le prononcer devant les dames. Il a pour corollaire le mot « maladie », et nous devrions avoir la maladie en horreur. La civilisation devrait en proscrire même l'idée. Après tout je m'en lave les mains. Je renonce à mes diplômes. Je ne veux plus être docteur; je suis seulement le prêtre de la déesse Hygie, fille d'Esculape. C'est la génitrice de la force musculaire et c'est ici dans ce petit village qu'elle a érigé son autel. Elle y a fixé son séjour et y prodigue ses dons. Je m'y promène à ses côtés, dès le lever du matin. Elle me fait voir comme elle a fait les paysans forts et combien fertiles les terres, comment y grandissent les arbres à vue d'œil et combien solides. Et les poissons de la rivière, voyez comme elle les rend agiles et bien portants!

– Quelques habitants sont rhumatisants, objecterez-vous.

– Eh! oui, sans doute, ripostait-il, nous comptons quelques cas de rhumatismes. Mais en peut-il être autrement? Vous savez, nous sommes sur le bord d'une rivière. Les prairies sont marécageuses. Rien n'est parfait ici-bas, et il y a partout des inconvénients. Voyez, par exemple, Bourron. Bourron est haut perché. Bourron est près de la forêt; il y a plein d'ozone à Bourron. Comparez avec Gretz. Bourron serait parfait si Gretz n'existait pas.

Ainsi s'entretenait, dans son exaltation mystique, le docteur Desprez, dans un dialogue solitaire, où il mimait les deux interlocuteurs.

Le lendemain du jour où il avait été mandé près du saltimbanque agonisant, de grand matin, le docteur avait rendu, une fois de plus, visite au quai qui s'allongeait au fond de son jardin.

Longtemps il avait regardé couler l'eau.

Il appelait cette contemplation muette faire sa prière.

Cette prière s'adressait soit à la déesse Hygie, soit à quelque déité plus authentique qui ne lui était jamais apparue. Alors, se sentant inspiré il s'était mis à rendre, en face de la nature endormie, de profonds oracles.

Il déclara qu'une rivière est le symbole de la santé physique.

Puis, il assura qu'elle était aussi un grand prédicateur de morale, qu'elle prêchait constamment aux hommes tourmentés par leurs passions la paix, la persévérance, la diligence.

Ayant suffisamment observé les reflets de l'eau courante, s'étant intéressé à la vue d'un poisson qui avait étalé à la surface son dos argenté, ayant bien admiré les arbres à demi couchés sur les deux bords de la rivière et formant au-dessus d'elle une voûte ombreuse à travers laquelle se jouaient les rayons mouvants du soleil naissant, le docteur erra encore dans les allées de son jardin, traversa sa maison et descendit dans la rue, se sentant l'esprit plus léger.

Le bruit de ses pas sur la chaussée donnait le signal du travail dans le village toujours ensommeillé.

La tour de l'église, baignée dans le soleil, semblait aérienne.

Quelques oiseaux, tournoyant tout autour, paraissaient nager dans une atmosphère d'une pureté rare.

Le docteur, déambulant dans une pénombre transparente, respirait à pleins poumons et se proclamait enchanté de sa matinée.

Près de la porte de la remise des Tentaillon, il aperçut, perchée sur une borne, une petite silhouette sombre et méditative, et il reconnut immédiatement Jean-Marie.

– Oh! Oh! fit-il gaiement, en s'arrêtant devant lui et posant les mains sur ses genoux, nous nous levons de bonne heure, mon gaillard! Nous avons donc tous les défauts des philosophes.

L'enfant se mit debout et salua gravement.

– Et comment va le malade? interrogea Desprez.

La maladie n'avait pas empiré, et son état ne s'était pas amélioré.

– Et pourquoi vous levez-vous si matin?

Jean-Marie, après un long silence, déclara qu'il expliquerait difficilement pourquoi.

– Difficilement! Difficilement! Bien répondu. Nous savons difficilement toutes choses avant d'avoir essayé de les apprendre. Allons, mon garçon! Interrogeons ensemble votre conscience. Et d'abord commençons par cette maison où vous êtes. L'aimez-vous?

– Oui, répondit doucement Jean-Marie. Oui, je l'aime!

– Et pourquoi l'aimez-vous? reprit Desprez employant la méthode de Socrate. Pourquoi l'aimez-vous?

– Parce qu'elle est calme et que je sens que j'y deviens bon.

Le docteur Desprez s'assit sur la borne plantée en face de celle où se tenait Jean-Marie.

La chose commençait à l'intéresser, car cet enfant semblait réfléchir avant de parler et il essayait de s'exprimer franchement.

– Vous aimeriez à être bon, dit-il. J'avoue que vous m'embarrassez beaucoup, car je n'oublie pas que vous m'avez dit que vous aviez été voleur. Et vraiment ces deux points sont incompatibles.

– Est-ce donc mal de voler?

– C'est l'opinion générale, mon garçon.

– Mais, quand je volais, je n'avais pas le choix. Je pensais qu'on avait le droit de voler pour se procurer du pain. N'est-il pas juste d'avoir du pain quand on a faim? Le besoin de manger est évident. Mes parents m'envoyaient chercher du pain pour manger, et quand je n'en rapportais pas, ils me battaient cruellement.

Il ajouta :

– Je n'étais point cependant ignorant de la distinction du bien et du mal, car dans ma petite enfance, un prêtre me l'avait enseignée.

Au mot de prêtre, le docteur fit une horrible grimace.

L'enfant continua :

– Il me semblait que la question se pose différemment quand on a faim et qu'on est battu. Assurément je n'aurais pas volé des gâteaux. Mais n'importe qui, s'il a faim, volera du pain chez un boulanger.

– Je suppose, répliqua le docteur, en ricanant, que vous avez demandé pardon à Dieu et que vous lui avez expliqué votre cas, tout au long.

– Je ne vois pas pourquoi.

– Votre prêtre l'aurait vu, ce pourquoi.

– Croyez-vous? demanda Jean-Marie, visiblement inquiet pour la première fois. J'aurais pensé que Dieu était informé d'avance.

– Eh! Eh! grogna Desprez.

– J'aurais pensé que Dieu aurait compris. Vous ne comprenez pas, vous, je le vois; mais alors si je pensais que Dieu me comprenait, c'était lui qui me le faisait penser. N'est-ce point vrai?

– Petit garçon, petit garçon! interrompit le docteur, je vous ai déjà dit que vous aviez tous les défauts des philosophes. Si vous vous avisez de les étaler devant moi je n'ai qu'à m'en aller. Je suis un étudiant des lois sacrées de la santé, un observateur de la vraie et patiente nature. Je scrute ses voies ordinaires et ne peux conserver mon égalité d'âme en présence des anomalies. Me comprenez-vous?

– Non, fit Jean-Marie.

– Bien. Je vais rendre ma pensée claire pour vous.

« Regardez là-haut, derrière le clocher, le ciel qui apparaît si lumineux. Retournez-vous et regardez encore plus haut où se dévoile un coin bleu comme en plein midi. N'est-ce pas un magnifique spectacle? Ne réjouit-il pas le cœur? Ce spectacle, nous l'avons vu toute notre vie sans le remarquer jusqu'au jour où il a frappé notre intelligence. Eh bien! continua-t-il en changeant de ton, nous aimons le ciel bleu parce que nous l'avons toujours vu bleu. Mais supposez qu'il devienne soudain rouge comme une flamme transparente, ou noir comme du charbon avec des extrémités écarlates. Je ne prétends pas qu'il serait moins beau ainsi, mais l'aimeriez-vous quand même?

– Je crois que non.

– Moi non plus, insista le docteur d'un air rogue. Voyez-vous, tout est affaire d'habitude. C'est pourquoi je déteste les gens âgés qui ont contracté de vieilles habitudes. Mais vous, si jeune! Il faut avouer que vous êtes le plus original petit garçon qui soit au monde.

Jean-Marie parut méditer un instant.

Puis, relevant la tête et regardant le docteur d'un air candide et interrogateur, il lui lança à brûle-pourpoint :

– Et vous, monsieur, n'êtes-vous pas très original?

Desprez jeta au loin sa canne et, se précipitant vers l'enfant, le serra fortement sur sa poitrine, en l'embrassant sur les deux joues.

– Admirable! Admirable lutin, fit-il. Dieu! Quelle matinée! Quelle heure magique pour étayer un système!

« Non! continua-t-il en apostrophant le ciel, je ne savais pas que de tels enfants pussent exister; j'ignorais qu'un enfant celte pût penser ainsi. Malheureux! Je suis celte aussi et j'avais douté de ma race. Me voilà ramené à la vérité. Cet entretien, c'est comme un rendez-vous d'amour, conclut-il en ramassant sa canne. Tiens! je l'ai abîmée, ma canne préférée. N'importe! Le dommage n'est pas grand.

Il saisit de nouveau l'enfant, qui l'examinait avec inquiétude, surprise, embarras et curiosité.

– Holà! Pourquoi me regardez-vous ainsi? Ma parole, je crois que cet enfant me méprise. Me méprisez-vous, enfant?

– Oh non! monsieur, répliqua sérieusement Jean-Marie. Seulement je ne vous comprends pas. Excusez-moi, je suis si jeune!

Le docteur se rassit et, observant sardoniquement l'enfant, il se dit en lui-même :

– Je voudrais le voir pendu. Ce misérable a gâté ma belle matinée. Je serai nerveux toute la journée et j'aurai la fièvre pendant ma digestion. J'ai besoin de retrouver du calme.

Lors écartant toute préoccupation extérieure par un vigoureux effort de volonté dont il avait pris l'habitude, Desprez laissa son âme s'absenter de son corps et s'absorba tout entier dans la contemplation du matin.

Il se mit à aspirer l'air fortement et à le déguster en connaisseur. Pareil à un amateur de bon vin, il prolongeait l'expiration avec délectation.

Il observait les petits nuages qui tachetaient de loin en loin le firmament.

Il suivait le vol des oiseaux tournoyant autour du clocher, décrivant de longues courbes, planant en équilibre ou exécutant d'aériennes et fantaisistes culbutes, luttant contre le vent avec leurs ailes translucides.

Cette distraction lui rendit la paix avec la conscience de sa vie animale et le sentiment de l'existence de ses organes.

Il comprit que les yeux sont faits pour voir, il sentit que l'air qu'on respire donne une sensation de froid quand on l'aspire et qu'il s'échauffe au contact du larynx.

Enfin, ramené au plein contentement de soi-même, il se mit à chanter.

Malheureusement le docteur ne savait qu'un air : « Malbrough s'en va-t-en guerre! »

Et cet air il le réservait pour les heures où il se croyait seul et se jugeait parfaitement heureux.

L'expression d'indicible tristesse, qui se peignait alors sur la physionomie de Jean-Marie et que remarqua Desprez, ramena celui-ci sur terre :

– Comment trouvez-vous que je chante? demanda-t-il en s'arrêtant au milieu d'une note.

Et comme Jean-Marie hésitait à répondre :

– Avez-vous entendu? Que pensez-vous de ma façon de chanter? insista-t-il d'un ton impérieux.

– Je ne l'aime pas, répondit l'enfant, après une nouvelle hésitation.

– Ah! vraiment! Vous chantez mieux que moi, peut-être?

– Oui, je chante mieux.

Le docteur considéra l'enfant avec stupéfaction, durant quelques secondes.

La colère le rendait lucide.

Il rougissait alors de lui-même, ce qui augmentait son irritation.

– Ah bien! si c'est ainsi que vous vous adressiez à votre maître? fit-il avec un haussement d'épaules et un moulinet des bras.

– Je ne lui parlais pas du tout. Je ne l'aime pas.

– Alors vous m'aimez, moi! prononça le docteur.

– Je n'en sais rien.

Le docteur Desprez se leva :

– Adieu, fit-il. Je vous souhaite une bonne matinée. Vous êtes trop fort pour moi. Peut-être avez-vous du sang dans les veines. Peut-être ce sang est-il d'essence divine. Peut-être vivez-vous sans respirer notre air grossier et méprisable. Je n'en sais rien non plus, mais il est une chose dont je suis absolument assuré, c'est que vous n'êtes pas une créature humaine. Non, mon garçon, vous n'en êtes pas une.

Inscrivez, gravez au fond de votre mémoire ces paroles : « Je ne suis pas une créature humaine, je n'ai aucune prétention de passer pour une créature humaine; je suis un fantôme, un songe, un ange, une illusion, – tout ce qu'il vous plaira, excepté une créature humaine. » A ce titre recevez mon humble salutation et adieu!

Ayant ainsi parlé, le docteur, légèrement ému, continua sa promenade dans la rue.

L'enfant demeura où il l'avait laissé, indifférent et bâillant sur sa borne.

III

L'ADOPTION

Mme Desprez, qui répondait au petit nom d'Anastasie, présentait un assez agréable spécimen de son sexe.

Énergiquement brune, son aspect seul dénonçait sa parfaite santé, avec des joues fraîches et pleines, des yeux assurés et pénétrants, des mains que ni l'art ni la nature ne seraient parvenus à embellir, Mme Desprez appartenait à cette catégorie de gens sur lesquels l'adversité passe comme un orage d'été.

Dans les pires conjonctures, ses sourcils pouvaient se froncer et son front s'enlaidir de rides verticales, mais c'était tout et cela ne durait qu'un instant.

Une seconde après, il n'y paraissait plus.

Elle gardait la placidité d'une nonne heureuse qui aurait peu de piété.

Anastasie, en effet, était très mondaine de nature, friande d'huîtres et de vieux vin.

Les plaisanteries hardies ne lui déplaisaient point, et si elle restait fidèle à son mari c'était en vue de sa propre tranquillité, non par amour.

Sa bonne humeur était imperturbable, mais elle ne concevait pas même l'idée du sacrifice. Vivre dans cette plaisante vieille maison, avec un jardin bien tenu sur les derrières et de brillantes fleurs sous ses fenêtres, manger et boire confortablement, converser un quart d'heure avec les voisines, ne point s'assujettir à porter un corset ou à faire toilette, sauf pour se rendre à Fontainebleau, afin d'y réaliser ses emplettes et s'y approvisionner de commérages pour la semaine, être mariée au docteur Desprez, qui ne lui donnait aucun prétexte de jalousie, tel était le lot d'Anastasie et ce lot remplissait jusqu'aux bords sa capacité de bonheur.

Mme Anastasie se piquait aussi d'être une artiste culinaire de premier ordre et elle confectionnait le café à ravir.

Ses habitudes de femme ordonnée n'avaient pas peu contribué à subjuguer le docteur.

Chaque chose était à sa place et tout objet susceptible de reluire était frotté et poli minutieusement.

Aline, la bonne à tout faire, n'avait guère d'autre occupation en ce monde que de balayer, d'épousseter, de polir et de repolir.

Aussi le docteur vivait-il dans sa maison comme un coq en pâte, chauffé, dorloté, le cœur content.

Le repas de midi fut, ce jour-là, excellent : melon mûr à point, poisson de rivière assaisonné à la sauce béarnaise, grasse volaille en fricassée, botte d'asperges et fruits variés.

Le docteur but la moitié de la bouteille de vin, plus un verre, madame la moitié moins un verre.

Ce partage inégal affirmait la prédominance maritale.

Le vin portait, d'ailleurs, l'étiquette de Côte-Rôtie et il avait sept ans d'âge.

Le café fut alors servi, accompagné d'un flacon de chartreuse dont madame seule usait, car monsieur, homme méfiant, faisait profession de mépriser les liqueurs fortes, qu'il qualifiait de décoctions.

Quand tout fut absorbé, Aline s'éclipsa, laissant le

couple béat au plaisir de se remémorer ce qu'on venait de consommer et au travail de la digestion.

– Ce café est adorable, remarqua le docteur. C'est une heureuse circonstance, une fortunée circonstance que ce café soit si bon, mais, de grâce, Anastasie, ne buvez pas cette chartreuse. Privez-vous de ce poison pour aujourd'hui. Plus tard vous apprécierez tout le prix de ce conseil; ma réputation y est engagée.

– En quoi cette circonstance est-elle fortunée? répliqua Anastasie, sans prendre garde à la protestation du docteur contre la liqueur, protestation qui se renouvelait quotidiennement.

– Nous n'avons pas d'enfants, ma beauté! J'y songe de plus en plus, à mesure que les années s'accumulent, et, en y songeant, j'adresse des actions de grâce à la puissance mystérieuse qui nous a dispensés d'une telle charge. Votre santé, ma chérie, mes études qui exigent le calme, notre délicieuse petite cuisine, comme tout cela aurait été affecté, comme cela serait évanoui, s'il nous était survenu des héritiers! Et pourquoi, pour qui de tels sacrifices? Les enfants, croyez-moi, sont le dernier mot de l'imperfection humaine. Ils crient, ma chère, ils vous accablent de questions embarrassantes, ils ont besoin d'être nourris, lavés, d'avoir le nez mouché. Quand ils sont grands, ils vous brisent le cœur comme je brise ce morceau de sucre. Un couple de professeurs égoïstes comme vous et moi doit éviter la procréation à l'égal d'une infidélité à la science.

– Vraiment! fit Anastasie. Vous avez bien raison de déprécier ce que vous ne pouvez plus espérer.

– Ma chère amie, prononça le docteur avec solennité, nous aurions dû adopter un enfant.

– Jamais de la vie! se récria Mme Desprez. Jamais je ne donnerai mon consentement. Si l'enfant était ma chair et mon sang, je ne dirais pas non.

Mais introduire un intrus, en charger mes épaules, non, mon ami, j'ai trop de bon sens pour cela.

– Mais nous en avons tous les deux, du bon sens, et du meilleur. Et c'est parce que nous sommes dotés de bon sens que... que...

Le docteur n'osa pas achever, mais il regarda sa femme fixement.

Celle-ci, pressentant un danger, interrogea un peu inquiète :

– Expliquez-vous, mon ami!

– Eh bien! répondit le docteur, d'un ton ferme, j'ai découvert l'enfant qui nous convient, et je l'adopte cet après-midi.

Anastasie dévisagea son mari comme à travers un songe.

– Vous avez perdu la raison, dit-elle enfin, d'une voix qui trahissait les tremblements de sa gorge.

– Pas du tout, ma chère! Je garde le plein exercice de ma raison. Et la preuve, c'est qu'au lieu de prendre des détours pour vous annoncer ma détermination, je vous l'ai déclarée nettement, sans circonlocution. A ce trait, reconnaissez le philosophe qui se glorifie de vous appeler son épouse. Ne vous alarmez pas vainement, ma chérie. Je ne prétends pas vous imposer un enfant qui me serait survenu à la suite d'un accident. Celui-là n'a pas dans les veines une goutte de mon sang. C'est son intelligence, son âme dont je me sens le père.

– Son intelligence! Son âme! répéta Anastasie dans un ricanement dédaigneux.

Et après s'être remise d'une légère attaque de nerfs qui était tout à fait de circonstance, elle ajouta :

– Vraiment, Henri, ou bien vous vous livrez à une odieuse plaisanterie, ou bien vous êtes fou. Son intelligence? Mais qu'est-ce que mon intelligence à moi peut avoir à faire avec la sienne?...

– Vraiment! répliqua le docteur en haussant les épaules. Il ne s'agit point de cela et vous vous mettez le doigt dans l'œil. Cet enfant déplaira foncièrement à ma toujours belle Anastasie. Il ne la comprendra jamais et elle ne le comprendra pas davantage. Il ne lui ressemble pas plus que vous ne me ressemblez. Quand vous m'avez épousé, c'est ma nature animale que vous avez épousée. Si j'adopte cet enfant, c'est que j'ai découvert une affinité entre ma nature spirituelle et la sienne. Pour être parfaitement sincère, je m'aime en lui. L'adoption de cet enfant, c'est comme si je vous annonçais un malheur, à en juger par la mine que vous faites.

Et comme Mme Desprez allait pleurer, il fut pris à son égard d'une réelle sollicitude.

– Oh! ne donnez pas cours à vos larmes après le repas, Anastasie! s'écria-t-il. Cette crise vous causerait certainement une mauvaise digestion.

Mme Desprez se contint.

– Vous savez, proféra-t-elle, avec quel empressement je me suis prêtée à tous vos caprices quand la cause en semblait raisonnable. Mais celui-là!...

– Mon cher amour, interrompit le docteur, se rebiffant d'avance pour prévenir un refus, qui a désiré quitter Paris? Qui m'a fait abandonner ma clientèle? Et mes soirées à l'Opéra? Et mes amis du boulevard? C'est ce qui était ma vie avant que je ne vous connusse? Ne suis-je pas un mari fidèle, un époux obéissant? N'ai-je point accepté gaiement mon nouveau destin? En toute honnêteté, Anastasie, un sacrifice en appelle un autre. J'ai le droit d'en stipuler un de mon côté, et ce sacrifice, c'est de me passer mon fils.

Mme Desprez comprit qu'elle était vaincue.

Elle pâlit.

– Vous allez me briser le cœur, fit-elle.

– Pas le moins du monde! On s'habitue à tout. Le

premier mois, vous serez désorientée. C'est l'impression que j'ai éprouvée quand vous m'avez amené dans cet obscur hameau. Au bout d'un mois, votre admirable bon sens et votre excellente humeur auront triomphé de vos instinctives répulsions, et je vous vois alors plus heureuse que jamais et rendant votre mari le plus heureux des hommes.

– Vous savez que je ne puis rien vous refuser, dit-elle après un dernier semblant de résistance, rien de ce qui peut tendre à vous rendre heureux. Mais ceci remplira-t-il le but que vous poursuivez? En êtes-vous sûr, mon cher mari? Vous avez découvert cet enfant la nuit dernière, dites-vous. N'est-ce pas un méchant petit imposteur?

– Je ne le pense pas. Mais n'allez pas supposer que je l'adopte ainsi, tout de go, sans l'avoir mis à l'épreuve. Je me flatte d'être l'homme le plus avisé du monde. J'envisage, d'un coup d'œil, toutes les faces d'une affaire et je dresse mon plan pour faire converger toutes les éventualités en ma faveur. Je prends d'abord le gamin comme garçon d'écurie; s'il vole, s'il se plaint, s'il désire s'en aller, je comprendrai alors que je me suis trompé, je ne le reconnaîtrai pas pour mon fils et je le mettrai à la porte.

– Oh non! Vous ne ferez pas cela, le moment venu. Je connais trop la bonté de votre cœur.

Et, poussant un soupir, Mme Desprez tendit la main à son mari.

Celui-ci la prit et la porta à ses lèvres.

Il avait atteint son but plus facilement qu'il n'avait osé l'espérer.

Pour la vingtième fois peut-être, il venait d'éprouver la force invincible de son argument décisif : la menace de retourner à Paris.

Or, six mois de séjour d'un homme comme Desprez dans la capitale, cela n'impliquait rien moins que la perspective d'une ruine totale.

Anastasie le savait.

Elle avait réussi à sauver les débris de leur fortune en se confinant strictement à la campagne. Aussi, rien que le nom de Paris lui causait une peur bleue.

Plutôt que de laisser discuter la question de revenir dans cette ville maudite, elle aurait pardonné au docteur d'entretenir une ménagerie dans le fond du jardin.

A plus forte raison pouvait-elle lui permettre d'adopter pour son fils un garçon d'écurie.

Vers 4 heures de l'après-midi environ, le saltimbanque rendit l'âme, sans avoir repris connaissance depuis son attaque, et en présence du docteur, qui prononça pour toute oraison funèbre que la farce était finie.

Il prit Jean-Marie par les épaules, le poussa dehors jusqu'au fond du jardin et le fit asseoir à sa gauche sur un banc confortable qu'on avait installé au bord de la rivière.

– Jean-Marie, lui dit-il très gravement, ce monde est excessivement vaste. La France, qui n'en occupe qu'un petit coin, est néanmoins immense pour un gamin comme toi. Elle est malheureusement remplie de gens avides, qui demandent tous à manger, et il n'y a pas assez de boulangers pour tant de mangeurs. Ton maître est mort et tu n'es pas capable de gagner ta vie par toi-même. Tu ne voudrais pas redevenir voleur. Ta position, délicate de toute façon, est actuellement des plus critiques. Eh bien! Tu trouveras en moi un homme qui n'est pas vieux, quoique d'un certain âge par rapport à toi, mais qui garde encore la jeunesse du cœur et de l'intelligence; un homme qui jouit d'une grande aisance et dont la table est toujours bien servie : un homme enfin qui n'est pas à dédaigner ni comme ami, ni comme maître. Je t'offre de te loger, de te nourrir, et de te donner des leçons tous les soirs, et nos leçons seront infiniment plus utiles à un gamin de ton espèce que celles de tous les prêtres d'Europe à la fois. Tu n'auras pas de gages, mais s'il te prend jamais fantaisie de déguerpir, la porte te sera grande ouverte et je te mettrai cent francs dans la main pour faire le tour du monde. En retour de mes bienfaits, je te confierai mon vieux cheval et mon cabriolet que tu apprendras bien vite à soigner et à entretenir convenablement. Ne te presse pas de répondre. Accepte, refuse, suivant que cela te chantera. Rappelle-toi seulement ceci, c'est que je ne suis ni un sentimental ni un philanthrope; je suis, au contraire, un égoïste déterminé. Si je te fais cette proposition, c'est que j'y entrevois un intérêt personnel, j'y perçois même clairement un avantage pour moi-même. Et maintenant, réfléchis.

– C'est tout réfléchi. Je ne vois pas ce que je pourrais faire d'autre. J'accepte avec plaisir, monsieur, et je vous remercie de tout mon cœur. Je ferai de mon mieux pour vous être utile, dit l'enfant.

– Merci! Merci! s'exclama le docteur, en se levant et en s'essuyant le front.

Il avait souffert mort et angoisse en attendant, quelques secondes, la décision de Jean-Marie.

Le refus de celui-ci, succédant à la scène de l'après-midi, l'aurait placé, en effet, dans une posture ridicule vis-à-vis d'Anastasie.

– Comme cette soirée est lourde et chaude! déclara-t-il, pour changer le cours de ses idées. En été j'ai toujours désiré être poisson, comme ceux que tu vois ici nager dans le Loing, Jean-Marie, ou bien nénuphar. Si j'étais nénuphar, j'entendrais mieux les cloches qui sonnent au fond de l'eau. C'en serait une vie. N'est-ce point ton avis, Jean-Marie?

– Oui, répondit l'enfant.

– Oh! merci! tu as de l'imagination, s'écria le docteur.

Et, dans son enthousiasme, il embrassa l'enfant, qui se laissa faire, quoique cette caresse le déconcertât, presque autant qu'elle déconcerterait un écolier anglais du même âge.

– Et maintenant, ajouta-t-il, je vais te conduire à ma femme.

Quand ils entrèrent dans la maison, Mme Desprez, vêtue d'une fraîche robe de chambre, était assise dans la salle à manger.

Les stores étaient baissés et le carreau de brique venait d'être arrosé.

Les yeux de Mme Desprez étaient mi-clos, mais elle faisait semblant de lire un roman.

Le docteur s'acquitta avec solennité de la formalité de la présentation et termina à l'adresse des deux parties :

– Vous devez essayer de vous aimer l'un l'autre, par égard pour moi.

– Il est très joli! dit Anastasie. Voulez-vous m'embrasser, mon joli petit garçon?

Le docteur devint furieux. Il entraîna sa femme dans le corridor :

– C'est donc là le tact féminin qu'on vante tant! Le ciel m'est témoin que je n'ai jamais rencontré une femme qui ait du tact. Vous parlez à un petit philosophe comme si vous vous adressiez à un baby. Il faut le considérer avec respect, vous dis-je. Il ne doit pas être embrassé comme un enfant ordinaire.

– J'ai cru vous faire plaisir ainsi, répliqua Anastasie, mais dorénavant je tâcherai de faire mieux.

Le docteur s'excusa de son emportement.

– Je veux, reprit-il, que Jean-Marie se sente chez lui avec nous. Et véritablement votre conduite avec lui, ma chère mienne, a été si sotte, si déplacée, qu'une femme intelligente doit pardonner la véhémence que j'ai mise à sa désapprobation. Efforcez-vous à l'avenir, si c'est possible à une femme – mais évidemment cela ne l'est pas, et je perds ma peine à vous chapitrer – efforcez-vous, dis-je, de tenir votre langue et observez exactement mon attitude pour y modeler la vôtre, si cela se peut.

Mme Desprez fit commc il lui était ordonné et s'attacha à observer la manière d'agir de son mari.

Elle remarqua que celui-ci avait embrassé l'enfant trois fois au cours de la soirée, et qu'il dirigeait généralement la conversation de façon à le décontenancer et à lui couper la parole et l'appétit.

Avec l'héroïsme spécial qui distingue les femmes dans les petites affaires, elle dédaigna la revanche facile qu'elle aurait pu prendre en signalant au docteur ses propos contradictoires. Tout au contraire, elle fit de son mieux pour épargner à Jean-Marie les malencontreuses conséquences de sa versatilité.

Quand Desprez sortit après dîner afin de respirer une dernière fois avant de se coucher, elle s'approcha de Jean-Marie et lui prit les mains :

– Ne sois ni surpris ni effrayé des façons de mon mari, dit-elle. C'est le meilleur des hommes, mais, intelligent comme il l'est, il est parfois difficile à comprendre. Tu t'accoutumeras vite à lui et alors tu l'aimeras, j'en suis sûre; tu l'aimeras de toi-même, car en cela personne ne peut te seconder. Quant à moi, sois certain que je ferai de mon mieux pour te rendre heureux et je ne te serai jamais désagréable. J'espère que nous serons bons amis, toi et moi. Je ne suis pas intelligente, moi, mais je suis bonne. Veux-tu m'embrasser?

Il leva vers elle son visage.

Elle le prit dans ses bras et alors commença à pleurer. La femme avait parlé d'abord par condescendance, mais elle s'était excitée à ses propres paroles, et l'attendrissement s'en était suivi.

Le docteur, en rentrant, les trouva enlacés.

Il en conclut que sa femme était en faute et il allait vociférer, de sa voix redoutable :

– Anastasie! quand celle-ci le regarda en face, un doigt levé.

Desprez, stupéfait, garda le silence, et elle conduisit l'enfant dans sa mansarde.

IV

L'ÉDUCATION D'UN PHILOSOPHE

L'installation de l'adopté fut donc heureusement effectuée, et la roue du temps continua à tourner doucement dans la maison du docteur Desprez.

Garçon d'écurie, Jean-Marie s'occupait du cheval et de la voiture dans la matinée.

Parfois, dans la journée, il aidait au travail de la maison.

D'autres fois, il sortait avec le docteur pour boire à même à la source du savoir, et le soir, il était initié à l'étude des sciences et des langues mortes.

Il gardait imperturbablement dans l'esprit et dans les manières sa placidité singulière, mais il ne réalisait en savoir que des progrès modérés et semblait demeurer étranger à la famille.

Le docteur était un modèle de régularité.

Tous les matins il travaillait à son grand livre : *La Pharmacopée comparée, ou Dictionnaire historique de la médecine,* vaste conception dont l'exécution n'avait consisté jusqu'à présent qu'à mettre du noir sur du blanc et à collationner des feuilles éparses.

Quand l'ouvrage serait terminé, il constituerait une masse importante de volumes où seraient combinés l'intérêt de l'histoire antique et l'utilité professionnelle.

Le docteur, en effet, quoique savant avant tout, était amateur de l'art et du pittoresque.

Une anecdote piquante, un trait de mœurs rencontrés au cours de ses recherches, une épithète retentissante surgissant dans son esprit, une question morale à élucider, il préférait tout cela à une découverte scientifique.

Pour un peu, il aurait écrit en vers *La Pharmacopée comparée*.

Un exemple : l'article « Momie » était déjà entièrement composé, quoique le reste de l'ouvrage n'eût pas encore progressé au-delà de la lettre A. Cet article était fort long, écrit avec originalité, en style coloré, exact, débordant d'érudition, un article véritablement littéraire; mais un praticien de nos jours, qui aurait voulu faire un embaumement, y aurait trouvé difficilement une indication utile.

Anastasie, avec son bon sens féminin, lui en avait fait la remarque avec une implacable sincérité, car elle connaissait le dictionnaire, le docteur ayant pris l'habitude de lui en faire la lecture à haute voix, au lit, quand ils venaient de se coucher, et, comme ils étaient de complexions différentes, elle le plaisantait au sujet de son rôle de « Momie », ce qui ne laissait pas d'irriter Desprez.

Après le repas de midi et le temps convenable consacré à la digestion, le docteur se promenait tantôt seul, tantôt accompagné de Jean-Marie, car madame préférait n'importe quel exercice à celui de la marche.

C'était, je le répète, une femme active, constamment attentive à augmenter le bien-être de la maison, et toujours disposée à s'endormir sur un roman, dès qu'elle était inoccupée.

D'ailleurs, douée de qualités appréciables, ne ronflant jamais en dormant, ne tombant jamais malade, capable de regarder les gravures les plus suggestives, sans pousser d'exclamations; en un mot, restant toujours maîtresse d'elle-même.

Pourtant, j'ai bien peur que Mme Desprez ne fût pas autre chose qu'un gentil animal, animal fort gracieux, qu'on était heureux de garder près de soi, mais rien autre.

A ce titre, elle avait un bien petit rôle à jouer dans l'éducation dc Jean-Marie.

Cependant, la sympathie mutuelle qui s'était déclarée entre eux dès le premier contact persistait entière.

Elle saisissait volontiers l'occasion de s'entretenir avec l'adopté, le plus souvent au sujet de la tenue de la maison.

En outre, à la profonde indignation du docteur, elle le conduisit parfois à l'église du village, ce temple avilissant de la superstition.

Deux fois par mois, Jean-Marie attelait le cheval et tous deux, sur leur trente et un, se rendaient en voiture à Fontainebleau, d'où ils revenaient chargés d'emplettes.

Bref, tandis que le docteur continuait à se persuader que leurs deux natures étaient irrémédiablement antipathiques, leurs relations devenaient intimes, amicales, même confidentielles, autant que le permettait leur caractère.

Je crains cependant que dans le fond du cœur Anastasie ne dédaignât profondément l'enfant, tout en le plaignant sincèrement.

Elle ne professait aucune admiration pour son genre de vertu.

Elle aurait aimé un garçon élégant, bien élevé, fougueux, espiègle au besoin, saluant et marchant bien, attirant les regards.

Elle aurait aimé aussi qu'il fût plein de vivacité, qu'on pût lui reprocher de petits défauts.

En un mot, son idéal eût été une seconde édition du docteur Desprez.

Or, c'était sa conviction irréductible que Jean-Marie était un lourdaud.

– Pauvre garçon! s'était-elle échappée un jour à proférer tout haut. Est-il possible d'être stupide à ce point!

Elle ne répéta plus jamais cette parole, car le docteur s'était hérissé comme un taureau sauvage, protestant contre la brutalité du langage de sa femme, attestant les dieux que son tort était bien triste d'avoir l'existence liée à celle d'une pareille dinde et, ce qui toucha plus péniblement Anastasie, menaçant la porcelaine de la table dans la furie de ses gesticulations.

Elle ratifia par son silence sa propre condamnation.

Et quand Jean-Marie venait s'asseoir à table, pâle et inquiet, quoique non découragé, parce que ses devoirs demeuraient inachevés, elle aurait voulu profiter d'une absence du docteur pour se précipiter vers lui, lui passer les bras autour du cou, poser ses joues contre les siennes et l'inonder de sympathie dans sa détresse.

– Ne te préoccupe pas, aurait-elle voulu lui dire. Moi non plus je ne suis pas intelligente, et je puis t'assurer que ce détail n'a aucune importance dans la vie.

Les procédés du docteur envers Jean-Marie étaient naturellement tout différents. Desprez ne se lassait jamais de l'entendre parler et la vérité me force à convenir que le son de sa voix était assez agréable.

Maintenant il était assuré d'un auditeur qui n'était pas aussi indifférent qu'Anastasie à ses paroles.

Parfois même il avivait le discours en provoquant des objections qui avaient quelque rapport avec le sujet.

N'était-il pas d'ailleurs l'éducateur de cet enfant?

Et l'éducation – tous les philosophes en tombant d'accord – est le plus philosophique des devoirs.

N'est-ce pas une mission quasi divine conférée à la pauvre humanité?

N'était-ce point se rendre utile à la collectivité?

Quand on est pénétré de l'importance de sa fonction, oh! alors, comme les routes de la vie se transforment en chemins d'agrément!

Jamais le docteur ne sembla avoir d'aussi bonnes raisons d'être satisfait de ses capacités.

La philosophie coulait doucement de ses lèvres.

Sa dialectique était si agile qu'elle ne reculait point devant les non-sens, assurant que les conclusions n'ont pas besoin d'être appuyées par des prémisses et que les incohérences étaient même une sorte d'ornement de son système.

Il glissait donc à travers les antinomies comme un poisson entre deux eaux et s'y extasiait, comme un rabbin devant les contradictions du Talmud.

Au fond, le docteur était déçu de l'insuccès de la plus formidable éducation qu'un homme eût jamais entreprise.

Un élève choisi avec tant de perspicacité, dont les aptitudes avaient été reconnues au premier coup d'œil, guidé vers les sentiers de la science par un instructeur si philosophique, aurait dû, d'après toutes les règles établies, progresser moins lentement et plus intelligemment.

Or, force était au docteur de se l'avouer, Jean-Marie apprenait lentement et oubliait encore plus vite.

Toutefois Desprez ne se décourageait pas et employait de préférence la méthode péripatéticienne, enseignant par la parole, ce qui semblait plaire à l'enfant qui en faisait souvent son profit.

Nombreuses surtout furent leurs conversations sur la santé et sur la vertu de la tempérance, qui lui fournissait des textes d'inépuisables divagations. On peut dire qu'il y revenait amoureusement.

– Vois-tu, mon garçon, lui disait-il, je te conduis à travers de plantureux pâturages. Mon système, mes croyances, mes recettes médicales peuvent se résumer en un mot : « Éviter les excès ! » La sainte Nature, saine, tempérée, a horreur des excès et les extirpe sans pitié. La loi humaine n'imite que de très loin la prévoyance de la nature, et nous devons suppléer à son imperfection. Oui, mon garçon, nous devons nous faire notre loi à nous-mêmes, *lex armata*, loi armée, inflexible, tyrannique même pour nous-mêmes et aussi pour nos voisins.

« Je hais le juge, disait-il encore, parce que c'est un malade en expectative, mais le juge m'est moins antipathique que le prêtre avec les purulents résidus et les cochonneries de sa pharmacopée...

« L'air pur d'une pinède, tout imprégné de térébenthine, la contemplation des beautés de la nature par un cœur ingénu, voilà les meilleures drogues de la médecine, le véritable réconfort religieux...

« Écoute ! ce sont les cloches de Bourron. – Le vent est au nord, il fera beau. – Le son en est clair et net. Les nerfs en sont harmonisés et calmés. L'esprit se met à l'unisson du silence. Observe comme aisément et régulièrement bat ton cœur !

« Un docteur sans expérience ne percevrait rien de telles sensations, et cependant tu n'as pas de peine à comprendre qu'elles sont une partie de ta santé. Te rappelles-tu le verre de quinquina que tu as bu ce matin ? Rien de meilleur. Et qu'est-ce que le quinquina ? Un produit de la nature, l'écorce d'un arbre que nous pourrions recueillir nous-mêmes, si nous habitions le pays où il pousse...

« Quoique professeur athée, j'aime apporter mon

témoignage au monde. Qu'il est beau l'univers! Considère quels remèdes sont offerts aux plus pauvres de nos gueux, de quels plaisirs ils jouissent! Cette rivière qui court à l'extrémité du jardin c'est leur vivier. Son eau qui serpente à travers la plaine, c'est le drainage de nos terres. J'ai bien dans ma cour une pompe qui distribue une onde étincelante, vivante, claire et pure. Mêlée à un peu de vin, c'est très sain, mais cela ne vaut pas l'eau de la rivière.

« Du reste toute cette région est célèbre par sa salubrité. Le rhumatisme seul y donne quelques sujets de plaintes, mais pour mon compte je n'en ai jamais souffert. Crois-moi, mon opinion sur ce point est fondée sur l'expérience basée sur une infaillible méthode. Si moi, si toi, nous désirons jamais quitter cette maison de bonheur, ce serait le devoir, le privilège de notre meilleur ami de nous en empêcher, en nous brûlant la cervelle. »

Certain matin de juin, le docteur et Jean-Marie étaient montés sur la colline qui domine le village.

Le Loing était aussi bleu que le ciel et son onde brillait çà et là à travers le feuillage.

Les oiseaux infatigables tournaient en battant de l'aile autour du clocher.

Un vent sain soufflait de la forêt.

Les innombrables petites branches des sommets des arbres, avec leurs millions et leurs millions de feuilles vertes, faisaient un bruissement qui se répandait dans l'air et frappait l'oreille, pareil à un murmure qui tiendrait le milieu entre la parole et le chant.

Il semblait que chaque brin d'herbe recelait une cigale et la terre retentissait joyeusement de leur musique, cliquetant de loin comme de près, pareille aux sonnettes du traîneau de la reine des fées.

Assis à mi-côte de la hauteur, le maître et l'élève

contemplaient sous leurs yeux, d'un côté comme une vaste plaine de peupliers, de l'autre les ondoyeuses cimes de la forêt.

Au milieu, Gretz apparaissait sous leurs pieds comme une poignée de toits.

Sous la voûte du ciel légèrement nuageux, l'endroit semblait un jouet en miniature. On n'eût pas cru que des personnes naturelles pussent y résider, s'y retourner et trouver de l'air respirable dans ce petit coin du monde.

L'enfant en fit nettement la réflexion et, pour la première fois, il en hasarda l'expression.

– Comme Gretz semble petit! soupira-t-il.

– Oui-da! répliqua le docteur, petit aujourd'hui, mais autrefois ce fut une ville fortifiée, prospère, remplie de magistrats fourrés d'hermine, de guerriers bardés de fer et de marchands affairés. Ses églises étaient surmontées de clochers de pierre et sur ses remparts s'élevaient des tours majestueuses. Des centaines de cheminées cessaient de fumer quand sonnait le couvre-feu. Des gibets se dressaient près des portes servant d'épouvantails aux malandrins. En temps de guerre, les échelles se dressaient contre la citadelle où se multipliaient les assauts. Les traits pleuvaient comme les feuilles en automne. Les défenseurs faisaient de violentes sorties par le pont-levis abaissé. De part et d'autre, les armes s'entrechoquaient et les cris des combattants résonnaient au loin.

« Sais-tu, mon enfant, que les murs de Gretz s'étendaient jusqu'à la Commanderie, du moins la tradition le rapporte. Hélas! comme sa ruine date de loin! Rien n'en subsiste, rien qu'un vague souvenir. La ville est rapetissée au point de devenir le modeste hameau que nous apercevons au-dessous de nous. Les guerres anglaises sont survenues. Les Anglais sont un peuple stupide qui parfois, sans y penser, accomplit de grandes choses. Gretz fut prise, saccagée et brûlée. C'est le destin de beaucoup de villes, mais Gretz ne s'est jamais relevée et n'a jamais été rebâtie. Ses ruines ont servi à agrandir ses rivales ; la plupart des maisons de Nemours ont été construites avec les pierres de Gretz. Quand celle-ci fut absolument détruite, ma vieille maison s'éleva enfin, la première de celles qui existent, et c'est elle qui a eu l'honneur d'inaugurer le hameau.

– Ah! J'en suis bien aise, interrompit Jean-Marie.

– Ma maison sera le temple des humbles vertus, conclut Desprez avec une modestie savoureuse.

« Une des raisons qui m'attachent au hameau, ajouta-t-il, c'est peut-être parce que son histoire ressemble à la mienne... T'ai-je dit, que j'avais été riche?

– Non, répondit Jean-Marie. Si vous me l'aviez dit je ne l'aurais pas oublié, et je suis fâché que vous ayez perdu votre fortune.

– Fâché! Pourquoi fâché!... Mais après tout, tu es excusable, car je commence à peine ton éducation. Écoute-moi donc!... Aimerais-tu vivre dans le vieux Gretz, avec ses perpétuels cris d'alarme, ses portes verrouillées où l'on ne passait qu'en exhibant un passeport, avec ses soldats brutaux, avec le son discordant du couvre-feu, vous invitant à vous mettre au lit, aussitôt le soleil couché?

– Je crois bien que je préfère le nouveau.

– Bien répondu! Ainsi fais-je. Et pour reprendre la similitude, je préfère ma modeste fortune d'à présent à mon opulence passée. « Médiocrité dorée », s'écriaient les anciens, et je souscris d'enthousiasme à leur sentiment. N'ai-je pas bon vin, bonne nourriture, des champs et des bois pour mes promenades, une maison à moi, une femme admirable, un jeune garçon que j'aime comme un fils? Eh bien! si j'étais encore riche, je résiderais indubitablement à Paris – tu connais Paris, n'est-ce pas?... Paris et paradis sont loin d'être synonymes. L'agréable bruit du vent circulant à travers les feuilles s'y change en grincement à travers les rues de cette Babel. La stupide blancheur du plâtre y remplace la douce couleur verte des prairies et la couleur grise de la terre. Les nerfs y sont détraqués, la digestion falsifiée. Ce sont des signes de décadence. Déjà, tu peux t'apercevoir de la différence des séjours; ici l'esprit est stimulé, le cœur n'est pas emballé et l'homme se connaît lui-même mieux et plus vite, ce à quoi doit tendre le vrai philosophe. Je connais mon caractère comme un musicien connaît tous les trous de sa flûte. Si je retournais à Paris, je me ruinerais au jeu. Je vais plus loin; je briserais le cœur de mon Anastasie parce que je lui ferais des infidélités.

Mais cela dépassait l'intelligence de Jean-Marie qu'un changement de localité pût ainsi transformer le plus excellent des hommes.

– Paris, protesta-t-il, est un agréable lieu de résidence. Quand même j'y habiterais, je ne me sentirais pas devenir tout autre.

– Quoi! Quoi! Est-ce que tu ne volais pas quand tu y demeurais?

Mais l'enfant n'avait jamais pu être convaincu qu'il avait mal fait en volant.

Le docteur n'en était point persuadé lui-même, mais quand il s'agissait de rétorquer un argument il n'était guère scrupuleux sur le choix des moyens.

– Et maintenant, conclut-il. Commences-tu à comprendre? A Paris, mes amis m'ont ruiné. Gretz a été mon école, mon sanatorium, mon paradis de plaisirs innocents. Si l'on m'offrait des millions je les refuserais. – *Retro Satanas*! Va-t'en, esprit malin! Pénètre-toi de mon exemple. Méprise les richesses. Évite l'avilissante influence des villes. Hygiène!

Hygiène! et fortune médiocre! Tels doivent être les mots d'ordre de notre vie.

Le système du docteur coïncidait remarquablement avec les goûts de Jean-Marie et sa peinture de la vie parfaite était la fidèle description de celle qu'il menait à cette époque.

D'ailleurs il est facile de convaincre un enfant quand on lui prêche d'exemple.

Il convenait, en outre, d'admirer dans l'exposé de cette philosophie l'enthousiasme du philosophe.

Il n'y eut jamais personne plus déterminé à être content de soi, et si la logique n'était pas précisément son fort, ce qui le privait d'atteindre l'entendement, il y avait certainement en lui du poète, ce qui lui permettait de fasciner et de séduire le cœur. Enfin, si sa constante admiration pour lui-même et pour la règle de conduite qu'il avait adoptée ne suffisait pas à persuader son interlocuteur, il avait recours à la mélancolie.

– Mon enfant, lui disait-il, évite-moi aujourd'hui. Si j'étais superstitieux, je te demanderais de ne pas m'oublier dans tes prières. Je suis dans mes heures noires. L'esprit malin du roi Saül, la sorcière du méchant Abudah, les démons qui assiégeaient les moines du Moyen Age, me possèdent.

Puis, se frappant la poitrine :

– Les imperfections de ma nature reprennent le dessus. Les plaisirs innocents me provoquent en vain. Je désire rentrer à Paris pour me vautrer dans sa fange. Vois, continuait-il en lui mettant dans la main une poignée d'argent, je me dépouille moi-même, c'est le prix de ma nourriture, mais je n'en veux plus. Prends cet argent, garde-le, dissipe-le en friandises et pernicieuses sucreries, jette-le au plus profond de la rivière; j'homologuerai tes gestes. Sauve-moi de cette part de moi-même que je désavoue. Si tu me vois sur le point de succomber, n'hésite pas et, s'il le faut, enferme-moi en verrouillant la porte. Naturellement, je te parle par parabole, mais n'importe quoi me vaudrait mieux que de retourner à Paris pour y vivre.

Incontestablement, le docteur se plaisait à ces petites scènes qui mettaient quelque variété dans son train-train habituel.

C'était l'élément byronien, la poésie tant soit peu artificielle de son existence; mais pour l'enfant, quoique accoutumé à ces façons théâtrales, elles apparaissaient plus graves.

Le docteur faisait trop peu de cas et Jean-Marie donnait trop d'importance à la réalité et à la gravité de ces tentations.

Certain jour, une idée lui traversa le cerveau et il en fit tout de suite part à son maître.

– Les riches ne peuvent-ils bien user de leur argent? demanda-t-il.

– En théorie, oui, répliqua le docteur. Mais personne encore n'a donné cet exemple. Chacun s'imagine qu'il sera une exception quand il sera devenu riche, mais la possession dégrade l'âme, de nouveaux désirs apparaissent. L'orgueil de l'ostentation surgit et la volonté de bien faire s'évanouit.

– Alors, monsieur, si vous possédiez moins, vous pourriez devenir meilleur.

– Certainement non, repartit Desprez.

Mais sa voix chevrotait.

– Et pourquoi? interrogea encore l'innocent sans pitié.

A cette question, toutes les couleurs du prisme passèrent devant les yeux du docteur, il lui sembla que la terre immobile allait chavirer.

– Parce que, parce que... dit-il en essayant de peser ses mots, parce que j'ai réglé ma vie d'après mes revenus présents et qu'il n'est pas bon qu'un homme de mon âge change ses habitudes.

Ce ne fut qu'une escarmouche, mais elle avait abasourdi le docteur, qui demeura taciturne tout l'après-midi.

Quant à l'enfant, il estimait fort concluante la réponse du docteur, s'étonnant même de ne l'avoir pas prévue.

Il avait une foi absolue en la personne de son maître car son cœur était reconnaissant; aussi ne prenait-il point garde à ses petits travers.

Desprez, en effet, était enclin à s'égarer dans les vignes du seigneur.

Cet accident lui arrivait notamment le soir après dîner, quand il avait absorbé quelques verres de bourgogne, son vin favori.

Il se faisait alors remarquer par la chaleur de sa tendresse à l'égard d'Anastasie.

Les joues enflammées, le sourire épais, le verbe sonore, il se mettait à disserter sur tous les lieux communs, distillant avec indiscrétion un esprit légèrement frelaté.

Son fils adoptif ne se serait pas permis, en ce moment, de hasarder une réflexion qui aurait ressemblé à de l'ingratitude.

Il est vrai que son intelligence lente ne parvenait guère à comprendre que cet homme pût être à la fois un bon père pour lui et un buveur excessif, ce qui pourtant n'a rien de contradictoire.

Le docteur avait entièrement conquis le cœur de Jean-Marie, mais il s'exagérait son influence sur son esprit

Assurément, l'enfant adoptait quelques-unes des opinions de son maître, mais sans renoncer aux siennes.

Celles-ci lui appartenaient de droit divin.

C'était du métal vierge qu'aucun ouvrier n'aurait su transformer.

Il pouvait s'y en ajouter d'autres, mais les premières demeuraient intactes, et Jean-Marie ne se souciait point qu'elles pussent, ou non, s'accorder entre elles.

Il n'aurait éprouvé aucun plaisir à les motiver et à les justifier par des phrases.

Faire des phrases dans son idée, c'était une aptitude comme celle de danser.

Entièrement livré à lui-même, Jean-Marie aurait vécu comme un végétal et y aurait trouvé son plaisir.

Il aurait dormi volontiers dans les bois qui sont près d'Achères, se serait assis à l'entrée d'une caverne parmi les bouleaux gris. Son âme, absente de ses yeux, eût fixé inconsciemment je ne sais quel lointain.

Il n'aurait ni pensé ni parlé.

La lumière du soleil, subtile à travers les ombres mouvantes dans le vent, les feuilles aiguës des pins se dressant vers le ciel, mettaient en branle ses facultés émotives.

Son âme s'harmonisait avec la nature et son esprit se détachait de toute contingence.

Le moindre détail rassasiait son besoin d'observation et tous ses sens s'y concentraient, transposant en lumière blanche les diverses couleurs du spectre solaire.

Et c'est ainsi, tandis que le docteur se grisait de mots, que le garçon d'écurie s'absorbait dans le silence.

V

LA DÉCOUVERTE DU TRÉSOR

La voiture du docteur était un cabriolet surmonté d'une capote, genre de véhicule fort à la mode parmi les médecins de campagne.

Quelle route du pays, quel chemin ombragé de peupliers n'avaient pas vu ce cabriolet? Quelles rues de village n'avait-il pas traversées? A quel poteau n'en avait-on pas attaché le cheval?

Cette espèce de carriole affectionne le trot, qui imprime à l'essieu une sorte de ballottement; c'est le véritable style de la voiture à deux roues.

La capote décrivait un arc masquant le paysage; cela produisait un effet ridicule et bernait le piéton, qui aurait voulu voir les voyageurs dont elle lui dérobait la vue.

Certes, voyager dans une telle voiture ne peut être rangé parmi les choses qui rappellent les marches triomphales, mais je ne doute point que ce ne soit avantageux aux malades du foie.

Certain matin, Jean-Marie, ayant attelé le cheval, ouvrit la grille et monta sur le siège du cabriolet. Le docteur suivit, revêtu, de la tête aux pieds, d'une vaste blouse en toile blanche immaculée, armé d'une immense ombrelle couleur chair, et ceint d'un baudrier qui retenait une boîte de botaniste.

L'équipage filait alerte, stimulé par le but de l'expédition.

Les deux pèlerins se rendaient à Franchard pour y ramasser des plantes, en vue de la rédaction de *La Pharmacopée comparée*. Le cabriolet fut un peu bruyant en parcourant les routes découvertes et empierrées; puis il s'enfonça dans un sentier désert en bordure de la forêt, et là, roula doucement sur le sable, ne produisant d'autre son que celui du craquement des branches qu'il brisait en passant.

Un grand nuage vert de feuillage murmurant planait au-dessus des voyageurs.

Sous les quinconces, l'air retenait la fraîcheur de la nuit.

Les robustes troncs des arbres, portant chacun une montagne de feuilles, enchantaient les yeux et l'imagination autant que de belles statues.

On les suivait machinalement des racines au sommet des branches, qui étincelaient au soleil et semblaient se confondre dans l'azur du ciel.

Les écureuils y gambadaient.

C'était un temple idéal pour un adorateur de la déesse Hygie.

– Es-tu jamais allé à Franchard? interrogea le docteur. Je suppose que non.

– Non. Jamais.

– C'est une ruine dans une gorge, reprit le docteur, adoptant sa voix de pédagogue, ruine d'un ermitage et d'une chapelle. L'histoire nous parle beaucoup de Franchard. Elle nous apprend que les reclus y étaient fréquemment égorgés par les voleurs, nous dit combien leur nourriture était insuffisante, comment ils passaient leurs journées en prières. On a conservé une lettre d'un de leurs supérieurs, remplie de conseils d'hygiène. Il leur conseille, en vue de leur salut éternel, d'alterner l'étude et la méditation, mais seulement quand ils seront las de se promener dans le jardin et de surveiller les abeilles...

« C'est tout mon système.

« Tu as dû remarquer, en effet, qu'il m'arrive de lâcher, souvent au milieu d'une phrase, la rédaction de *La Pharmacopée*, pour courir vers le soleil et le plein air. J'admire de tout mon cœur la lettre de cet abbé; cet homme savait penser sur les sujets les plus importants...

« Vraiment, si j'avais vécu au Moyen Age, et je suis ravi de n'y avoir pas vécu, – je me serais fait ermite, à moins d'être bouffon, car il n'y avait pas d'autre alternative. Il fallait choisir entre ces deux philosophies : rire ou pleurer; rire de pitié ou pleurer jusqu'à ce que se levât le soleil de l'Absolu. Pas de milieu.

– J'aurais sans doute été bouffon, observa Jean-Marie.

– Je ne te vois pas exceller dans cette profession, répondit le docteur, qui admirait l'air grave de l'enfant, as-tu ri quelquefois?

– Mais oui, souvent! J'aime beaucoup les plaisanteries.

« Quel être singulier! » songea Desprez.

– Mais je divague, reprit-il – cela me fait vieux de revivre en l'an mille – Je reprends : Franchard fut détruit pendant cette guerre des Anglais qui a renversé Gretz... Et voici le piquant de l'histoire : Les moines, qui étaient alors assez nombreux, pressentant le danger, avaient soigneusement dissimulé leurs vases précieux, vases représentant une valeur énorme, inestimable, devrait-on dire, car le métal en était d'un haut prix et le travail d'orfèvrerie merveilleux.

« A l'heure actuelle, remarqua-t-il, on ne les a pas encore retrouvés.

« Sous le règne de Louis XIV, quelques compagnons fouillèrent les ruines avec acharnement...

« Soudain, toc! la bêche heurta un obstacle...

« Imagine-toi ces hommes se regardant les uns les autres. Imagine comme leurs cœurs bondissaient, comme leurs visages changeaient de couleur...

« C'était un coffre qu'ils avaient heurté, et ce coffre se trouvait à l'endroit présumé du trésor de Franchard. Ils le brisèrent, pareils à des bêtes affamées. Hélas! ce n'était pas le trésor.

« Le coffre ne contenait que des vêtements qui avaient dû être fort beaux, mais qui, au contact de l'air dévorant, retombèrent sur eux-mêmes et se réduisirent en poussière.

« Une sueur froide inonda les chercheurs déçus.

« Jean-Marie, je perdrais ma réputation de savant si je ne disais que s'il eut soufflé alors un vent coupant, il en fût résulté quelque bonne pneunomie pour plusieurs d'entre eux.

– J'aurais aimé à voir ces vêtements tomber en poussière, observa Jean-Marie. Ce n'est que cela qui m'eût intéressé.

– Tu es dépourvu d'imagination, s'écria le docteur. Représente-toi la scène. Un grand trésor est là, caché depuis des siècles. Sa valeur donne le vertige, il est copieux, opulent. Que de jouissances en perspective qui demeurent stériles et inutiles : belles robes et riches gravures, chevaux élégants galopant et piaffant, femmes aux jolis sourires, billets d'entrée à l'Opéra, audition des meilleurs orchestres, châteaux, parcs et jardins magnifiques, promenades en mer en costume de mer, tout cela et bien d'autres choses entrevues dessous les planches d'un cercueil et tout cela instantanément évanoui...

« Et pour accroître la déception, les grands arbres, grandis là d'année en année, semblant narguer les chercheurs! Vraiment ces gens-là durent brutaliser le coffre comme des frénétiques.

– S'il avait contenu de l'argent, ils se seraient fait mal, observa Jean-Marie.

– Oh! viens dans mes bras! s'écria Desprez. Ce que tu viens de dire est tout à fait beau, véritablement philosophique, mais ce n'est point très opportun. Il ne s'agissait point d'argent, seulement, comme tu crois, mais aussi d'ouvrages d'art. Ces vases cachés sont admirablement ciselés...

« Tu parles comme un enfant. En reprenant mes idées et ma parole, en les répétant comme un perroquet pour te les approprier, tu les as dénaturées. Cela me fatigue.

– Quoi qu'il en soit, répondit Jean-Marie, avec sa déférente soumission, cela, ce n'est pas notre affaire.

Ils s'enfoncèrent dans le chemin qui tournait là en arc de cercle.

La route redevenait bruyante, et ce bruit, combiné avec l'énervement du docteur, rendit l'enfant silencieux. Le cabriolet se trémoussait.

Les arbres semblaient fuir devant lui et le regarder sans mot dire, comme s'ils eussent eu quelque intelligence.

Enfin, le quadrilatère fut dépassé et Franchard apparut.

Nos deux héros remisèrent cheval et cabriolet dans une petite auberge solitaire et s'en allèrent flâner dans les sentiers.

La gorge était parfaitement teintée de bruyères.

Rochers et bouleaux se dressaient lumineux dans le soleil.

Le sourd bourdonnement des abeilles, butinant les fleurs, prédisposait au sommeil Jean-Marie qui s'assit près d'un bouquet de bruyère, tandis que le docteur cheminait çà et là, cueillant des simples.

La tête de l'enfant s'était inclinée, ses yeux mi-clos, et ses mains s'étalaient sur ses genoux, quand soudain un cri inarticulé le dressa sur les pieds. Cri singulier, bref et léger.

Le son s'en éteignit vite et le silence recommença comme s'il n'eût jamais été interrompu.

Jean-Marie n'avait pas reconnu la voix du docteur, mais comme il n'y avait personne autre dans la vallée, ce ne pouvait être que le docteur qui avait émis ce son.

Il fouilla des yeux à droite à gauche. Il finit par apercevoir Desprez enfoncé dans une grotte creusée entre deux rochers arrondis, dévisageant son fils adoptif, et le visage pâle comme une feuille de papier.

– Une vipère! cria Jean-Marie, en se précipitant. Une vipère! Vous a-t-elle mordu?

Le docteur, faisant un rétablissement, sortit de la grotte et s'avança, muet, vers l'enfant, qu'il saisit rudement par les épaules.

– Je l'ai trouvé! articula-t-il en bégayant.

– La plante cherchée? hasarda Jean-Marie.

Desprez eut un accès de gaieté bruyant que les rochers recueillirent et rendirent en échos.

– Une plante! Ah! ben oui, une plante!

Et sortant prestement la main droite de derrière le dos :

– Tiens! Voici l'un des bulbes de la plante.

Jean-Marie, écarquillant les yeux, ne vit qu'un morceau de vaisselle recouvert de terre.

– Ça, fit-il, mais c'est une assiette.

– Ça, c'est une voiture et des chevaux... mon garçon, continua-t-il en s'exaltant, en arrachant un gros bourrelet de mousse dans ce bouquet de bouleaux, j'ai découvert une crevasse. J'ai regardé dedans et que penses-tu que j'y aie vu? Une maison à Paris entre cour et jardin; ma femme étincelante de diamants; je me suis vu député; j'ai vu ton brillant avenir. Je viens simplement de découvrir l'Amérique, termina-t-il à voix basse.

– Mais qu'est-ce donc? interrogea l'enfant.

– Le trésor de Franchard, cria le docteur en jetant sa canne à terre.

Puis, hurlant comme un Hindou, il se jeta sur Jean-Marie, l'étouffant de baisers et le baignant de larmes.

Enfin, il se roula sur la bruyère et fut repris d'une crise de rires aigus dont retentit la vallée.

Mais l'enfant était piqué par la curiosité. Aussitôt débarrassé des accolades du docteur, il courut vers la roche ronde, s'élança dans la grotte et, introduisant la main dans la crevasse, en retira, un à un, incrustés de terre séculaire, les burettes, les candélabres, les patènes du monastère de Franchard. Tout au fond gisait une cassette hermétiquement close et très lourde.

– Que c'est drôle! commença-t-il.

Mais il regarda le docteur, qui l'avait suivi de près et le regardait silencieusement. Alors les paroles expirèrent sur sa langue.

Desprez redevenait couleur de cendre; ses lèvres tremblotaient.

Une fièvre bestiale le possédait.

– C'est enfantin, fit-il. Nous perdons un temps précieux. Retourne à l'auberge, harnache la voiture et amène-la ici, au coin. Allons! dépêche-toi! Il s'agit de ton bonheur et surtout : pas un mot de tout ceci. Je reste pour veiller au grain.

Quoique surpris, Jean-Marie fit comme on lui commandait. Il amena le cabriolet à l'endroit indiqué, et tous les deux transbordèrent peu à peu les objets du trésor, de la cachette dans le coffre du véhicule, sous le siège.

Quand tout fut en place, le docteur recouvra sa gaieté.

– Je vais accomplir mon devoir de gratitude envers le génie de ce vallon, dit-il. Oh! je ne vais pas brûler une génisse en holocauste sur un bûcher, ni répandre un cruchon du jus de la vigne. Mon sacrifice consistera en une libation excessive. Pourquoi pas? On fait ce qu'on peut. Nous sommes à Franchard et nous pouvons obtenir du pale-ale anglais, pas authentique assurément, mais excellent quand même. Mon garçon, nous allons boire du pale-ale.

– Je croyais que c'était malsain, hasarda Jean-Marie, et, en outre, fort cher.

– Tarare! s'exclama gaiement le docteur. D'ailleurs, nous sommes à l'auberge.

Et il grimpa lestement dans le cabriolet, avec une ardeur toute juvénile. On fit retourner le cheval et, quelques secondes après, ils arrivaient à la palissade du jardin de l'auberge.

– Arrête la voiture ici, commanda Desprez, tout près de la table. Il faut que nous puissions garder l'œil dessus.

Le cheval attaché, ils entrèrent dans le jardin, le docteur chantant, lançant des notes tantôt fantastiquement hautes et tantôt sortant en creux du fond de la poitrine.

Il prit un siège, frappa bruyamment sur la table et assaillit le garçon de plaisanteries qu'il prenait pour de bons mots.

Quand la bouteille de Bass fut apportée, plus chargée de gaz que le champagne le plus mousseux, il en remplit un long verre jusqu'aux bords, et le poussant vers Jean-Marie :

– Bois! lui dit-il, bois d'un trait.

– J'aimerais mieux pas, fit timidement Jean-Marie, fidèle à son éducation.

– Eh quoi! gronda Desprez.

– J'ai peur pour mon estomac.

– Prends ou laisse! s'écria le docteur en colère. Mais apprends qu'il n'est rien de plus méprisable que de faire des cérémonies à table.

C'était une nouvelle leçon qu'il prétendait lui donner.

L'enfant demeurait pensif, regardant le verre mais n'y touchant pas, tandis que Desprez emplissait et vidait le sien, le front d'abord assombri, mais s'éclaircissant graduellement et arrivant à l'expression du contentement radieux, sous l'influence du capiteux breuvage, augmentée de sa volonté d'être heureux.

– Une fois par hasard, prononça-t-il enfin, en vue de faire une concession au rigorisme de l'enfant, une fois par hasard et aux heures solennelles, on peut boire de la bière. C'est l'habitude qui est avilissante. Le vin, le jus du raisin, c'est là vraie boisson du Français, comme j'ai eu maintes fois l'occasion de le démontrer. Je ne comprends pas pourquoi j'ai pu te blâmer de refuser ce stimulant étranger. Prends du vin et des gâteaux. Tiens! la bouteille de pale-ale est vide. Bah! ne soyons pas fiers. J'ai pitié de ton verre.

La bière achevée, le docteur s'impatienta parce que Jean-Marie n'en finissait pas de manger les gâteaux.

– Dieu de Dieu! que tu manges lentement! fit-il en regardant sa montre. Je brûle de partir.

Et cependant manger lentement était une de ses prescriptions hygiéniques. C'était, d'après lui, le secret de la longévité.

Son martyre prit fin toutefois.

Le couple regagna ses places dans le cabriolet.

Desprez, s'affaissant voluptueusement sur le dos, annonça son intention de se rendre à Fontainebleau.

– A Fontainebleau! répéta Jean-Marie étonné.

– Oui. Mes paroles sont toujours réfléchies. En avant!

Il semblait au docteur qu'il courait à travers les clairières du paradis.

L'air, la lumière, les feuilles brillantes, le mouvement même du véhicule paraissaient s'harmoniser avec ses méditations dorées.

La tête rejetée en arrière, le pale-ale et la joie dansant dans ses veines, il contemplait des visions ensoleillées.

Enfin, il éleva la voix :

– Je vais télégraphier à Casimir, fit-il. Ce bon Casimir ! Quel aimable compagnon ! Son intelligence n'est, il est vrai, ni créatrice ni poétique, mais il saura diriger tes études. Sa fortune est considérable et il la doit entièrement à son travail. C'est l'homme tout désigné pour nous aider à tirer parti de nos bijoux, pour nous trouver une maison convenable à Paris et diriger notre installation.

... Admirable Casimir ! C'est un de mes plus anciens camarades. C'est sur ses conseils, je m'en souviens, que j'ai placé en bons turcs les débris de ma fortune...

... Avec les dépouilles de cette église du moyen âge, mon enfant, nous allons rouler sur l'or, oui, positivement rouler...

... Magnifique forêt, adieu ! s'écria-t-il, changeant soudain le cours de ses idées. Quoique appelé sur une scène nouvelle, je ne t'oublierai pas. Ton nom reste gravé dans mon cœur. Sous l'influence de la prospérité je deviens dithyrambique, Jean-Marie, je suis l'impulsion naturelle de mon âme. Ainsi était l'homme primitif. Eh bien, soit ! Je ne refuse pas mon témoignage à cette vérité, j'ai su conserver intactes, comme une virginité, mes facultés d'émotion. Sans quoi, comment aurais-je mené à la campagne cette existence de marmotte, sans devenir rustre, abruti ? Combien je me loue de mon heureuse constitution qui a retenu mon esprit indomptable !...

... L'opulence nouvelle dans laquelle je vais vivre

et les nouveaux devoirs qui m'incombent vont me retrouver animé d'une ardeur nouvelle, mûrie par des connaissances nouvelles.

... Je te choque, sans doute, Jean-Marie, par cette versatilité dans mes idées. Va! ne te gêne pas. Dis-moi que tu es choqué par mon inconséquence et que cela te fait de la peine.

– En effet, dit l'enfant.

– J'en étais sûr. Admire, enfant, comme je sais lire dans ta pensée, reprit Desprez, avec une fatuité sublime. Je ne suis pas surpris, d'ailleurs, que tu ne comprennes pas. Ton éducation n'est qu'ébauchée. Les grands devoirs de l'homme ne t'ont pas encore été révélés, je n'ai fait que t'insinuer la vérité, et cela doit te suffire, jusqu'à ce que j'aie le loisir de compléter ton savoir.

...Désormais mes modestes capacités sont accrues. J'ai préparé l'avenir par une méditation silencieuse. Un devoir impérieux me rappelle maintenant à Paris. Mon bagage scientifique, mon incontestable talent de parole me désignent pour le service de mon pays. La modestie, en un tel cas, serait une hypocrisie. Si le péché était une expression philosophique, ma modestie serait péché. Un honnête homme ne doit disconvenir de ses talents manifestes; ce serait se dérober à ses obligations. Je dois me tenir debout et agir. Je ne dois pas m'embusquer dans la bataille pour la vie.

Ainsi s'agitait le docteur, oignant copieusement de mots les ressorts de son inconscience.

Cependant, l'enfant écoutait silencieux, les yeux fixés sur le cheval, l'esprit en ébullition.

L'éloquence du docteur était perdue pour lui.

Aucunes paroles n'eussent été d'ailleurs capables de désarçonner sa foi naïve.

Il conduisit son maître à Fontainebleau, l'âme emplie de pitié, d'horreur, d'indignation et de désespoir.

Dans la ville, Jean-Marie fut laissé sur le siège, en faction pour veiller sur le trésor.

Le docteur descendit avec une singulière prestesse.

Sa légèreté tenait de l'ivresse.

Il voltigeait de café en café, serrait les mains des officiers de la garnison, préparait l'absinthe avec les raffinements d'une longue expérience.

Il visitait tous les magasins et en sortait chargé de marchandises coûteuses : une tortue vivante, une magnifique pièce de soie pour sa femme, une canne absurde pour lui-même, une casquette à la dernière mode pour l'enfant.

Il s'empressa vers le télégraphe, y expédia son télégramme à Casimir, et, trois heures après, Casimir répondait, promettant sa visite pour le lendemain.

En un mot, Desprez parcourut tout Fontainebleau dans le feu de sa divine bonne humeur.

Le soleil était très bas quand ils se remirent en campagne.

Les ombres de la forêt s'allongeaient sur les larges routes blanches; la pénétrante odeur nocturne des bois s'élevait comme un nuage d'encens du milieu de ces arbres dont les cimes formaient comme une plaine verte.

Cette bonne senteur pénétrait jusque dans les rues de la ville, où l'air avait été calciné toute la journée entre les murs blanchis, et s'y répercutait en bouffées comme aurait fait le son d'une musique lointaine.

A mi-chemin de la maison, le dernier rayon d'or s'échappa d'un grand chêne sur la gauche et quand ils s'enfoncèrent dans la bordure du bois la plaine était déjà recouverte d'une rosée de perles grises.

Une grande et pâle lune prenait son essor dans le ciel derrière les rangées des longs peupliers.

Le docteur chantait, le docteur sifflait, le docteur causait.

Il parlait des bois, des guerres, des truculences de la rosée; il babillait sur Paris, il étincelait sur tous les sujets.

Il s'éleva en termes boursouflés et nébuleux à propos des gloires de l'arène politique, où tout allait changer.

Quand le jour tomba, il emporta les derniers vestiges d'une existence passée.

Le soleil de demain allait inaugurer une vie nouvelle.

– Assez! Assez! s'écriait le docteur, de cette vie de macération. Une telle vie ne doit pas être vécue plus longtemps; elle doit briller au plein jour.

Le docteur était d'ailleurs injuste envers cette vie qui avait été très passable jusqu'à ce jour.

– Jean-Marie, ruminait-il ensuite, va trouver le monde à ses pieds; les grandes routes lui sont ouvertes vers le succès, la santé, les honneurs et la postérité.

« Attention! cria-t-il soudain. Que Dieu garde ta langue. Tu es, je le sais, un enfant fort discret. C'est une qualité que j'ai le plaisir de reconnaître en toi. Mais silence! silence d'or! L'affaire est grave. Aucun mot ne doit transpirer. Aucun, entends-tu? Au reste, il faudra faire ce que dira le bon Casimir... Il nous conseillera sans doute de vendre les vases en Angleterre.

– Mais sont-ils légitimement à nous? hasarda Jean-Marie dans un sanglot.

C'était la première fois qu'il élevait la voix.

– A nous, oui en ce sens qu'ils ne sont à personne autre. L'État, il est vrai, pourrait soulever quelques objections, répliqua le docteur. S'ils étaient volés, par exemple, nous ne serions pas admis à en réclamer la restitution; nous n'aurions aucun titre. Nous ne pourrions pas nous plaindre à la police. Telles sont les monstrueuses dispositions de la loi. C'est un argument en faveur de ce qui reste à faire dans le Code. Que d'injustices à y redresser! Et ce ne peut être que l'œuvre d'un député, actif, ardent et philosophe!

Jean-Marie plaça toute sa confiance en Mme Desprez, et tout en conduisant bon train sur la route de Bourron, il se mit à prier intérieurement, fouettant son cheval, qui s'emportait en une vitesse inaccoutumée.

« Dès que nous serons arrivés, pensait-il, madame affirmera sa volonté et mettra fin à ce cauchemar éveillé! »

Leur entrée à Gretz fut saluée et accompagnée par les furieux aboiements de tous les chiens du village, qui semblaient flairer le trésor du cabriolet.

Mais, sauf trois flâneurs baguenaudant à la porte des Tentaillon, les rues étaient désertes.

Jean-Marie ouvrit la grille verte et conduisit voiture et cheval dans la cour.

Presque aussitôt, Mme Desprez apparaissait sur le seuil de la cuisine, une lanterne allumée à la main, car la lune n'était pas encore assez haute pour éclairer les murs du jardin.

– Ferme la grille, Jean-Marie, cria le docteur en descendant, un peu titubant. Anastasie, où est Aline?

– A Montereau, où elle est allée voir ses parents.

– Comme cela se trouve bien! Venez vite ici, tout près de moi. Je ne veux pas m'exprimer trop haut. Ma chérie, vous êtes riche!

– Riche! répéta Mme Desprez.

– J'ai découvert le trésor de Franchard. En voici les premiers fruits. Voyez : un ananas, une robe pour ma toujours belle, et j'espère qu'elle lui plaira. C'est une épreuve de mari que je fais là, une épreuve d'amoureux. Embrassez-moi, ma chérie! La mauvaise période de notre vie est déjà loin. Les beaux papillons déploient leurs ailes de couleur. Casimir viendra demain. Dans une semaine, nous serons à Paris. Nous serons heureux enfin. Vous aurez des diamants... Jean-Marie, sors toutes les pièces du coffre et apporte-les avec un soin religieux dans la salle à manger... Nous aurons de l'argenterie de table, ma chérie. Dépêche-toi de faire cuire cette tortue; ce sera un stimulant, un supplément à notre maigre ordinaire. Je descendrai moi-même à la cave. J'en rapporterai une bouteille de ce petit beaujolais que vous aimez tant, et nous finirons par de l'Ermitage dont il reste encore trois bouteilles, dignes d'une telle circonstance.

– Mais, mon cher mari, vous m'ahurissez, criat-elle, vous m'entraînez dans un vrai tourbillon. Je ne comprends pas.

– La tortue d'abord, mon adorée! Songe à la tortue.

Et il la poussa dans la cuisine, toujours armée de la lanterne.

Jean-Marie demeura confondu. Il avait rêvé une autre scène. Il avait espéré une protestation, une immédiate et violente protestation.

Et il était obligé de déchanter.

Le docteur était partout à la fois, un peu chancelant sur ses jambes peut-être et heurtant les murs des épaules, car il y avait longtemps qu'il n'avait goûté d'absinthe.

Il en vint même à réfléchir qu'il avait obéi à une fâcheuse idée en la buvant, non qu'il regrettât d'avoir commis un excès en un si glorieux jour, mais cette absinthe l'obligeait à faire un effort de mémoire pour rappeler ses souvenirs.

Il en concluait qu'il se garderait, une autre fois, de devenir victime d'une consommation aussi délétère.

Il avait rapporté en un clin d'œil les bouteilles de vin de la cave.

Maintenant il rangeait les vases sacrés, quelques-uns sur la nappe blanche et d'autres sur le buffet, tous incrustés d'une terre historique.

Il allait dans la cuisine, en sortait, forçant Anastasie à boire du vermouth, l'exaltant par l'exposé rapide de ses projets d'avenir, surestimant sa nouvelle opulence.

Avant qu'ils n'eussent pris place à table pour le souper, la force de résistance de la femme s'était évanouie dans le feu de l'enthousiasme du mari.

Sa timidité disparaissait.

Elle aussi parlait sur un ton méprisant de la vie qu'on menait à Gretz.

En servant la soupe, ses yeux écarquillés brillaient de bonheur, à la perspective des diamants qu'elle porterait bientôt.

Tout le long du repas, ils firent et défirent des plans féeriques.

Ils se faisaient des révérences sur leurs chaises, leurs visages débordaient de sourires.

Leurs regards pétillaient d'orgueil en songeant aux honneurs politiques qui allaient pleuvoir sur monsieur, et aux magnificences du salon que tiendrait madame.

– Au moins vous ne serez pas un « rouge », cria soudain Anastasie.

– Je suis centre-droit de cœur.

– Mme Gastein nous présentera dans le monde, car nous devons être bien oubliés à Paris, observa Mme Desprez.

– Jamais, protesta le docteur. Beauté et talent laissent leur empreinte.

– J'ai positivement désappris de m'habiller, dit madame en soupirant.

– Chérie, vous me faites rougir. Notre mariage aurait-il produit cet effet tragique?

– Après tout, le spectacle de vos succès, vous voir apprécié, honoré, lire votre nom dans tous les journaux, ce sera plus que du bonheur pour moi, ce sera le ciel.

– Une fois par semaine, dit le docteur, en scandant les syllabes avec finesse, je me permettrai une bonne petite partie de baccara.

– Rien qu'une fois? répliqua-t-elle en le menaçant du doigt.

– Je le jure sur mon honneur politique!

– Je vous gâte, dit-elle, en lui tendant la main, qu'il couvrit de baisers.

Au milieu de la nuit, Jean-Marie s'échappa pour descendre au jardin.

La lune se balançait au-dessus de Gretz.

L'enfant se rendit jusqu'au fond de l'enclos et s'assit sur le quai.

La rivière courait à ses pieds, dessinant d'onctueux remous argentés, en un murmure prolongé et monotone.

Dans le lointain, un brouillard de vapeur, semblable à un voile léger, se mouvait parmi les peupliers.

Les roseaux s'inclinaient doucement.

Cent fois déjà, l'enfant s'était assis ainsi à la même place, par une nuit pareille, contemplant la rivière et livrant son âme à la tranquille fantaisie.

Hélas! c'était peut-être sa dernière méditation.

Il allait quitter ce hameau familier, ce verdoyant, cet attendrissant pays, ce brillant et paisible cours d'eau.

Il allait habiter une grande ville.

Sa chère dame, sa douce maîtresse, s'agiterait

dans les salons; son bon, son excellent maître, si loquace mais si généreux, deviendrait un député braillard.

Tous deux seraient perdus pour Jean-Marie et perdraient le meilleur d'eux-mêmes.

Jean-Marie connaissait leurs défauts; il savait qu'il leur valait mieux moins de considération dans la vie tumultueuse des cités et plus de satisfactions dans la vie de famille.

Et il commença à se persuader que la détermination du docteur provenait d'une suggestion du démon.

Pour la première fois, sa généreuse confiance envers son maître fléchit.

L'enfant s'apercevait que le vin de l'Ermitage avait complété ce que l'absinthe avait commencé.

« Et voilà ce qu'il fait dès le premier jour, songea-t-il. Que sera-ce le dernier?... »

« Qu'adviendra-t-il dans la suite? » réfléchissait-il en se rappelant la parabole du docteur.

Fatigué de cette méditation, il considéra le panorama délicieux qui se déroulait autour de lui.

Il s'enivra du charme profond qui s'en dégageait et de l'air de la nuit chargé de senteurs des haies.

– Puisqu'il le faut, à Dieu-vat! s'écria-t-il.

Et, se levant, il retourna à la maison.

VI

DOUBLE ENQUÊTE SUR UN CRIME

Le lendemain matin, une immense clameur retentissait dans la maison du docteur.

Avant d'aller se coucher, il avait pris soin d'enfermer les objets précieux dans le buffet.

Et voilà qu'en se levant – ce qu'il fit à quatre heures – il s'aperçut que le buffet avait été fracturé et que les objets avaient disparu.

Madame et Jean-Marie, convoqués à grands cris, apparurent en toilettes hâtives.

Ils trouvèrent le docteur en proie au noir délire, appelant le ciel en témoignage et le sommant de venger son injure, marchant pieds nus et à pas lents, tandis que les pans de sa chemise faisaient la voltige à chacun de ses mouvements brusques.

– Envolés! s'écriait-il. Ma fortune est envolée! Nous sommes pauvres une fois encore! Sais-tu quelque chose, mon garçon? Allons, parlez, monsieur, parlez! Voyons, le savez-vous?... Sais-tu quels sont les voleurs?

Et il prenait Jean-Marie par le bras, le secouant comme un sac, et les mots de l'enfant, qui aurait voulu répondre, s'échappaient de sa gorge en murmures inarticulés.

Desprez, par réaction de sa violence, s'assit enfin.

Il remarqua qu'Anastasie pleurait.

– Anastasie, dit-il d'une voix tout à fait altérée, calmez-vous, commandez à votre volonté. Je ne voudrais pas avoir déchaîné vos passions comme celles d'une femme vulgaire. Laissons de côté ce léger incident. Jean-Marie, apporte-moi ma plus petite pharmacie portative. Un doux laxatif me semble tout indiqué.

Et il drogua la famille à la ronde, s'adjugeant à lui-même une dose double.

L'infortunée Anastasie, qui n'avait jamais été malade, à aucun moment de son existence, et dont la pensée reculait d'horreur à l'idée d'un remède quelconque, versa des flots de larmes, frissonna et protesta en buvant sa potion à petits coups. Mais le docteur cria, tempêta jusqu'à ce qu'elle eût vidé le petit verre jusqu'à la lie.

Quant à Jean-Marie, il absorba la sienne avec un parfait stoïcisme.

– Je lui en ai administré une dose moins forte, observa le docteur. Sa jeunesse le protège contre l'émotion. Et maintenant que nous sommes parés contre les influences morbides, étudions la question.

– J'ai bien froid, gémit Anastasie.

– Froid?... Ah! je remercie le Créateur de m'avoir fabriqué solidement. Pourquoi, madame, le sang bouillant qui circule en mes veines coulerait-il à l'unisson de celui d'une grenouille? Froid! Eh! si vous avez froid, retirez-vous dans votre chambre, et vous en profiterez pour me jeter mon pantalon. J'ai les jambes à la glace.

– Non, fit madame, je resterai près de vous.

– Madame, je ne supporterais pas que vous souffriez par dévouement. Je vais moi-même vous chercher un châle.

Il monta l'escalier et revint bientôt, lui-même

amplement vêtu et apportant à la grelottante Anastasie une brassée d'étoffes pour s'emmitoufler.

– Et maintenant, résuma-t-il, faisons une enquête sur le crime, ma chère amie. Avez-vous un indice pour nous guider?

– Aucun, répondit Anastasie.

– Et toi, Jean-Marie?

– Moi non plus, répondit celui-ci, avec assurance.

– Bien! Alors examinons d'abord les évidences matérielles. J'étais né pour être détective, j'ai l'œil exercé et l'esprit méthodique.

Premièrement, la violence a été employée, car la porte est fracturée...

J'observe, en passant, que la serrure devait être solide, car elle m'a coûté bon. Je me propose de quereller à ce sujet M. Goguelat...

Secondement, l'instrument qui a servi au crime est un de nos couteaux de table, un de nos plus beaux couteaux, ma chère; ce qui semble établir que la bande de cambrioleurs, si bande il y a, a agi sans préméditation...

Troisièmement, les voleurs n'ont soustrait que les objets de Franchard et la cassette. Notre argenterie de famille a été scrupuleusement respectée. C'est fort habile; c'est une preuve d'intelligence; les malfaiteurs connaissent le code et ont voulu éviter les conséquences légales du méfait. J'argue de cette hypothèse que la bande est composée de personnes jouissant de la respectabilité extérieure – extérieure seulement, bien entendu, comme le prouve le vol. Je conclus que nous avons dû être épiés, à Franchard même, par quelque observateur habilement dissimulé, et guettés tout le jour avec une patience que j'ose qualifier de consommée. Aucun homme ordinaire, aucun criminel occasionnel n'eût été capable d'une telle combinaison. Nous avons donc dans notre voisinage, c'est tout à fait probable, un bandit retiré des affaires, et de la plus haute intelligence.

– Bonté du ciel! s'écria Anastasie horrifiée. Henri! Henri! comment pouvez-vous concevoir de telles idées?

– Ma chérie, je développe une suite de déductions. Si quelqu'un de mes raisonnements vous semble erroné, rectifiez-le. Vous ne dites rien?... Alors, je vous en prie, abstenez-vous de ces interruptions illogiques qui font l'effet d'une protestation contre mes conclusions.

Nous sommes parvenus maintenant à cette probabilité que le crime est l'œuvre d'une bande organisée.

J'incline vers cette hypothèse de préférence à toute autre.

Quittons cette pièce qui n'a plus rien à nous révéler et explorons la cour et le jardin. Jean-Marie, je crois que tu suis avec respect mes diverses déductions. C'est une excellente tranche d'éducation que je te sers.

Sors avec moi.

Pas de traces de pas dans la cour. Quel dommage qu'elle ne soit pas pavée!

Tu vois à quels faibles indices est suspendu le sort d'une aussi pénible investigation.

Eh! que vois-je ici?

Je t'ai conduit au bon endroit, dit-il en cambrant noblement son torse en arrière et en indiquant la grille verte. Une escalade a eu lieu, comme tu peux le constater toi-même.

Il était incontestable, en effet, que la peinture verte était écorchée en plusieurs endroits et qu'un des panneaux gardait l'empreinte d'un soulier ferré.

Le pied avait glissé.

Néanmoins il était difficile d'évaluer la dimension

de la chaussure et impossible de distinguer la forme des clous.

– Voilà le vol tout entier reconstitué, s'écria triomphalement le docteur. Impossible de pousser plus loin la science déductive.

– C'est merveilleux, dit sa femme, à laquelle il fit part de sa découverte. Quel merveilleux détective vous auriez fait, Henri! Je n'avais pas idée de ce talent chez vous.

– Ma chérie, répliqua Desprez avec condescendance, un homme d'imagination scientifique se plie aux moindres emplois. Il est détective comme il serait publiciste ou général. Ce ne sont là que des applications particulières de son génie universel.

Et à présent, continua-t-il, vous me demanderez peut-être de pousser les choses plus avant, de mettre la main sur les coupables, par exemple.

Ceci, je ne puis tout à fait vous le promettre, mais je puis indiquer la route de la maison où ils ont l'habitude de se rassembler. J'aboutirai à un déni de justice, il est vrai, mais ce sera une satisfaction pour moi quand même. Or, je suis arrivé dans ce sens à une extrême probabilité.

Pour compléter mon étude sur ce vol, j'ai besoin d'imaginer un homme qui aime à paresser dans la forêt et frotté d'une certaine éducation, il faut aussi que cet homme soit au-dessus de tout scrupule de moralité.

Ces trois qualités requises se rencontrent chez les pensionnaires des Tentaillon. Ils sont peintres, par conséquent enclins à flâner continuellement dans les bois. Ils sont peintres, par conséquent badigeonnés d'une teinture d'éducation. Enfin, parce que peintres, ils sont probablement dénués de moralité. Et je le prouve de deux façons :

Premièrement, la peinture ne parle qu'aux yeux et ne se traduit jamais en leçon de morale; secondement, la peinture a cela de commun avec les autres arts qu'elle implique de dangereuses qualités d'imagination.

Or, un homme d'imagination n'est jamais moral; il s'élève au-dessus des conventions officielles, conçoit la vie sous un angle factice et vit sous des lumières trop artificielles pour consentir à s'assujettir aux prescriptions de la loi.

– Mais, observa Mme Desprez, vous m'avez toujours dit, du moins je comprenais que vous disiez, que ces jeunes gens sont, au contraire, dépourvus de toute imagination.

– J'ai voulu dire, ma chérie, que leur imagination appartient au genre fantaisiste et, en outre, qu'elle ne s'applique qu'aux choses de leur métier. De plus – et cet argument est au niveau de votre capacité intellectuelle – beaucoup d'entre eux sont anglais ou américains. Où chercher ailleurs votre voleur?...

« Mais en voilà assez! Vous feriez bien d'aller préparer votre café! Parce que nous avons perdu un trésor, est-ce une raison pour mourir de faim? Pour ma part, je vais rompre mon jeûne avec du vin blanc. Je me suis échauffé et inconcevablement assoiffé aujourd'hui. Je ne puis attribuer ce besoin qu'au choc en retour de la découverte. Et cependant vous m'êtes témoin que je supporte noblement les émotions.

Le docteur, reprenant son bavardage habituel, avait recouvré son admirable bonne humeur. Lorsqu'il se fut assis dans le jardin, s'imbibant de larges gorgées de vin blanc, tout en becquetant, sans appétit très prononcé, du pain et du fromage, un tiers de ses méditations prirent peut-être pour thème le trésor égaré, mais les deux autres tiers étaient consacrés plus agréablement à son admiration pour ses talents de détective.

Vers 11 heures, Casimir arriva.

Il avait pris de grand matin le train de Fontainebleau, et là une voiture, qui renversait tout sur son passage pour arriver à temps.

Ayant remisé sa voiture chez les Tentaillon, il s'était convaincu, en consultant sa montre, qu'il pourrait économiser une heure et demie.

C'était, avant tout, un homme d'affaires, parlant net, vous dévisageant avec des yeux intelligents et sévères.

Frère aîné d'Anastasie, il ne se prodigua pas envers elle en démonstrations sentimentales et se contenta de l'embrasser à l'anglaise, lui demandant à manger sans délai.

– Vous pourrez me raconter votre histoire, tout en mangeant. Tu n'as rien de bon aujourd'hui, Stasie?

Il s'était promis, en effet, de manger du bon.

Le trio se mit à table sous le berceau du jardin.

Jean-Marie servait tout en mangeant et le docteur faisait appel à sa plus riche élocution pour narrer ce qui leur était advenu.

Casimir suivait le récit en pouffant de rire.

– Quelle chance vous avez eue! mon cher frère, s'écria-t-il quand celui-ci eut fini de parler. Si vous étiez parti pour Paris, patatra! vous auriez fait le plongeant avant trois mois. Et vous seriez venu à moi en procession comme la dernière fois. Mais je vous avertis – dût Stasie pleurer et Henri ratiociner – que cette nouvelle démarche eût été inutile. Tenez-vous-le pour dit. Votre première culbute vous sera fatale. Je vous parle raison.

Le docteur tressaillit et regarda furtivement Jean-Marie, mais Jean-Marie ne sortait pas de son apathie.

– Mais aussi, insista Casimir, quels enfants vous faites, enfants vicieux même! A quelle somme estimiez-vous cette bagatelle? Cela ne valait peut-être pas autant que ce meuble.

– Pardonnez, pardonnez, dit le docteur. Vous avez gardé tout votre esprit, mais cet esprit fait tort à votre habituelle courtoisie. Je m'y connais, je ne suis pas absolument ignorant en cette matière.

– Pas absolument ignorant! ignorant de rien, je vous l'ai toujours entendu dire, interrompit Casimir levant son verre et l'inclinant avec une sorte de politesse impertinente.

– Laissez-moi au moins, dit le docteur, exposer mon sentiment sur le sujet. Eh bien! j'estime que ce trésor aurait doublé notre capital.

Et il décrivit par le menu les objets découverts.

– Ma parole d'honneur, acquiesça Casimir, je vous crois à moitié, mais encore aurait-il fallu tenir compte de la qualité de l'or.

– Cette qualité, répondit le docteur, était... était...

Mais ne trouvant pas de paroles pour définir cette qualité, il baisa le bout de ses doigts, voulant exprimer par ce geste une qualité extraordinaire.

– Je ne vous prendrai pas au mot, rétorqua l'homme d'affaires, car vous voyez tout en rose.

« Mais ce vol, insista-t-il, changeant l'objet de la conversation, ce vol est une chose vraiment singulière. Naturellement je passe sur vos inventions de bandes de cambrioleurs et de peintres de paysages. Rêves que tout cela. Qui était dans votre maison, la nuit dernière?

– Personne que nous-mêmes.

– Et ce petit jeune homme? demanda Casimir en désignant Jean-Marie d'un geste rapide.

– Lui aussi, dit le docteur en inclinant la tête.

– Bien! et je ne pense pas commettre une indiscrétion en demandant qui il est? Comment se nomme-t-il?

– Jean-Marie. Il cumule les fonctions de fils adoptif et de garçon d'écurie. Il a commencé par les dernières, mais il n'a pas tardé de grandir dans notre affection. C'est, je peux le dire, le meilleur réconfort de notre vie.

– Ah! fit Casimir. Et avant d'être des vôtres?

– Jean-Marie avait vécu une remarquable existence. Son expérience a servi énormément à le former. Si j'avais à faire choix d'une éducation pour un vrai fils à moi, je n'en adopterais pas d'autre. Débutant avec des saltimbanques et des voleurs, il s'est insinué progressivement dans la société et l'amitié des philosophes. On peut assurer qu'il a déjà parcouru tout le cycle d'une vie humaine.

– Des voleurs! répéta le beau-frère, d'un air méditatif.

Le docteur aurait bien voulu s'être coupé la langue avant d'avoir prononcé le mot.

Il prévit ce qui allait se passer et se prépara à une défense vigoureuse.

– As-tu volé quelquefois toi-même? interrogea Casimir, se tournant soudain vers Jean-Marie et, pour la première fois, ajustant à son œil le monocle qui pendait à son cou.

– Oui, monsieur, répondit Jean-Marie, honteux et rougissant.

Casimir regarda les autres convives en se pinçant les lèvres d'un air entendu.

– Hé! Hé! fit-il.

– Jean-Marie dit toujours la vérité, affirma le docteur en se redressant.

– Il n'a jamais menti, ajouta Mme Desprez. C'est le meilleur des enfants.

– Il n'a jamais menti, je veux bien, mais n'a-t-il jamais commis de mensonges? réfléchit Casimir. Étrange! Étrange! mon jeune ami, écoute-moi bien! Connaissais-tu l'existence du trésor?

– Il m'a aidé à l'apporter à la maison, interrompit Desprez.

– Vous, Desprez, je ne vous demande qu'une chose, c'est de tenir votre langue. Laissez-moi questionner ce garçon d'écurie. Puisque vous êtes si persuadé de son innocence, vous pouvez bien lui permettre de répondre.

Et, pointant son monocle droit sur Jean-Marie :

– Jeune homme, tu savais qu'on pouvait le voler impunément. Tu savais que le voleur ne serait pas poursuivi. Approche! savais-tu tout cela?

– Je le savais, répondit Jean-Marie en poussant un misérable soupir.

Puis, il s'assit, se tordant les mains et son visage passant par toutes les séries de couleurs, comme un phare tournant, présentant en un mot la parfaite image du coupable.

– Tu savais où il était?

– Oui.

– Tu dis que tu as été autrefois un voleur. Comment saurai-je si tu n'en es pas encore un aujourd'hui? Tu peux escalader la grille verte, n'est-ce pas?

– Oui, répondit Jean-Marie, d'une voix à peine intelligible.

– Bien! Alors c'est toi qui as volé le trésor. Tu le sais et tu n'oses pas le nier. Regarde-moi bien en face. Lève tes yeux sournois et réponds!

Mais sans attendre d'autres questions, Jean-Marie poussa un hurlement sauvage et s'enfuit du berceau de verdure.

Anastasie courut après lui pour tâcher de rattraper et de rassurer la victime, mais, tout en courant, elle trouva le temps de lancer à Casimir cette flèche du Parthe :

– Casimir, tu es une brute!

– Mon frère, ajouta Desprez, se guindant en dignité, vous vous donnez des libertés!...

– Desprez, riposta Casimir, au nom du ciel, soyez homme du monde. Sur votre télégramme j'abandonne mes affaires et je viens ici. Je vous demande quel service je puis vous rendre. Vous me répondez : « Trouvez-moi le voleur! » Je le trouve et je vous dis : « Le voilà! » Je comprends que cela ne puisse pas vous plaire, mais que cela vous biesse, je ne comprends plus.

– Je vous le concède, répliqua Desprez, et suis même prêt à vous remercier de votre zèle, quoique inopportun... Mais votre hypothèse est si extravagamment monstrueuse...

– Raisonnons, interrompit Casimir. Le voleur, est-ce vous ou Stasie?

– Ni l'un ni l'autre, assurément.

– Fort bien! Alors c'est l'enfant. Du reste n'en parlons plus.

Et il sortit son porte-cigare.

– J'ajouterai cependant, insista Desprez, que si cet enfant fût venu de lui-même m'avouer sa faute, je ne l'aurais pas cru, et si je l'avais cru, ma confiance en lui est tellement aveugle que j'aurais pensé qu'il avait agi pour le mieux.

– C'est bien! C'est bien, fit Casimir avec indulgence. C'est mon heure de partir. Avez-vous une allumette? Mais avant de partir je veux vous donner un bon conseil. Chargez-moi de vendre vos fonds turcs. Un vent de faillite passe sur Constantinople... Je vous l'ai dit déjà, je vous le redis. C'est en partie pour vous le redire que je me suis déterminé à ce voyage. Vous ne répondez jamais à mes lettres. C'est une bien déplorable habitude que vous avez là.

– Mon bon frère, répliqua doucement Desprez, je n'ai jamais douté de votre habileté en affaires, mais vous êtes trop perspicace.

– Ma foi, mon ami, je vous retourne le compliment. Votre perspicacité à vous vous mène à être éternellement déraisonnable.

– Chacun son genre, fit le docteur, avec un sourire qu'il crut fin. Vous suivez jusqu'au bout, les yeux fermés, l'opinion d'un seul homme et cet homme c'est vous-même, dont le jugement peut être insuffisant. Je fais de même, je l'avoue, mais les yeux ouverts et je pèse le pour et le contre. Lequel de nous est le plus déraisonnable? Décidez vous-même.

– Oh! mon cher camarade, s'écria Casimir, s'il en est ainsi, gardez vos Turcs, gardez votre garçon d'écurie. Allez au diable, pour tout dire, et faites vos affaires vous-même. Mais ne ratiocinez pas avec moi. Cela, je ne puis le supporter. Et puis, taratata! pour ce que j'ai fait de bien ici, j'aurais mieux fait de ne pas me déranger. Dites bonsoir pour moi à Stasie et même, si vous y tenez, à votre triste et affamé chien d'écurie. Je pars...

Et Casimir partit.

La nuit, le docteur lui fit son procès devant Anastasie :

– Depuis si longtemps que nous nous connaissons, dit-il, il n'a appris de moi qu'une chose, le mot « ratiociner ». Ce mot brille dans son vocabulaire comme un diamant sur du fumier. Et il l'applique mal. Vous savez son genre. Le mot dans sa bouche prenait le sens d'« ergoter » et il me le lançait comme un reproche, indiquant ainsi, le pauvre cher camarade, que je me perdais en sophismes. Quant à sa cruauté envers Jean-Marie, il ne faut pas lui en vouloir. Il n'est pas méchant. C'est de la faute de la vie qu'il mène. Un monsieur d'argent, ma chère, est un homme perdu.

La réconciliation avec Jean-Marie ne fut pas une opération facile.

L'enfant, versant des torrents de larmes, semblait inconsolable. Il voulait, à toute force, abandonner la famille.

Ce fut seulement après s'être enfermée avec lui pendant une heure qu'Anastasie vint retrouver son mari et, les larmes aux yeux elle aussi, le mit au courant de ce qui s'était passé.

– Il ne voulait rien savoir, dit-elle. Quel malheur s'il nous avait quittés! Que serait la perte du trésor à côté de celle-là? Oh! cet affreux trésor, c'est lui la cause de tout. A la fin, après avoir bien sangloté, Jean-Marie a consenti à nous rester, mais à une condition, c'est que jamais nous ne revenions sur ce sujet, sur l'infâme suspicion dont il a été l'objet. A cette condition seulement, le pauvre, le cruel enfant veut bien rester auprès de ses amis.

– Mais cette défense, dit le docteur, ne peut évidemment me concerner.

– Elle nous concerne tous.

– Ma chérie, vous avez dû mal comprendre. Cela ne peut s'appliquer à moi, Jean-Marie me reviendra sans conditions.

– Henri, c'est ainsi. Je vous jure que c'est ainsi.

– C'est douloureux, très douloureux! fit le docteur légèrement assombri. Vraiment, ma chérie, je ne puis me montrer que très profondément blessé de voir Jean-Marie me poser des conditions. Je ressens cet affront, ma chère femme, je le ressens très vivement.

– J'avais prévu le cas, dit-elle, mais si vous aviez vu sa détresse! Vous devez faire des concessions, vous devez sacrifier votre ressentiment.

– En fait de sacrifices, vous savez que je n'ai jamais répugné à en faire.

– Alors, vous me permettez d'aller vers lui et de lui dire que vous avez consenti. Ce sera conforme à votre nature.

– Eh bien! soit!...

C'était conforme à sa noble nature.

Le docteur, triomphant à cette pensée, ressaisit tout de suite ses esprits.

– Allez ma chérie! termina-t-il noblement. Allez le rassurer. La question est enterrée. Je viens de faire un effort, mais j'ai accoutumé ma volonté aux actes énergiques. Allez! J'ai tout oublié.

Un instant après, mais toujours les yeux gonflés et la mine piteuse, Jean-Marie apparaissait et se rendait ostensiblement à son travail.

Il fut le seul malheureux à s'asseoir à table pour souper. Quant au docteur, il était radieux et chantait le *requiem* du trésor.

– Somme toute, disait-il, ce fut un épisode très amusant de notre existence. Nous n'avons pas un sou de moins, non, pas un sou, et, d'autre part, nous gagnons immensément. Notre philosophie a été exercée. Il doit rester un morceau de la tortue, le morceau le plus délicat. J'ai ma canne, Anastasie une robe neuve et Jean-Marie est l'orgueilleux possesseur d'une casquette fashionable. De plus nous avons bu de l'Ermitage, hier soir. Mon souvenir est encore inondé de sa chaleur. Je devenais positivement avare de cet Ermitage, plus qu'avare, ladre. Laissez-moi faire une proposition. Nous avons bu une bouteille pour célébrer notre fortune de rêve. Buvons-en une seconde pour nous consoler de la perte du trésor. La troisième, je la conserve pour le déjeuner de noce de Jean-Marie.

VII

CHUTE DE LA MAISON DESPREZ

La maison du docteur n'a pas encore reçu les honneurs d'une description et il est grand temps de réparer cette omission, car elle joue son rôle dans cette histoire dont la première partie est à sa fin.

Haute de deux étages, les murs peints en jaune chaud, les tuiles jadis de couleur brun vermeil, aujourd'hui recouvertes de mousse et de lichen, elle se dressait en bordure de la propriété du docteur.

Cette maison était spacieuse, bien aérée et inconfortable.

Les grosses poutres étaient tailladées et ornées de dessins, la rampe de l'escalier ciselée d'arabesques rustiques.

La robuste poutre maîtresse soutenait la salle à manger, ce palais de la gourmandise.

Cette salle à manger était tapissée sur sa paroi la plus sombre de caractères mystérieux que le docteur assurait être des caractères runiques.

Le docteur ne manquait pas, en effet, quand il se mettait à divaguer sur l'histoire légendaire de cette maison et de ses possesseurs successifs, de prétendre qu'elle portait le cachet de l'école scandinave.

Les planchers, les portes, les solives décrivaient

partout des angles de divers degrés; chaque chambre avait sa propre inclinaison.

Le pignon s'était penché sur le jardin à l'instar de la tour de Pise, et, pour éviter une catastrophe, un ancien propriétaire avait arc-bouté cette partie branlante de la bâtisse avec un fort étai de bois.

Tout, en un mot, sentait le délabrement.

Cette maison, dans un désert, aurait été un vrai nid à rats.

Elle brillait quand même d'un remarquable éclat : vitres et fenêtres bien entretenues, peintures toujours bien lessivées, cuivres jaunes polis et reluisants.

Les étais, eux-mêmes, étaient enguirlandés de plantes et de fleurs grimpantes.

Ce n'était rien, mais cet aspect soigné donnait à la maison une apparence de vieillesse souriante.

Aperçue, ensoleillée, d'un coin du jardin, elle faisait l'effet d'une demeure dont se serait contentée une famille habituée au confortable.

Pauvrement ou paresseusement entretenue, elle aurait été bien vite précipitée dans les noirs abîmes de dépérissement.

Telle quelle toute la famille Desprez l'aimait et le docteur Desprez n'était jamais mieux inspiré que lorsque son imagination lui dictait l'histoire de ses maîtres successifs, dont il aimait à dépeindre les caractères, depuis les marchands juifs qui l'avaient édifiée sur des ruines, après le sac de la ville, jusqu'aux paisibles cultivateurs aux mains sales, desquels il l'avait acquise très cher, en passant bien entendu par les mystérieux Scandinaves qui y avaient gravé leurs caractères runiques.

Quant à s'alarmer au sujet de sa solidité, l'idée ne s'en était jamais présentée à son esprit.

Ce qui avait duré quatre siècles pouvait bien durer plus longtemps.

Au cours de l'hiver, qui survint après la découverte du trésor et qui fut spécialement rigoureux, les Desprez avaient au cœur une inquiétude d'un ordre tout différent.

Jean-Marie n'était plus le même.

Parfois il était pris d'une fébrile activité, pendant laquelle, contre son habitude, il s'efforçait de plaire, parlant plus souvent et plus vite, redoublant d'attention à ses leçons. Mais ces accès étaient interrompus par des périodes de mélancolie et de méditations silencieuses, ce qui le rendait à peine supportable.

– Silence! ne le troublez pas, disait le docteur à sa femme. Cet enfant se comprime lui-même. Le petit désappointement résultant de la perte du trésor, le petit désagrément de l'incivilité de Casimir pèsent lourdement sur lui. Ces mauvais souvenirs le hantent et le possèdent comme une maladie. Il maigrit, son appétit est variable et, d'une façon générale, il s'affaiblit; aussi l'ai-je astreint à un régime sévère. Je lui administre poudres sur toniques et toniques sur poudres. Hélas! le tout en vain.

– Ne craignez-vous pas de le droguer trop? insinua Mme Desprez qui ne sut pas réprimer un frisson d'anxiété.

– Droguer! cria le docteur, droguer! Anastasie, vous êtes folle.

Le temps passait et la santé de l'enfant déclinait graduellement.

Le docteur en accusait le temps, qui était tantôt trop chaud et tantôt trop froid.

Il appela en consultation son confrère de Bourron et profita de l'occasion pour lui vanter ses capacités. Le docteur prit texte du compliment pour imposer à Desprez lui-même un traitement, sans trop spécifier pour quel mal; en sorte que Jean-Marie et lui furent condamnés à se médicamenter à différentes heures de la journée.

Le docteur avait l'habitude de se tenir aux aguets pour la minute précise, montre en main.

– Rien de tel que l'exactitude, professait-il en versant les doses et se répandant sur les vertus du breuvage.

Ce nonobstant, si l'enfant ne se portait pas mieux, Desprez ne se portait pas plus mal.

Le jour de la conspiration des poudres, Jean-Marie parut au plus bas.

Il avait l'air farouche.

Le temps était orageux.

D'énormes masses de nuages volaient en l'air, interceptant les obliques rayons du soleil.

Ils passaient rapidement au-dessus du village, suivis, par intervalles, d'une pluie tantôt sombre, tantôt claire.

Parfois le vent soufflait en gonflant sa voix.

Les arbres fléchissaient le long des prairies et les dernières feuilles se dispersaient en poussières.

Le docteur établissait une corrélation entre le temps et la santé de l'enfant.

Il possédait un système pour en administrer la preuve.

Assis, sa montre à la main et un baromètre posé devant lui, il était à l'affût de chaque grain pour en noter la répercussion sur le pouls de l'homme.

– Pour le vrai philosophe, remarquait-il avec délices, tout phénomène de la nature doit être un sujet d'observation.

On lui apporta une lettre, mais comme sa remise coïncidait avec l'approche d'un nouveau coup de vent, il la fourra tranquillement dans sa poche, indiqua l'heure exacte à Jean-Marie, et tous deux, respectivement, se mirent à compter les battements de leur pouls, comme s'il se fût agi d'une gageure.

A la tombée de la nuit, le vent dégénéra en

tempête, assiégeant le hameau de tous les côtés, déchargeant sa fureur en coups de canon.

Les maisons chancelaient et gémissaient; les foyers répandaient sur les parquets des charbons ardents.

Le vacarme et la terreur des ténèbres tenaient les gens éveillés, la figure pâle, les oreilles tendues.

La famille Desprez ne se retira pas avant minuit.

Vers une heure et demie, le plus fort de l'ouragan avait passé, quand le docteur fut soudain réveillé par quelque chose dont il ne se rendait pas compte.

Il se mit sur son séant.

Un bruit terrible semblait retentir à ses oreilles.

Rêvait-il? Veillait-il? Il n'aurait su le dire.

Bientôt survint une trombe de vent aussitôt suivie d'un craquement sinistre de toute la maison et, dans cette calme demeure, Desprez put entendre, au-dessus de sa tête, une pluie de tuiles inonder le grenier avec un tapage de cataracte.

D'un tour de main il arracha Anastasie de son lit.

– Courez, lui cria-t-il en lui fourrant entre les bras une brassée de vêtements. La maison tombe; courez au jardin!

Anastasie ne se le fit pas dire deux fois.

En moins d'une seconde, elle était au bas de l'escalier.

Elle ne s'était jamais soupçonné une telle agilité.

En même temps, avec la célérité d'un clown, Desprez s'occupait de jeter dehors Jean-Marie et d'arracher Aline à son sommeil virginal.

Il la saisissait à pleins bras, elle se cramponnait à lui, à moitié endormie, et tous deux dégringolaient les marches.

D'un commun accord, les fugitifs s'étaient donné tacitement rendez-vous dans la charmille.

Quand ils y furent réunis, un rayon de lune, débordant d'une éclaircie de nuages comme d'un œil-de-bœuf, les éclaira de sa lueur soudaine, découvrant leurs visages de gens affolés qui luttaient contre le vent insolent, lequel faisait voltiger leurs draperies et s'efforçait d'accroître, en dévoilant leur nudité, cet humiliant spectacle.

Anastasie serrait désespérément contre ses cuisses les pans de sa chemise de nuit et éclatait en bruyants sanglots.

Le docteur accourut pour la consoler, mais elle le repoussa.

Elle soupçonnait chacun de former à lui seul un gros public et souhaitait que les ténèbres épaississent tous les regards.

Un autre rayon de lune et une autre violente rafale se manifestèrent simultanément.

La maison trembla jusqu'en ses fondements et la lueur de l'astre des nuits n'était pas encore éclipsée qu'un craquement, surmontant le bruit de la tempête, annonça la chute définitive.

En un instant, briques et tuiles tapissaient le jardin.

Une d'elles effleura l'oreille du docteur, une autre s'abattit près des pieds nus d'Aline, dont les hurlements rendirent la nuit encore plus hideuse.

Cependant, l'alarme fut donnée dans le village.

Des lumières brillaient aux fenêtres tandis que la grêle commençait à tomber sur le quatuor.

Le docteur s'interposa noblement entre Aline et ce nouvel ouragan, en vue de la protéger.

La perspective d'un secours prochain éveilla dans l'âme d'Anastasie une terreur d'un autre genre, et plus intense.

– Henri, le moment est venu, murmura-t-elle dans l'oreille de son mari.

– Je le crains, mais ils vous respecteront, ma bonne.

– Ah! j'aimerais presque autant être morte.

– Ma chère, répliqua le docteur sur un ton de reproche, vous êtes énervée. Je vous ai donné quelques vêtements. Qu'en avez-vous fait?

– Je n'en sais rien. J'ai dû les jeter au loin. Où sont-ils à présent!

Et elle sanglota.

Desprez marcha à tâtons dans les ténèbres.

– Admirable! fit-il, mon pantalon de velours gris. Comme cela se trouve pour remédier à votre présente nécessité?

– Donnez-le-moi, cria-t-elle impétueusement.

Mais à peine l'eut-elle en main, ses idées parurent changées.

Après quelques instants de silence, elle repassa le pantalon à son mari :

– Donnez-le à Aline, dit-elle. Pauvre fille!

– C'est un non-sens, répliqua le docteur. Aline ne sait plus ce qu'elle fait; elle est en proie à la terreur. Après tout ce n'est qu'une paysanne. Une maîtresse de maison, comme vous, ne peut se montrer dans cet état de presque nudité! J'y suis moi-même directement intéressé. Ma sollicitude pour vous et votre pudeur, exagérée peut-être, concluent au même remède : le pantalon.

– Impossible. Vous ne comprenez pas, fit-elle, avec dignité.

Le secours approchait.

L'entrée par la rue était devenue impraticable.

La grille était bloquée par des éboulements, et des pans de murs branlants promettaient de nouvelles avalanches.

Mais entre le jardin du docteur et celui de son voisin de droite existait un pittoresque moyen de communication : le puits mitoyen.

Par fortune, le côté de la porte donnant sur le jardin du docteur Desprez n'avait pas été fermée au verrou.

Sous la petite voûte commune un homme apparut, porteur d'une lanterne qui introduisait un peu de lumière dans ces ténèbres orageuses dont Anastasie appelait la prolongation de tous ses vœux.

Cette lumière filtrait çà et là parmi les branches des pommiers agités par la tourmente, et reluisait sur le gazon.

Alors la lanterne et l'homme qui la portait devinrent pour le quatuor le centre du monde.

– Par ici! cria l'homme. Êtes-vous tous saufs?

Anastasie se cacha derrère son mari. Aline, toujours hurlant, courut vers le nouvel arrivant et fut bientôt hissée par-dessus le mur.

– Anastasie, c'est votre tour, dit Desprez.

– Je ne puis, répliqua-t-elle.

– Nous allons tous mourir à cause de votre nudité, gronda le docteur.

– Allez-y vous-même, cria-t-elle. Moi je veux rester, j'ai tout à fait chaud.

Desprez l'empoigna par les épaules, en poussant un juron.

– Arrêtez! cria-t-elle encore, je vais l'enfiler.

Elle prit le pantalon détesté mais, au moment de l'enfiler, la répugnance fut plus forte que la pudeur.

– Non, jamais, cria-t-elle.

Et elle le jeta au loin, dans la nuit.

Le moment d'après, le docteur l'avait fait pirouetter vers le puits.

L'homme à la lanterne était là.

Anastasie ferma les yeux et crut bien qu'elle allait mourir.

Comment elle fut transbordée à travers les voûtes, elle ne l'a su jamais, mais une fois de l'autre côté, elle fut reçue par la femme d'un voisin, qui l'enveloppa dans une chaude couverture.

Des lits étaient préparés pour les deux femmes,

ainsi que des vêtements masculins pour le docteur et Jean-Marie.

Tandis que madame s'assoupissait pour passer le reste de la nuit, en une tension de nerfs confinant à l'hystérie, monsieur se tenait au coin du feu, se proposant à l'admiration des voisins.

Il leur démontrait tout au long les causes de l'accident et, remontant dans le passé, leur expliquait que la chute de la maison ne s'était pas produite sans prodromes avertisseurs.

Un signe en avait suivi un autre.

Les joints étaient disjoints, les plâtres craquaient, les vieux murs penchaient à l'intérieur.

Tout récemment, trois semaines au plus, la porte de la cave avait commencé à travailler et tournait difficilement sur ses gonds.

– La cave! soupirait-il tristement en branlant la tête en face d'un verre de vin épicé, elle me rappelle mes pauvres vendanges. Par un miracle évident, nous avions presque achevé de boire notre provision d'Ermitage. Il n'en restait qu'une bouteille; je n'ai perdu qu'une bouteille de ce vin incomparable. Nous l'avions mise de côté en prévision du mariage de Jean-Marie. Bah! Je supporterai encore ce deuil; ce sera un sacrifice de plus. Mais hélas! je puis me dire encore jeune. J'avais commencé un grand ouvrage, il est maintenant enterré sous les décombres de mon humble toit; il ne sera jamais terminé, et mon nom aura été écrit sur l'eau. Et, cependant, vous me voyez calme, je devrais dire presque gai! Votre curé ferait-il mieux?

Dès la première lueur du jour, la compagnie sortit du coin du feu pour s'en aller dans la rue.

Le vent était tombé, mais charriait toujours des nuages troubles.

L'air glacé mordait, et les curieux, debout, dans la pluie, auprès des ruines, frappaient dans leurs mains pour les réchauffer.

La maison était entièrement par terre, les murs rejetés à l'extérieur et le toit gisant au milieu.

C'était un amas de débris, avec, çà et là, des morceaux de poutre brisée.

On plaça une sentinelle aux abords, chargée de protéger la propriété, puis on retourna à l'auberge pour rompre le jeûne aux frais du docteur.

Les bouteilles circulèrent généreusement et, avant que l'on ne se séparât, il avait commencé à neiger.

Trois jours consécutifs, la neige tomba.

Les ruines furent recouvertes d'une vaste toile goudronnée et laissées en état, surveillées par des sentinelles qui se relayaient.

Dans l'intervalle, les Desprez s'étaient installés chez les Tentaillon.

Madame inventait des friandises qui excitaient l'admiration de Mme Tentaillon, et elle ne quittait guère sa place devant le feu, constamment songeuse.

La chute de la maison l'affectait peu.

Cette préoccupation le cédait à une autre, et celle-ci ne laissait à son esprit ni trêve ni repos.

C'était la question du pantalon : avait-elle bien agi en refusant de l'enfiler?

Tantôt elle s'applaudissait de sa détermination et tantôt elle se la reprochait au souvenir de sa quasi-nudité.

Aucune circonstance de sa vie n'avait à ce point exercé son jugement.

Pendant ce temps-là, le docteur était tout à fait satisfait de sa situation.

Deux des pensionnaires de l'auberge retardaient leur départ, victimes d'une impécuniosité momentanée, leurs parents ayant négligé de leur envoyer des fonds.

C'étaient deux Anglais, mais l'un d'eux parlait

couramment le français, d'humeur agréable, spirituel, gai compagnon, et le docteur pouvait bavarder des heures avec lui, certain d'en être compris.

Nombreux étaient les verres qu'ils vidaient ensemble, et nombreux les sujets qu'ils discutaient.

Le troisième jour, au matin, le docteur dit à sa femme :

– Anastasie, prenez exemple sur votre mari et sur Jean-Marie. L'émotion a fait plus de bien à cet enfant que tous nos toniques. Quant à moi, vous le voyez. Je me suis lié avec ces Égyptiens et mon Pharaon est, je le jure, le plus aimable des hommes. Vous seule demeurez triste, et pourquoi? Parce que la maison est tombée! Parce que vous avez perdu quelques colifichets? Mais que sont ces désastres en comparaison de ma *Pharmacopée,* ce labeur de tant d'années enterré sous des pierres et des pièces de charpente dans ce nauséabond village!...

... La neige tombe; je la secoue de mes vêtements. Imitez-moi! Notre revenu va être diminué, je le concède, jusqu'à ce que nous ayons reconstruit. Mais tempérance, patience et philosophie sont des trésors qui s'accumuleront dans notre cœur. En attendant, les Tentaillon sont obligeants. La table, avec ce que vous vous y ajoutez, est passable; le vin seul est exécrable. Baste! J'en enverrai chercher du bon aujourd'hui. Mon Pharaon aura le plaisir de boire un verre de vin décent. Je verrai s'il sait l'apprécier. S'il a vraiment du goût, je le proclame le plus parfait des hommes.

– Henri, répondit-elle en secouant la tête, vous êtes un homme : donc incapable de comprendre certains sentiments féminins. Aucune femme ne saurait effacer de sa mémoire l'humiliation publique dont j'ai été victime.

Le docteur ne put s'empêcher de ricaner :

– Pardonnez-moi, ma chérie, dit-il. Mais aux regards de l'intelligent philosophe, cet incident est pure bagatelle. Vous étiez fort belle ainsi.

– Henri! cria-t-elle.

– Bien! Bien! Je me tais. Cependant il est certain que si vous aviez daigné suivre mon conseil.....

Il n'acheva pas, mais reprit :

– Mon pantalon! mon pantalon favori. Il est là qui croupit dans la neige.

Et il partit à la recherche de Jean-Marie.

Deux heures plus tard, l'enfant retournait à l'auberge et retirait de dessous son pardessus un paquet contenant je ne sais quel vêtement tout trempé.

Le docteur le prit lamentablement et le déplia.

– Il fut! s'exclama-t-il, ton pantalon est fini! Excellent pantalon, tu n'es plus! Tiens! Quelque chose dans la poche!

Et il sortit une liasse de papiers.

– Une lettre?..... Aïe! je m'en souviens. Je l'ai reçue dans la matinée de la tempête, tandis que j'étais occupé à de délicates recherches. C'est resté lisible. C'est du pauvre cher Casimir. C'est heureux que je l'aie habitué à la patience. Pauvre Casimir! Et sa correspondance! Sa méticuleuse, sa précautionneuse, idiote correspondance!

Tout en apostrophant son beau-frère à la cantonade, il avait ouvert la lettre avec circonspection et commençait à la déchiffrer, quand soudain un nuage assombrit son front.

– Bigre! s'écria-t-il, dans un tressaillement galvanique.

Et aussitôt la lettre fut jetée au feu et la coiffure du docteur posée sur sa tête.

– Dix minutes! D'ailleurs le train est toujours en retard. J'ai encore le temps de le rattraper. Je cours à Paris d'où je vous télégraphierai.

– Henri, qu'y a-t-il de fâcheux? lui cria Mme Desprez.

Mais Henri avait déjà disparu en jetant à la dérobée les seuls mots : « Bons ottomans! »

En sorte qu'Anastasie et Jean-Marie furent laissés seuls, en face du pantalon trempé.

Pour la seconde fois depuis sept ans, Desprez partait pour Paris.

Il partait, des sabots aux pieds, vêtu d'un gilet tricoté, d'une blouse noire, avec, sur sa tête, un bonnet de nuit de campagnard.

Il avait 20 francs dans sa poche.

La chute de la maison passait à l'état d'incident secondaire. Le monde entier aurait pu crouler, la famille Desprez n'aurait pas été plus pétrifiée.

VIII

LA RÉCOMPENSE DE LA PHILOSOPHIE

Le lendemain matin, Casimir ramenait le docteur Desprez, spectre de lui-même, ayant troqué son burlesque accoutrement de la veille contre un modeste « décrochez-moi-ça ».

Anastasie et Jean-Marie étaient assis, l'un près de l'autre, au coin du feu.

Desprez s'assit aussi sur la chaise la plus proche.

Mme Desprez s'adressant directement à Casimir :

– Qu'y a-t-il de mauvais? lui cria-t-elle.

– Il y a que ce que je vous ai toujours prédit est réalisé. Le plumage est complet, cette fois. Armez-vous de courage pour supporter ce coup du sort et tâcher de réagir. La maison est par terre également. Pas de chance, sur mon âme!

– Nous sommes donc ruinés? gémit-elle.

Le docteur tendit les bras vers elle :

– Oui, ruinés par votre sinistre mari.

Casimir les regarda s'embrasser à travers son monocle et, se tournant vers Jean-Marie :

– Tu as entendu, n'est-ce pas? Ils sont ruinés! Plus rien à voler, plus de maison, plus de grasses côtelettes. Il me vient à l'esprit que le mieux pour toi serait de décamper. L'exploitation présente est épuisée.

Et il lui fit un geste significatif.

– Jamais! s'écria Desprez se levant furieux. Jean-Marie, si tu veux nous quitter, tu es libre, tu recevras tes cent francs, si toutefois je les ai. Mais si tu consens à rester – et le docteur versa quelques larmes – Casimir m'a offert une place de clerc; les émoluments en sont minces, mais ils suffiront à nous trois. C'est déjà trop d'avoir perdu ma fortune. Faut-il que je perde mon fils?

Jean-Marie sanglotait amèrement, mais ne disait mot.

– Je n'aime pas les garçons qui pleurent et celui-ci pleure tout le temps. En vous débarrassant de lui, vous vous débarrassez de bien peu de chose.

Puis s'adressant directement à Jean-Marie :

– J'ai à faire avec ton maître et ta maîtresse et j'entends que ces sensibleries soient réglées avant mon départ. As-tu compris? Allons! Oust.

Et il ouvrit la porte.

Jean-Marie s'éclipsa doucement, comme un voleur pris sur le fait.

A midi, ils se mirent à table, sans lui.

– Eh! dit Casimir, le voilà parti. Résignez-vous immédiatement.

– Je ne me résigne point, répondit Desprez. Je ne cherche pas à l'excuser. Ce départ trahit un manque de cœur qui me désillusionne cruellement.

– Manque d'éducation, corrigea Casimir. De cœur il n'en a jamais eu. Desprez, pourquoi, vous qui êtes un homme intelligent, êtes-vous le mortel le plus facile à duper de la création? Votre ignorance de la nature humaine, des intrigues humaines, dépasse toute mesure. Escroqué par ces païens de Turcs, volé par un enfant, dépouillé de droite et de gauche, de haut en bas. Je pense que la faute en est à votre imagination, et je remercie mon étoile d'en être dépourvu.

– Pardonnez-moi, Casimir, fit Desprez d'un ton presque humble, comme s'il faisait une amende honorable. Pardonnez-moi. Vous possédez évidemment, à un degré supérieur, l'imagination commerciale. Moi, j'en suis totalement dénué. C'est mon point faible, paraît-il, et c'est ce point faible qui a entraîné les chocs répétés dont je suis victime. L'imagination commerciale indique au financier les bons placements. Mais comment prévoir la chute de ma maison?

– Par ma foi! interrompit Casimir, le garçon d'écurie en a assez joui, de votre maison.

Le docteur demeura silencieux et le peu consolant beau-frère fit à peu près seul, pendant le repas, les frais de la conversation.

Au surplus, il affectait d'ignorer totalement les deux jeunes peintres anglais et répondait à leurs salutations en faisant tournoyer son monocle.

Il continuait à dévider ses observations blessantes comme s'il n'y avait pas eu de témoin, et chacune de ses paroles avait pour but de dégonfler, maille à maille, le ballon de la vanité du docteur.

Celui-ci restait accablé sous l'avalanche des reproches, mou comme sa serviette, tandis que son café débordait dans la soucoupe.

– Allons voir les ruines, dit Casimir.

Ils flânèrent quelque temps dans la rue.

La chute de la maison avait défiguré le village comme la perte d'une dent de devant la figure d'une jolie femme.

A travers la brèche, le regard s'ouvrait sur la campagne neigeuse et, devant cette vastitude, l'emplacement de l'habitation paraissait bien petit.

On eût dit la porte étroite d'un vaste campement.

La sentinelle, qui se tenait devant la grille verte, avait la figure rougie par le froid.

Néanmoins elle trouva un mot aimable pour féliciter la famille Desprez sur le stoïcisme avec lequel elle acceptait le désastre.

Casimir considéra de nouveau les décombres, examina la toile goudronnée et dit :

– Hum! J'espère que la voûte de la cave a tenu bon. S'il en est ainsi, je vous donnerai un bon prix de vos vins.

– Nous serons fixés dès demain, observa la sentinelle; on pourra déblayer; il n'y a presque plus de neige.

– Mon ami, répliqua sentencieusement Casimir, vous feriez bien d'attendre qu'on vous ait payé.

Le docteur fit une grimace et entraîna son désagréable beau-frère du côté de l'auberge Tentaillon.

Quelques clients étaient dans la maison, tous dans le secret de la ruine du docteur.

– Holà! cria Casimir. Voici le garçon d'écurie avec ses bagages. Par ma foi, il entre à l'auberge avec eux.

En effet, Jean-Marie, traversant la rue neigeuse, pénétrait chez les Tentaillon, fléchissant légèrement sous le poids d'un énorme fardeau.

Le docteur tressaillit soudain d'un étrange espoir.

– Que peut-il avoir là? dit-il. Allons voir!

Et il s'empressa vers l'enfant.

– Son bagage, pour sûr, répliqua Casimir. Il déménage. Il n'est pas dépourvu de l'imagination commerciale. Je l'en félicite.

– Je ne lui ai jamais vu ce gros panier, remarqua Desprez.

– Et vous ne le verrez pas longtemps, à moins que je ne m'en mêle, dit Casimir en éclatant de rire. J'insiste pour qu'on en fasse l'examen.

– Vous n'exigerez pas cela, fit Desprez.

Et, au grand ahurissement de Casimir, il se mit à courir vers l'enfant comme pour le protéger.

– Il y a quelque diable là-dessous, réfléchit Casimir. Ma foi, je suis curieux, j'en aurai le cœur net.

Et pour satisfaire cette curiosité, il suivit les pas du docteur.

Le panier était si lourd et si gros, Jean-Marie si petit et si chétif qu'il lui avait fallu un certain temps pour monter par l'escalier jusqu'à la chambre réservée aux Desprez.

Il avait à peine jeté son fardeau sur le parquet, aux pieds d'Anastasie, que Desprez s'amenait, suivi de près par l'homme d'affaires.

L'enfant et la manne étaient, l'un et l'autre, dans un triste état.

La manne avait passé quatre mois sous terre dans certaine caverne sur la route d'Achères et Jean-Marie avait marché l'espace d'environ cinq milles. Ses jambes flageolaient et, dès la moitié du chemin, il s'était senti écrasé sous le poids écrasant des vases sacrés de Franchard.

– Jean-Marie! cria le docteur d'une voix que nous qualifierions d'hystérique si elle n'eut été plutôt séraphique. C'est toi! toi! mon fils! mon fils!

Et il s'assit sur le panier, sanglotant comme un enfant.

– Maintenant, dit Jean-Marie d'un ton timide, vous n'irez pas à Paris?

– Casimir, dit Desprez levant vers son beau-frère son visage mouillé de larmes. Vous voyez cet enfant, cet angélique enfant! C'est lui le voleur. Il a dérobé le trésor d'un homme, quand cet homme était hors d'état d'en faire un bon usage. Il le lui rend quand cet homme est devenu raisonnable et humble. C'est le résultat de mes enseignements, la récompense de ma vie.

– Tiens! s'écria Casimir.

Quand le diable était jeune

Quand le duc Orsino eut enfin lassé la longanimité de sa jeune épouse Ipolitta, il ne s'opposa point à son départ du palais, et la fit même escorter avec tous les honneurs dus à son rang jusqu'au couvent dans les montagnes qu'elle avait élu pour retraite. Là, cette âme exemplaire commença à se remettre des multiples affronts subis pendant toutes ces dernières années. Et de jour en jour, sa tranquillité d'esprit et le contentement de son sort s'accrurent au sein des petites habitudes paisibles, heureuses, de la vie conventuelle. A tel point qu'il lui semblait que tous les bruits et les passions, les vaines fumées et l'agitation de ce terne séjour qu'on appelle la terre s'étaient trop éloignés d'elle pour plus jamais l'émouvoir. On eût dit que pour elle la vie était tout à fait finie, et que pourtant, d'une autre manière, elle commençait. Au fur et à mesure que les jours s'écoulaient, sans violence, sans défiance, exempts du misérable mensonge du misérable apparat de la vie de cour, elle semblait aspirer à pleins poumons un renouveau total, devenir chaque jour plus forte et vivre chaque jour dans la plus parfaite tranquillité d'esprit. Et pourtant la troisième année n'était point encore achevée que sa paix fut bouleversée. A peu près à cette époque, il advint la nécessité d'un nouveau maître retable pour la chapelle du couvent. Les autorités conventuelles envoyèrent donc quérir un jeune sculpteur, qui (chose possible en ces temps magnifiques) était aussi un peu peintre, un peu architecte également; par ailleurs, il savait tourner un sonnet aussi bien que quiconque, ou jouer du luth. Un jour, comme Sanazarro (c'était le nom du sculpteur) venait de travailler une semaine cnviron à son esquisse, il lui arriva, de grand matin, de regarder par la fenêtre, Ipolitta aller et venir dans le jardin tout en lisant. Il regarda d'abord sans guère y prendre garde. Mais avant qu'elle quitte le jardin, il fut tellement saisi par la dignité et la finesse de sa silhouette, et par une certaine tristesse sereine répandue sur son visage, qu'il se fit le serment de ne pas quitter le couvent avant d'avoir mieux vu cette charmante nonne. Ce jour-là, il était dit que tout irait de travers pour son retable, à ce qu'il semblait. Il peignait, il effaçait, au point de rendre son dessein difficile à discerner. Et le soir, l'esquisse était totalement différente : il y avait un grand espace vide maintenant, là où figurait auparavant un travail achevé. Comprenez, il lui fallait changer toute la composition, afin de faire de la place pour un autre portrait en pied. Le matin suivant, dès avant le lever du soleil, il était à sa fenêtre. De nouveau, la belle religieuse se promena une heure ou deux dans le jardin. Elle ne lisait pas ce jour-là, mais s'arrêtait ici et là au milieu des plates-bandes pour cueillir des fleurs, suivait des papillons çà et là avec une sorte de curiosité sérieuse. Elle restait immobile de longs moments, à écouter le chant d'un oiseau dans un cyprès, et à regarder au loin, avec une expression de bonheur dans le regard, la longue percée boisée et la pente du vallon qui s'ouvraient dans les montagnes au sud. Cela acheva de le décider. Il ferait le portrait de cette religieuse, quoi qu'il dût lui en coûter. Aussi demanda-t-il audience à la Mère Abbesse et lui dit-il assez rondement qu'il ne pouvait plus progresser sans un modèle convenable pour l'ange du coin droit. La pauvre Supérieure était consternée et demanda s'il ne lui était pas possible de trouver ce qu'il fallait dans le voisinage.

– Nous l'avons ici même, sous nos yeux, dit Sanazarro en poussant un petit soupir. Mais je suppose que c'est impossible... c'est une religieuse.

L'Abbesse était absolument scandalisée, et l'avisa que, conformément à leur règle rigoureuse, il n'avait jamais – non, pas même l'espace d'un instant – vu le visage d'aucune religieuse de cette maison.

– Religieuse ou non, répliqua-t-il, mon modèle se promène tous les matins dans le jardin, vêtue en religieuse.

– Ah, signor, ce n'est pas une religieuse, dit l'Abbesse, c'est la duchesse d'Orsino, une très grande dame, et si pieuse qu'elle vit ici avec nous, avec l'autorisation de son mari, le duc. Mais cela ne nous avance guère. Nous ne pouvons demander à une grande princesse de poser pour vous.

– Et pourtant, notre but est la gloire du Seigneur, dit Orsino, comme se parlant à soi-même. Ce n'est pas comme s'il s'agissait d'un sujet mythologique, ou d'un simple portrait.

– En aucune façon, dit l'Abbesse.

– Ainsi, si elle est très pieuse... vous avez bien dit qu'elle était très pieuse?

– C'est un ange! dit l'Abbesse en levant les yeux au ciel.

– Bref, conclut Sanazarro, sur un ton qui n'admettait pas de réplique, si elle ne veut pas troubler à ce point sa vie, pour la gloire du Seigneur et la piété de cette maison, il n'est rien d'autre ici qui puisse servir mon but, et il me faut aller travailler quelques semaines en ville.

Et il fit mine de sortir.

Mais l'Abbesse, comme il le savait fort bien, voulait ce nouveau retable pour une certaine fête, et ferait beaucoup pour réaliser son désir.

– Je vais parler tout de suite à la duchesse, dit-elle.

Et comme c'était tout ce que le jeune sculpteur pouvait espérer, il salua et retourna travailler, si délicieusement troublé par cette attente qu'il pouvait à peine tenir ses crayons. Il travaillait depuis peu à son esquisse, quand le vieux jardinier vint le prier d'aller s'entretenir avec sa Grâce. Elle habitait un petit pavillon, décoré de sa main et rempli de livres, d'objets de broderie et d'instruments de musique. Vous pouvez être tout à fait sûrs que son cœur battait aussi fort que celui de Sanazarro à la pensée de cet entretien, car depuis plusieurs années elle n'avait parlé à personne, hormis les bonnes et paisibles femmes du couvent, dont le temps s'écoulait au rythme de la cloche qui sonnait les offices, la récolte des mûres et la visite annuelle de l'Archevêque. Il lui adressa un salut plein de grâce qu'elle lui rendit avec dignité. Et après quelques instants de conversation, elle se tourna vers l'Abbesse debout auprès d'eux, et lui dit qu'elle aimerait tant voir évoluer le tableau qu'elle désirait laisser faire son portrait, en manière de récompense.

– Vous veillerez à ce que j'y sois belle, signor, ajouta-t-elle avec un petit rire.

D'ordinaire, l'Abbesse assistait aux séances de pose, et en sa présence, le sculpteur et la duchesse parlaient beaucoup. Mais quand ils se retrouvaient seuls, ils parlaient moins, et moins librement. Sanazarro était pris de timidité, il se penchait sur sa toile, et quand il levait les yeux avec l'intention de parler, quelque chose sur son visage à elle le décourageait et faisait mourir les mots sur ses lèvres : ce n'était jamais les mots voulus, sans qu'il sût pourquoi. C'était un moment agréable pour tous deux. Il y avait la grande pièce ombreuse, les feuilles de vigne vierge palpitaient à la fenêtre à étai, la toile colorée d'or et d'améthyste et peuplée de maints visages éloquents de saints et d'anges, et ces deux beaux jeunes gens, qui pensaient en silence l'un à l'autre les yeux baissés, ou se courtisaient, sans même s'en rendre compte, devant la grave religieuse. Et quand parfois une bouffée de vent leur apportait l'odeur des grappes de raisin ou que la cloche sonnait quelque office, et qu'ils entendaient l'orgue et les chants depuis la chapelle, ces choses intervenaient avec tant de justesse dans le cours de leur doux entretien qu'elles semblaient en faire partie. Et tous deux éprouvaient un sentiment de reconnaissance réciproque pour le plaisir ressenti. Ipolitta devint tout pour Sanazarro, et lui, à son tour, devint tout pour elle. Et quand un messager arriva de la ville et lui dit qu'on notait des signes de changement favorables dans les dispositions de son époux, elle en fut heureuse bien sûr, d'une sainte et fraternelle manière, pour le salut de l'homme qui lui avait fait tant de mal. Mais toute sa joie et sa reconnaissance se tournèrent en quelque sorte au profit de Sanazarro, et elle ne l'en aima que plus pour ces bonnes nouvelles.

Un matin, alors qu'Ipolitta se promenait comme à l'accoutumée dans le jardin en talus, le hasard voulut qu'elle lève les yeux et rencontre ceux de Sanazarro qui suivait attentivement ses allées et venues. Tous deux sursautèrent, le sculpteur se rejeta en arrière. Et quand il s'aventura de nouveau à jeter un coup d'œil, la duchesse avait recouvré son calme et allait et venait parmi les bordures comme devant, avec à peine une légère touche de dignité supplémentaire dans son maintien. Elle quitta le jardin une demi-heure plus tôt que d'habitude. Ce jour-là, la séance de pose fut un tant soit peu empreinte de nervosité. Et quand l'Abbesse les laissa seuls tous deux pour un moment, quoique la gêne causée par le silence devînt presque insupportable, ils n'échangèrent pas un mot jusqu'à son retour. Le lendemain matin, Sanazarro attendit longtemps à sa fenêtre. Abeilles et papillons allaient et venaient parmi les fleurs, le jardin ensoleillé était parcouru par les ombres rapides des ailes des hirondelles, les tourterelles roucoulaient dans la gouttière, le jardinier vint bêcher un moment sous la fenêtre et chanta d'une voix cassée tout en travaillant – mais point d'Ipolitta. Vous imaginez combien la séance de pose fut pesante ce jour-là. Les deux jeunes gens avaient la langue si bien liée que l'Abbesse dut parler toute seule, leur enseigna des recettes de remontants et de cordiaux, de pansements pour les blessures fraîches, et leur conta des épisodes de la vie de sa sainte devancière, Monna Francesca, jusqu'à ce que vienne l'heure de se séparer. Mais le troisième matin, Ipolitta réapparut, le teint plus vif, et d'un pas qui trahissait une délicieuse conscience de la situation. Pendant un moment, elle évita cette partie du jardin que dominait l'appartement de Sanazarro, mais à la fin (comme si elle pensait que trop de méfiance constituait une sorte d'aveu), elle commença à s'en rapprocher, les yeux fixés à terre. Pour mieux dire, elle se tint un long moment juste en dessous, déchiquetant une rose d'un geste absent, incertain. Une fois, elle leva même un peu la tête, comme s'il lui fallait absolument s'assurer si elle était observée ou non, puis, se ravisant, elle pâlit et s'éloigna de nouveau du pas le plus digne qui se puisse concevoir. Jamais deux êtres ne furent de plus charmante humeur quand ils se rencontrèrent que ces deux êtres, cet après-midi-là. Et l'Abbesse devait parfois s'essuyer les yeux, et parfois se tenir les côtes tant elle riait : ils parlaient avec une telle gaieté et une telle fougue de toutes sortes de choses, tristes, gaies et belles! Le lendemain, comme Ipolitta approchait, voleta dans la lumière du soleil, par la fenêtre de Sanazarro, une petite feuille de papier blanc déplié recouverte de quelques lignes. Levant les yeux sans en avoir l'air, comme elle se trouvait encore à quelque distance, elle vit que le visage du sculpteur n'était plus à la fenêtre. Elle se donna donc toutes sortes de bonnes et sages raisons pour commettre cette folie, s'approcha en hâte, s'empara du trésor et le mit dans son sein. C'était un sonnet écrit comme Sanazarro savait le faire, d'une forme claire et forte, d'une tournure raffinée; il s'y adressait à quelque déesse inconnue qui avait fait du monde un monde nouveau pour lui et lui avait donné une nouvelle connaissance de son âme.

Pendant tout ce temps, me demanderez-vous, où donc étaient les yeux de l'Abbesse? C'était un être simple bien sûr, mais je suis sûr que cette bonne âme avait conçu quelques soupçons et je crois que cette affaire lui coûta bien des Dieu-me-pardonne, et qu'elle racheta par des pénitences secrètes ses petites indulgences, les petites occasions de conversation en tête à tête qu'elle avait l'habitude de ménager aux deux amants. On peut appartenir à l'ordre le plus strict qui soit. Mais une vieille fille au grand cœur, sentimentale, reste une vieille fille au grand cœur, sentimentale, à jamais. Et pendant tout ce temps, pas un mot d'amour ne fut échangé entre les deux jeunes gens. Il y avait quelque chose dans la personne d'Ipolitta qui en imposait à Sanazarro et le retenait, et qui l'avait tant changé, en vérité, qu'il se reconnaissait à peine. Seule une étrange familiarité, une étrange confiance croissait entre eux, et quand ils étaient seuls, ils se confiaient tous les malheurs secrets de leur vie passée, et Ipolitta s'appuyait sur la chaise du sculpteur pour le regarder peindre. Un jour enfin, alors que l'été approchait de son méridien et que le tableau, en dépit de toutes les flâneries, s'acheminait d'heure en heure vers son accomplissement, Ipolitta vint et s'appuya comme à l'accoutumée sur la chaise de Sanazarro. Il sentait sa main contre son épaule, ct son souffle effleurait ses cheveux. Un voile tomba devant ses yeux, il ne pouvait plus peindre. Et ils restèrent ainsi en silence pendant quelques secondes de trouble. Puis Sanazarro posa sa palette et ses pinceaux, se leva, se tourna vers elle et prit ses deux mains dans les siennes. De voir son visage, pâle, effrayé, dans l'attente, les doux yeux et la lèvre inférieure tremblante... de le voir ainsi fut pour lui comme s'il avait lu les pensées de son propre cœur dans un miroir. Leurs bouches s'unirent, avec un frisson, en un long baiser. C'est à cet instant-là que Sanazarro aurait dû mourir. Un homme devrait mourir quand il a sauvé une vie, ou terminé une grande œuvre, ou posé le premier baiser sur les lèvres de sa bien-aimée, lors d'un de ces brefs moments où il a le sentiment d'avoir atteint un sommet, et n'a plus de raison de vivre. Ce fut Ipolitta qui revint à elle la première. Elle arracha ses lèvres des siennes et posa une main confiante sur son épaule.

– Maintenant, mon cher cœur, il vous faut partir. Il ne faut plus me voir... Travaillez, et pensez à moi quelquefois. Je prierai et penserai à vous.

Après cela, la duchesse n'accorda plus de séances de pose à Sanazarro. Il acheva sa toile en une semaine, y travaillant sans trêve ni repos, prit congé de la bonne Abbesse et regagna le monde, le cœur plein d'une grande joie et d'une grande tristesse. Comme il parcourait la belle partie de la vallée qui était visible du jardin du couvent, il s'arrêta souvent.

Il en voyait les toits rapprochés et le clocher de la chapelle brillait dans la lumière parmi les pins noirs sous l'épaulement luisant de poussière de la montagne. Il se retournait pour plonger son regard dans cette fente étroite puis posait les yeux devant lui là où la vallée s'élargissait, montrant maints comtés fertiles et villes illustres, et par-delà, l'éclat de l'Adriatique. Et il songeait qu'il laissait son âme derrière lui dans cette percée des hautes montagnes, et tous ces royaumes terrestres qui s'étendaient à ses pieds ne pouvaient rien lui offrir qu'il aimât ou désirât. On ne s'étonnera point si son cheval allait lentement.

Le duc Orsino était malade depuis longtemps. Depuis des mois, il s'était retiré de la guerre et des affaires galantes. Tous ces mois écoulés avaient apporté tour à tour quelque marque de déclin et il s'était confiné d'abord dans le jardin, puis dans l'atelier et la grande galerie, puis dans sa chambre. Depuis trois semaines maintenant, il était alité. Et tout comme la splendeur et la vigueur de la vie du palais avaient d'abord décliné, pas à pas, en même temps que déclinait sa santé, il s'amorça alors une sorte de mouvement contraire. Son état de santé empirant, les pas des religieux se faisaient de plus en plus fréquents sur les degrés de marbre, une odeur entêtante d'encens flottait dans le palais, et les travaux dans la nouvelle chapelle étaient de jour en jour activés avec la plus grande énergie. Un jeune statuaire était arrivé depuis peu de Florence pour réaliser la majeure partie du décor du tombeau, dans l'aile sud. Et le bruit que lui-même et ses aides faisaient en chantant gaiement, tout en travaillant l'argile ou le marbre, se répandait discrètement dans la maison; il parvenait souvent aux oreilles de mon seigneur, tandis qu'il gisait, appuyé sur ses oreillers, feuilletant et marmonnant son livres d'Heures. Entre autres signes prouvant que l'énergie du duc avait gravement décru, la duchesse avait été rappelée du monastère où elle avait été enfermée pendant tant d'années, et l'étincelante Isotta avait quitté le palais, à contrecœur, suivie par un train de serviteurs dissolus et de porteurs musclés chargés de coffres. Orsino s'apprêtait, eût-on dit, à donner une fin honorable à une vie peu honorable. On distribuait chaque jour d'importantes sommes aux pauvres. Avant de mourir, il allait (disait-on) se réconcilier avec son vieil ennemi, Bartolomeo della Scala, qu'il avait chassé de la ville des années auparavant, et qui depuis l'avait contrarié en amour et à la guerre et l'avait surpassé quant au train de maison et à la protection ostentatoire des arts.

Vers la fin du mois de janvier, alors que Sanazarro (car c'était lui le sculpteur) traversait l'antichambre après son travail de la journée, il prit conscience d'un affairement inhabituel dans le palais, et vit maintes têtes rasées faire le va-et-vient entre la porte et la partie de la maison où se trouvait la chambre de malade du duc. Prêtres et moines ne cessaient d'entrer et de sortir, par deux ou par petits groupes, parlant sans arrêt de façon très animée et avec toutes les marques du secret. Sanazarro, peu habitué à voir autant de visiteurs dans cette triste maison, se tint de côté entre deux piliers pour guetter quand ce manège prendrait fin. « La mort doit se rapprocher, songea-t-il, quand tant de corbeaux sont rassemblés. » Et pourtant tous avaient l'air assez joyeux et pleins d'espoir, et ce qu'il pouvait saisir de leurs propos n'était pas ce que l'on attendrait de la bouche de gens quittant le chevet d'un homme en péril. Deux mots revenaient si souvent qu'il finit par les accoler. S'il n'entendait pas « miracle », il entendait « demain ». Si personne ne disait « demain », quelqu'un disait « miracle ». Ils semblaient attendre quelque événement miraculeux pour le lendemain. Peut-être le rétablissement de la santé d'Orsino. Pourtant il avait déjà touché une foule de reliques depuis le début de sa maladie, sans grand résultat, et vu tant de médecins qu'on aurait pu penser qu'il n'en restait plus un seul à consulter dans toute l'Italie.

Enfin le flot de prêtres et de moines se tarit. Le palais semblait s'être vidé d'ecclésiastiques et comme personne ne venait les remplacer, Sanazarro abandonna son poste d'observation et descendit la rue, avec ce quelque chose de cavalier qui convenait à sa beauté, à sa belle vêture et à sa réputation croissante en tant qu'artiste. « Un miracle demain! pensait-il avec un léger sourire. Un excellent moment... à moins que ce ne soit pour le jour suivant! »

Le soleil se couchait quand il franchit la porte de la ville. Le jour touchait à sa fin dans une sorte de magnificence sobre, peu colorée, mais avec une grande ostentation de lumière. A l'ouest, le ciel était tout d'or clair, à l'est, il était teinté de vert pâle, derrière des collines pourpres. Au-dessus de sa tête une ou deux étoiles avaient déjà paru, grosses et brillantes. Les olivaies ondulantes s'étendaient autour de lui en ombres bleues et s'assombrissaient d'instant en instant. Il s'assit près d'un calvaire au bord de la route et se mit à songer à une foule de choses, entre autres, je suppose, au monastère dans les montagnes et au jardin en talus où Ipolitta se promenait. Il l'avait vue aujourd'hui, et l'avait saluée en silence, comme à l'accoutumée. Depuis des jours et des jours, ces deux êtres vivaient sous le même toit, sans échanger un mot ni même un regard d'intelligence. Et tandis qu'il était assis là à ruminer ses pensées, un faible bruit se fit entendre au loin sur la route, il augmenta rapidement, jusqu'au moment où Bartolomeo della Scala parut parmi les oliviers, entouré d'une troupe de cavaliers. Il s'arrêta à la hauteur de Sanazarro, car les vêtements excentriques du sculpteur révélaient sa présence, même dans l'obscurité. Et se découvrant, d'un geste de courtoisie ironique, il lui demanda comment allaient les choses avec son protecteur du moment.

– Eh bien, mon seigneur, cela se passe avec lui comme j'aurais aimé que cela se passe avec tous mes autres amis et protecteurs. Mais il semble qu'il doive nous devancer. Il lui faudra choisir ses appartements avant nous, mon seigneur, en Paradis.

– Ah! Ah! dit Bartolomeo. Je suis enchanté de l'apprendre, maître Sanazarro. Veillez à ce qu'il ne vous devance pas d'autre façon. Veillez à ce que le tombeau soit prêt pour ce brave homme. Je ne voudrais pas qu'il commence cette nouvelle vie dans un lit mal bassiné. Je prie le Seigneur – et ici il se signa d'un air profondément dévot –, je prie le Seigneur, encore que nous disposions de peu de temps, qu'il m'accorde encore l'occasion d'envoyer quelqu'un de sa maison avant lui pour chauffer en quelque sorte ses draps.

– Ne soyez pas trop présomptueux, répliqua Sanazarro, que l'irritation gagnait. – Si peu qu'il aimât Orsino, c'était un meilleur protecteur que La Scala. Et il le savait fort bien car il avait travaillé pour les deux hommes. – Ne soyez pas trop présomptueux. On parle de miracle, au palais.

– En vérité, répliqua Bartolomeo, je ne crains pas les miracles. Si Dieu désire s'interposer, je le désire aussi. De nos jours, maître Sanazarro, les miracles sont enfermés dans les cales des navires à destination de Venise, et franchissent les collines dans la ceinture d'un cavalier. Les tempêtes peuvent faire naufrager le navire, et alors, Dieu sauve le malheureux miracle au fond de la mer! Et... des hommes robustes peuvent arrêter le courrier.

Sur ces mots, et avec un nouveau salut ironique, Bartolomeo fit faire demi-tour à ses gens, et s'en retourna par où il était venu. Il laissait un Sanazarro fort préoccupé. Il était évident que La Scala comprenait la réponse qu'il avait faite au hasard beaucoup mieux qu'il ne la comprenait lui-même. Et comme il y réfléchissait, il lui apparut tout aussi clairement que ce miracle attendu, que ce fût un nouveau remède ou une vieille et sainte relique, arrivait cette nuit de Venise et que c'était pour l'intercepter que La Scala battait les routes ce soir avec ses cavaliers. Comme je l'ai déjà dit, Sanazarro n'aimait pas le duc. Mais il ne le haïssait pas non plus tout à fait. Il en gardait le souvenir complexe d'un homme malade et vétilleux, mais témoignant par moments d'une gracieuse obligeance et doué d'un sens artistique d'une très fine sensibilité, tel qu'un véritable artiste peut souhaiter le rencontrer chez un protecteur. Jusque-là, la balance penchait en faveur d'Orsino. Mais comme le lecteur le sait, un autre élément entrait en considération, il y avait une affaire bien plus périlleuse dans l'un des plateaux.

Comme Sanazarro revenait au palais, ses doutes s'envolaient peu à peu. Et rencontrant la servante d'Ipolitta dans l'escalier, il écrivit quelques lignes sur une tablette et la lui donna à porter à sa maîtresse. Elle le rejoignit dans l'antichambre, où il l'attendait, et lui tendit la main avec simplicité. La gorge serrée, il osait à peine avoir l'audace de prendre la main qu'elle lui offrait. Ses yeux lui disaient clairement qu'elle l'aimait toujours. Ils restèrent ainsi quelques instants, échangeant de tristes regards. Puis Ipolitta retira sa main.

– Ami, dit-elle, il vous faut être courageux et loyal. Qu'attendez-vous de moi?

Il lui rapporta tout ce qu'il avait vu et entendu, et quelles avaient été ses propres conclusions.

– Vous avez vu juste, dit-elle. Il doit y avoir des traîtres dans cette maison, si La Scala en sait tant.

– Là où il y a tant de prêtres, il ne peut qu'y avoir trahison, répondit Sanazarro. Laissons cela de côté. Le temps presse. Que faire?

– Il y a peu d'hommes dans la maison, répondit-elle. Cosmo est parti vers l'ouest avec un détachement important, pour créer une diversion. On a estimé que ce serait plus habile que d'emmener une simple escorte. L'Intendant doit aller à la rencontre du messager avec une suite aussi importante que possible. Et comme c'est un homme faible et peu avisé, vous irez avec lui.

– Mort de ma vie, Signora, vous devez avoir une bien haute opinion de moi! s'écria-t-il.

– Je sais qu'elle est méritée, répondit-elle simplement.

Sanazarro se couvrit, ce qui était évidemment contraire à toute étiquette, et lui tendit la main en souriant.

– Vous avez raison, mon ange, dit-il. J'irai. Dieu sait que je ne souhaite pas sa mort. Et il aura ce remède, si je peux le lui rapporter.

– Ce n'est pas un remède, répondit-elle. C'est de l'eau du saint Jourdain.

Sanazarro se mit à rire sans retenue. Cela lui rendait cette mission plus agréable.

Ipolitta posa la main sur son épaule, en un geste caressant qui l'envahit tout entier.

– Ami très cher, pardonnez-moi, dit-elle. Il vous faut vous découvrir avant que j'appelle l'Intendant.

Le sang monta au front de Sanazarro, cependant qu'il obéissait.

– En vérité, mon ami, dit-elle d'un ton émouvant, ce n'est pas mon désir, mais ce qui doit être entre nous. Dieu sait pour lequel de nous deux c'est le plus dur.

– Je ne me plains pas, dit-il (mais d'une voix altérée). Je ne suis qu'un pauvre artiste, bien que je ne sois pas mal né. Votre Grâce...

– Vous manquez de générosité, Sanazarro.

Et elle porta la main à son cœur. Sanazarro eut des remords, mais avant qu'il ait pu se dominer suffisamment pour parler, elle avait fait appeler l'Intendant, et ce fut la fin de leur tête-à-tête.

Cette nuit-là, le cœur de Sanazarro fut si bouleversé de remords et d'irritation qu'il aurait pu se battre avec son propre frère de sang. La petite troupe, conduite par l'Intendant et par lui-même, rencontra le messager qui s'en venait nonchalamment par la route, à quelque quinze milles de la ville, aux alentours de minuit. Ils lui firent allonger l'allure. Pauvre homme, il était tellement terrifié qu'il pouvait à peine diriger son cheval, car il n'était en rien guerrier, et ne goûtait point la perspective des épées nues. A un mille environ de ce côté de la ville, La Scala fondit soudain sur eux dans l'obscurité. Les deux troupes s'élancèrent l'une sur l'autre au grand galop, avec force cris. Mais les Orsini n'étaient pas en nombre et ils tombèrent les premiers. Le vieil Intendant fut proprement tranché en deux jusqu'à la selle par Bartolomeo. Sanazarro sentit son cheval s'effondrer sous lui, puis une marée de sabots qui déferlait au-dessus de sa tête... puis plus rien. Les autres étaient défaits et éparpillés comme balle de grain au vent. On les poursuivit loin sur la route, et ils furent trop heureux de se jeter à bas de leurs chevaux et de chercher refuge dans les taillis comme des lièvres. Le jeune La Scala, le beau Gian Pietro comme on l'appelait, car il était fort bien fait de sa personne, mit pied à terre, arpenta la route et acheva ceux des blessés qui montraient encore des signes de vie. Il repéra un homme qui rampait vers le fossé et gémissait pitoyablement, implorant merci.

– J'ai ce que vous voulez, cria-t-il (car c'était le messager lui-même). Je peux vous donner la bouteille, mon bon seigneur. Épargnez-moi, et vous aurez la bouteille.

Gian Pictro était enchanté. Il prit d'abord la bouteille puis passa son épée au travers du corps du pauvre messager. La troupe fut rappelée d'un coup de trompette, et s'en revint vers la ville dans un état de grande excitation.

Orsino se préparait cependant au miracle du matin. Il avait observé un jeûne absolu, toute la journée, et maintenant, il était assis, discutant passionnément avec son directeur spirituel. Par ordre de son médecin, il n'avait pris qu'un peu de vin. Ses yeux brillaient d'un éclat singulier. Sa peau était tendue à l'extrême sur ses pommettes saillantes et sur son haut front. De plus, il avait autour des commissures un pli qui, vu de près, produisait l'effet d'un sourire permanent, et lui donnait un air fourbe, un air de perfidie, assez en harmonie avec sa vie passée. Car le duc avait été un homme tout entier tourné vers le mal. Ses mains étaient couvertes de sang. Il avait été déloyal, cruel, débauché et cupide. Il n'y avait rien d'étonnant à ce qu'il doutât ouvertement de bénéficier d'un miracle, posant une main amaigrie, tandis qu'il parlait, sur le bras de son directeur de conscience.

– Quand je considère ma vie passée, disait-il, il me semble impie, mon père, et presque sacrilège, de donner de l'eau de cette sainte rivière à un si vil pécheur. Mais Dieu lit dans les cœurs, mon père... Dieu connaît nos pensées secrètes. Et si je désire être guéri, c'est que je peux réparer un peu le mal que j'ai fait. Il y a ma femme...

« A l'avenir, je réparerai tous les torts que je lui ai causés dans le passé. Elle aura un de mes châteaux et un quart de mes revenus. Elle aura une cour, si elle le désire.

– Ce n'est pas ce que l'on vous demande, mon fils. Vous devez être un bon époux pour elle.

– Je serai un bon époux, répliqua le duc d'un ton soumis. Ensuite, continua-t-il, il y a Bartolomeo. Je l'ai gravement offensé, et ce faisant, j'ai atteint ma propre famille et lésé les intérêts de la ville. Il faut que nous fassions la paix.

– Il faut que vous fassiez la paix, mon fils, répéta solennellement le directeur de conscience.

– Il en sera ainsi, mon père, dit le duc d'un ton décidé. Il y a aussi les terres que j'ai prises aux Cafarelli.

– Et les tableaux que vous avez pris au couvent de Santa Felice.

– Et le fils de mon frère que, jusqu'ici, j'ai lésé.

– Et les hérétiques que, jusqu'à présent, vous n'avez pas persécuté avec un saint zèle.

– Et les hérétiques, mon père. Ils ne seront pas tolérés un jour de plus.

– Je soupçonne Sanazarro, dit le directeur de conscience.

– C'est un artiste, répondit le duc.

– Néanmoins, reprit le prêtre, je n'aurai pas la conscience tranquille tant que, avec la permission de votre Grâce, je ne l'aurai pas un peu soumis à la question.

– Par la Passion du Christ! s'écria le duc, il finira d'abord mon tombeau!

Le directeur de conscience leva la main et regarda son pénitent d'un air de terrible sévérité.

– Mon fils, dit-il, reprenez-vous.

Le duc joignit les mains et demanda à haute et

intelligible voix l'intercession d'un grand nombre de saints et de la Vierge Marie pour son pardon.

– Vous pourrez le soumettre à la question quand vous voudrez, dit-il. Et vous pourrez le brûler vif après cela, si tel est le désir de l'Église. N'ayez crainte, mon père, je ferai mon devoir, nonobstant toutes affections terrestres.

A peu près au même moment (car il était tard maintenant, ou plutôt matin), un fugitif parvint à revenir de la route où l'expédition de l'Intendant avait été défaite, et fut conduit, fort pâle, là où la duchesse se tenait, attendant les nouvelles. Quand elle l'eut entendu, elle devint aussi pâle que lui.

– Et Sanazarro? demanda-t-elle.

– Mort, Signora, dit l'homme. Je suis le seul rescapé. Ce sont des démons incarnés, ils n'ont pas fait de quartier.

– Le duc en aura grande douleur, dit-elle. Son tombeau ne sera pas achevé de la même main.

Et elle eut un petit rire, un rire plutôt terrifiant. Puis elle donna des ordres, afin que tous les hommes capables de se battre aillent chercher les blessés. Et aussitôt seule, elle s'affaissa contre le mur et s'évanouit.

Quelque écho de cet entretien parvint jusque dans la chambre du duc, et troubla ses extases pénitentes. Sur son ordre, le directeur de conscience ouvrit la porte et s'enquit de ce qui se passait. Mais comme il n'y avait personne d'autre que la duchesse dans l'antichambre, et qu'elle était déjà inconsciente, il en conclut qu'ils s'étaient alarmés à tort. Et le prêtre et son pénitent reprirent une fois encore leurs exercices de piété.

– Incontestablement, dit Orsino, rien ne peut advenir que par la volonté du Seigneur.

– Mon fils, Il tient le monde dans le creux de Sa main... Béni soit le nom du Seigneur.

Et le prêtre se signa dévotement.

– Il ne refusera pas un pécheur? demanda Orsino.

– Pas si son repentir est sincère, répondit le prêtre.

– Et quelles sont les marques d'un vrai repentir? S'il suffit de haïr ardemment tous nos péchés passés et d'aspirer à une vie nouvelle, non pour d'autres occasions de plaisir, mais pour réparer le mal que nous avons fait, alors, mon repentir est sincère.

– Il faut faire plus que cela, mon fils. Il faut racheter votre passé par une pénitence convenable.

– Mon père, je me ferai moine et mendierai mon pain de porte en porte, la taille ceinte d'une corde.

– Vous oubliez, mon fils : vous êtes marié, objecta le prêtre.

– Alors je me ferai moine dès la mort de ma femme, répliqua le duc.

Le confesseur se moucha. Il se trouvait quelque peu en peine pour répondre à une telle rectification. Aussi, comme je l'ai dit, se moucha-t-il et aborda-t-il un autre sujet.

– Il faut vous réconcilier réellement avec le seigneur La Scala.

– En vérité, c'est mon plus cher désir, répliqua le duc. Je quitterai volontiers cette ville, riche de paix et d'abondance. Moi qui ai si souvent porté la guerre par ses rues, je donnerai volontiers aux hommes l'exemple de l'esprit de pardon et d'une conduite chrétienne. Je mènerai La Scala par la main et demanderai pardon à genoux sur la place du marché pour tout le mal que j'ai fait. Quand je mourrai, le peuple me pleurera et m'appellera « le bon duc » des années après. O mon père, cela change tout pour un homme, qu'il lui soit donné rien qu'une fois de voir la mort en face. Il y a dans sa face blême une expression qui tarit toutes les vanités et tous les caprices. Je préfère avoir la conscience pure, sous le regard du Seigneur, que la plus belle des statues, le manuscrit le plus rare, ou dix villes fortes. Mon père, mon repentir est réel, n'est-ce pas? Prions pour qu'il en soit ainsi.

Tandis que tous deux priaient, on frappa à la porte, et un valet entra, porteur d'une bouteille et d'unc lcttre pliée en quatre.

– Veuillez me la lire, mon père, dit Orsino.

Le prêtre jeta un coup d'œil sur la feuille et se signa.

– Mon fils, dit-il, la voie est tracée pour la réconciliation. Dieu veut vous épargner, car votre repentir est sincère et vous vous humiliez en vain. Le seigneur Bartolomeo a fait le premier pas. Écoutez donc ce qu'il dit : « Seigneur, certains de mes hommes ont battu certains des vôtres ce soir, en combat loyal. Sur un de ceux qui sont tombés, ils ont pris une bouteille, sachant qu'elle contient de l'eau du Jourdain pour votre soulagement, je la retourne par la présente à son légitime propriétaire. Je ne guerroie pas contre les malades. » Remercions le Seigneur, ajouta le prêtre.

Mais Orsino n'était pas d'humeur à remercier le Seigneur.

– Qui a apporté ce brocard, Lippo? demanda-t-il avec colère au valet.

– Mon seigneur, c'est mon seigneur Gian Pietro, de sa propre main, répondit le serviteur.

– Maudit soit-il! Jetez ça par la fenêtre. Par la Passion du Christ vous m'entendez, prêtre? Jetez cette chose par la fenêtre.

– Mon seigneur, cette eau de la sainte rivière...

– De l'eau des maudits fins fonds de l'Enfer!

– Mon seigneur duc! protesta le prêtre.

– Mon seigneur du diable! répliqua le duc. Donnez-moi cette bouteille.

– Non, mon seigneur, non pas : c'est une sainte relique.

– Une sainte relique de saint Gian Pietro! Je gagerai mon âme éternelle que c'est pur poison.

– Mon seigneur, vous vous trompez en jugeant si sévèrement les autres. J'en boirai volontiers la moitié pour tranquilliser cette imagination mauvaise. Est-ce donc là tout votre repentir? Il semble bien essoufflé.

A ces mots, Orsino se sentit envahi de remords, et se mit fébrilement à prier et à battre sa coulpe. Et comme pendant ces exercices édifiants, il recouvrait quelque calme, il eut la stupéfaction de s'apercevoir qu'au plus chaud de sa colère, il s'était tourné dans son lit et se trouvait maintenant assis, les pieds pendants au bord du lit, le dos non soutenu. Depuis près d'un mois, sa paralysie l'avait empêché de se mouvoir à ce point.

– Bon père, s'écria-t-il... il était de nouveau d'humeur gémissante. Bon père, comment est-ce possible? J'ai bougé dans mon lit, j'en suis presque sorti. Que le Christ me pardonne! Quel est ce présage? Pour l'amour de Dieu, mon père, remettez-moi au lit.

– C'est le signe, mon fils, dit le confesseur, de ce que vous pouvez espérer du saint concours de cette eau. Si sa seule présence auprès de vous dans cette chambre a eu cette puissante influence, que ne pourrez-vous espérer quand vous en boirez, en observant le jeûne absolu, la conscience nette!

– Je souhaiterais néanmoins, dit le duc, s'accotant de nouveau pour reprendre son attitude antérieure, et fermant les yeux avec un air d'astuce magnifique, qui n'était pas sans évoquer un chat, je souhaiterais néanmoins que vous fassiez ce que vous avez suggéré et que vous en buviez la moitié ce soir. Ma vie est précieuse. Je me dois au monde, ne serait-ce que pour réparer les torts que j'ai causés. Je boirai ensuite l'autre moitié, la conscience claire, comme vous dites, demain.

L'ecclésiastique déboucha la bouteille et en versa la moitié dans un verre.

– Non, non, dit Orsino, remettez ceci dans la bouteille un instant et agitez-la. Le poison pourrait être tombé au fond, ajouta-t-il d'un air rusé.

Le prêtre fit ce qu'on lui disait et but l'eau sans crainte. Il fit la grimace.

– C'est vraiment très amer dans la bouche, dit-il. Mais une fois avalé, c'est plus doux que du miel.

Orsino l'observa attentivement un moment, puis il poussa un soupir de soulagement. Du moins n'était-ce pas immédiatement fatal.

– Maintenant, mon père, je vais dormir, dit-il. Nous ne sommes jamais aussi innocents que lorsque nous sommeillons. Vous veillerez et prierez pour moi là, dans l'oratoire. Et laissez le rideau relevé... je détesterais me sentir seul, quand je me réveillerai.

Par extraordinaire, Sanazarro parvint à s'échapper. Il était étourdi et meurtri à l'extrême, mais n'avait pas un os de brisé. Et le chirugien qui l'examina ne savait pas de quoi il fallait s'émerveiller le plus, de la légèreté des blessures, considérant la façon dont les coups avaient été portés, ou de la façon dont le sculpteur les endurait, compte tenu de leur gravité. Mais Sanazarro était de fer. L'homme qui avait accompli tant d'exploits en sa dix-septième année n'était pas homme à avoir la fièvre ou à tomber malade pour quelques blessures à vingt-six ans. On imagine aisément la joie d'Ipolitta quand elle apprit les nouvelles, et combien clle aspirait à se rendre au chevet de Sanazarro. On avait ramassé deux ou trois autres blessés et elle se rendit au chevet de chacun d'entre eux, s'assit un instant, leur donnant des cordiaux et prodiguant de bonnes paroles. Elle se félicita, à l'approche de la porte de la chambre de Sanazarro, d'avoir pris l'habitude d'aller librement auprès des hommes qui avaient été blessés au service de son mari. Jusque-là, ce lui avait toujours été un devoir ingrat et pesant, mais à cet instant précis, la vertu se trouvait récompensée, et elle pouvait se rendre auprès de Sanazarro sans crainte du scandale. Il se retourna dans son lit, et se mit à lui demander ardemment pardon pour la cruauté dont il avait fait montre la nuit passée. Mais elle l'interrompit tout de suite, le priant de ne point gâcher leurs quelques instants de tranquillité par des réflexions si peu en harmonie avec ces instants, et s'asseyant auprès de lui, elle prit sa main dans l'une des siennes et se mit à la caresser de l'autre. Des larmes vinrent aux yeux du sculpteur, et roulèrent lentement sur ses joues.

– Pourquoi pleurez-vous? demanda-t-elle.

– Croyez-vous que je sois malheureux, mon âme? répondit-il.

Elle se pencha et baisa le front du jeune homme étendu.

– Cela en récompense pour votre courage de la nuit dernière, dit-elle en souriant. Cela parce que vous avez risqué votre vie pour sauver celle d'Orsino.

Et elle resta assise près de lui, tenant sa main en silence, jusqu'à ce qu'ils entendent venir la servante apportant le cordial qu'elle avait demandé. Ipolitta se leva alors et se mit à l'interroger sur l'escarmouche, comme elle aurait pu interroger n'importe lequel des rescapés.

Tout au long de ce jour, Orsino guetta attentivement le visage de son confesseur, et comme le soir tombait et qu'il ne présentait nul signe de trouble, il entreprit de se préparer à recevoir l'eau miraculeuse. Son médecin avait jugé préférable qu'elle soit prise la nuit avec un opiacé puissant, et qu'Orsino n'essaie pas de bouger avant que le sommeil ait épuisé les effets de l'un et donné à l'autre le temps de répandre dans tout son corps son influence bénéfique. Bien que le confesseur y eût fait objection, considérant que c'était pour ainsi dire manquer de foi dans la puissance miraculeuse du Seigneur, et de surcroît une erreur de raisonnement de juger ainsi d'un remède purement surnaturel comme si c'était un médicament naturel, pourtant Orsino, désireux de s'assurer une double certitude, avait décidé d'associer la sagesse pratique du médecin à la sainteté de l'eau. Comme l'heure approchait, il se fit de plus en plus attentif à ses dispositions spirituelles. Son confesseur et lui étaient très las de comparer leurs notes sur le degré exact de foi nécessaire à celui qui reçoit la grâce miraculeuse, et le degré exact atteint par ce pénitent insigne. Les heures passèrent ainsi, en prières et en discussions doctrinales, et en préparation et signature de papiers concernant les biens que le duc s'était indûment appropriés et qu'il promettait maintenant de restituer, si le miracle répondait à son attente. Il subsistait une seule différence entre les deux hommes. L'ecclésiastique essayait de convaincre Orsino de tout restituer en une seule fois, marque de son pieux dessein de s'amender et de faire que le futur rachète largement le passé. Mais le duc ne voulait pas en entendre parler. L'échange devait comporter une compensation, affirmait-il. Il n'aboutirait qu'à s'humilier aux yeux du monde et à se faire montrer du doigt, expliqua-t-il, s'il rendait tout ce qu'il avait gagné au cours de sa vie, rude et ardue, et si le miracle ne se produisait pas. Le prêtre abandonna donc la partie avec un soupir, de peur de perdre ce qu'il avait déjà obtenu s'il demandait bien davantage.

A dix heures, tous les serviteurs se trouvaient en

prière dans la chapelle inachevée du palais. Le bourdon de la cathédrale appela les habitants de la ville. Tous les hommes portaient un cierge et allaient pieds nus. Il y avait grande apparence de solennité et de dévotion bien que, lorsque des chuchoteurs se réunissaient dans la foule, on pût entendre plus d'une manifestation d'incrédulité quant au miracle, à saint Orsino (comme on se mit à l'appeler), et à l'eau du Jourdain. Le duc se confessa, reçut l'absolution et les sacrements avec une telle ferveur, et un état d'esprit, à cet instant précis, si enfiévré, qu'à l'en croire, un miracle avait déjà affecté son comportement. Puis il but le reste de la sainte eau, le médecin lui administra l'opiacé, on voila les lampes, le prêtre se mit à prier en silence dans l'oratoire, et le pénitent s'endormit bientôt, avec l'espoir d'être miraculeusement guéri le lendemain.

Tôt le matin, alors que le prêtre murmurait encore ses prières avec une ferveur quelque peu somnolente, il sentit une main se poser sur son épaule et vit Orsino debout près de lui, en chemise de nuit, le visage éclairé, tant par la joie que par la lumière du soleil. Il s'était levé tout seul et avait marché jusque-là, sans aide. Tous deux s'agenouillèrent un moment devant l'autel et rendirent grâces. Puis le médecin fut appelé, ainsi que la duchesse et tous les valets et serviteurs du palais. La cloche transmit le signal au bourbon de la cathédrale. La nouvelle vola de bouche en bouche, de maison en maison et de rue en rue. Les dévots allèrent se prosterner dans les églises, les gens loyaux ou politiques ornèrent leurs fenêtres de riches tapis et jetèrent des fleurs sur les pavés. Les simples indifférents allèrent néanmoins boire du vin à la fontaine publique. Les incrédules secouèrent la tête, échangèrent des clins d'œil et firent des épigrammes. Mais parmi ceux qui s'ébahirent, nul ne s'ébahit autant que Bartolomeo della

Scala et son fils, le beau Gian Pietro, qui avait soigneusement vidé la bouteille et l'avait remplie de l'eau putride des douves de la ville.

Près d'un mois s'écoula sans incident notable. Sanazarro travaillait sans relâche au tombeau. Orsino se remettait et reprenait des forces. Et plus il se remettait moins il fréquentait le prêtre et plus il fréquentait son oncle Cosmo. Il ne m'est jamais parvenu qu'on ait restitué autre chose que les biens les moins importants. Mais ce qui fut fait à cet égard le fut avec la plus extrême ostentation. Vint enfin le jour de l'action de grâce publique. Debout sur le seuil de la cathédrale, Orsino confessa à haute voix ses fautes envers Dieu et envers le peuple, et fit vœu de mener désormais une autre vie. Il fit aussi le vœu de ramener Bartolomeo par la main dans cette ville d'où il l'avait injustement chassé des années auparavant. Les campagnes ne seraient désormais plus ravagées par cette folle dissension. Paix, prospérité et équité, autant qu'il serait en son pouvoir et avec l'aide de Dieu, voilà ce qu'il promit à ses sujets en ce grand jour.

Et les choses en restèrent là. Beaucoup de belles paroles, quelques réformes minimes, une administration plus bénigne et peut-être plus équitable dans tous les États, rien de plus. Il est vrai que l'on faisait de continuels préparatifs pour accueillir Bartolomeo. Il est vrai qu'on avait arrêté la date du jour où le duc devait aller le voir, vêtu de bure, et lui demander pardon de ses mauvaises actions. Vrai également que Bartolomeo avait accepté d'être reçu au palais d'Orsino la nuit suivante. Mais le pauvre confesseur n'était pas satisfait. Il commençait à percevoir clairement que toutes ces nuits blanches n'avaient servi à rien. La santé d'Orsino était rétablie, mais son cœur n'était point changé. Un jour, il perdit patience et éclata :

– Mon seigneur, dit-il, vous avez été tiré par miracle il y a quelque temps du lit de la mort. Ne tentez pas le Dieu vivant, de peur qu'Il ne vous fauche aussi soudainement et aussi mystérieusement qu'Il vous a sauvé.

Le duc appuya l'index sur le bout de son nez et gonfla les joues. Son visage devint l'expression même d'une incrédulité furieuse.

– Eh bien, quant au miracle, dit-il, quant au miracle, mon père, n'insistons pas trop. Il sonne bien. Je souhaite que le peuple continue d'en parler. Je ferai même frapper une médaille et édifier une chapelle en souvenir. Mais en y réfléchissant un peu, très cher père, vous vous souviendrez que je pouvais bouger la nuit précédant le miracle.

Le prêtre s'en alla alors, et je pense qu'il eut matière à réflexion, tandis qu'il s'éloignait. C'est une très triste fin pour une si glorieuse histiore, n'est-il pas vrai?

Ce bref entretien eut lieu, je crois, la veille de la visite d'Orsino au château de della Scala. En ce cas, ce fut l'après-midi suivant que Sanazarro ouvrit son atelier aux visites. Le sculpteur avait le goût de l'absolu et jouait les Michel-Ange au petit pied dans le palais. Ce n'était pas tous les jours qu'un protecteur fervent était autorisé à constater le progrès de ses sculptures, au moment où elles prenaient forme et sens. Donc, quand Orsino ouï ces bonnes nouvelles, il n'hésita pas à remettre son départ de quelques heures, et se rendit aussitôt à l'atelier avec son épouse, Cosmo son oncle boiteux, et la suite obligée des seigneurs. Le duc, comme je l'ai dit, savait apprécier l'art, en amateur fin et passionné. Et comme le sculpteur s'était surpassé quant à la conception et – au point où en était son travail – à la réalisation de son œuvre, le ravissement du duc était si naturel et si spontané que Sanazarro et la duchesse en rougirent tous deux de fierté et de plaisir. Soudain, comme il allait çà et là, tout louange gracieuse, compliments délicats et critique avisée, il s'arrêta un moment devant l'une des hautes statues.

– C'est la duchesse, dit-il, et il jeta un coup d'œil aigu aux deux jeunes gens. Sanazarro ne broncha point, mais la duchesse se décomposa littéralement sous son regard. Le duc fixa le sculpteur droit dans les yeux et lui dit d'un ton très amical :

– Voilà un très gracieux compliment, signor. Au nom de la duchesse et en mon nom, je vous en remercie. Et maintenant, ayez la bonté de me dire quel apologue, quelle allégorie, quelle idée générale unit votre projet. Quant à moi, je comprends mal le rôle de cet admirable portrait de pierre.

– En vérité, mon seigneur, répondit Sanazarro, votre seigneurie a une trop bonne intelligence de l'art pour m'infliger un si injuste procès. Sans doute, quand j'ai conçu ce tombeau, je songeais à l'allégorie dont vous aviez formulé le désir. Mais mon seigneur, je l'ai exprimée dans ces statues et ne peux l'exprimer autrement sans rester en deçà de l'idée ou sans la dépasser. Vous ne sauriez me demander de défigurer ma propre œuvre mon seigneur.

Bien qu'Orsino eût posé la question avec une arrière-pensée, cet argument le rendit muet. Il exprima cordialement son approbation et poursuivit à haute voix la critique et l'éloge des statues, tandis qu'il retournait mentalement une autre idée. « De toute évidence, ils sont d'intelligence, pensait-il. Si je parvenais à encourager ceci, je pourrais me débarrasser d'elle la conscience pure, épouser Isotta, et sauver ainsi mon âme de mon vivant. » Car il gardait toujours un œil fixé sur l'éternité, même dans ses plus criminels moments. Il fut enfin temps pour lui de se préparer à faire sa visite pénitentielle à Bartolomeo.

– Signor Sanazarro, dit-il, je vous confie la duchesse. Ipolitta, vous ne vous êtes pas assez occupée de notre hôte. Donnez-lui la main et menez-le dans le jardin.

A peine les deux jeunes gens se trouvèrent-ils seuls dans un endroit dégagé du jardin où nul indiscret ne pouvait les approcher, que Sanazarro lui demanda ce que cela pouvait signifier.

– Eh bien, répondit-elle, rien que de mauvais. J'avais cru que si Dieu le sauvait par miracle, Il lui donnerait une âme nouvelle. Mais il n'en est rien. Il est déjà aller voir cette mauvaise femme.

– Isotta! s'exclama Sanazarro.

La duchesse acquiesça. – Je ne crois pas, reprit-elle, que je demeurerai ici longtemps encore. J'ai fait tout mon possible pour pardonner à cet homme et pour le rendre meilleur, et je ne resterai pas ici pour y être avilie en vain. Il est bon que nous ne tentions pas non plus le Ciel, ami très cher.

– Mais me direz-vous où vous allez? demanda-t-il.

– Non pas. Nous sommes tous de trop faibles créatures. Et souvenez-vous de ceci : le sang noble qui coule dans mes veines ne craint pas la mort, mais ne supporterait pas le déshonneur. Que Dieu nous garde tous du péché, ajouta-t-elle en se signant. Même en ce moment, des yeux nous observent, j'en suis sûre. Il faut nous séparer, mon ami. Faites que ce tombeau soit digne de votre génie. Je suis sûre que nous nous reverrons au royaume de Dieu, quand nous pourrons oser être heureux.

– N'est-ce pas un au revoir? dit-il.

– N'ayez crainte, répondit-elle. Je vous verrai avant mon départ.

La journée fut interminable pour Sanazarro. Il retourna à son atelier et se mit au travail, mais rien ne voulait sortir de ses mains. Son esprit bouillonnait d'idées, mais le pouvoir de l'exécution l'avait déserté. Aussi abandonna-t-il et alla-t-il dans le jardin, mû par une sombre fièvre. Il y trouva un jeune homme, un spadassin d'Orsino – beau, courageux et totalement dissolu –, qui avait noué une espèce d'intimité avec le sculpteur car il aimait ses statues, et qui, à cet instant précis, se trouvait quelque peu pris de boisson.

– Votre poignard est-il aiguisé, Sanazarro? demanda-t-il, venant vers lui en faisant des gestes extravagants.

– Vous voulez dire mon ciseau? dit le sculpteur. Je vais de ce pas le faire affûter. Quoiqu'en fait, j'imagine que c'est la main qui s'est montrée lourde et non le pauvre instrument qui était émoussé.

Et il tira un ciseau d'une poche qui pendait à sa ceinture.

Le jeune homme dissipa énergiquement toute équivoque.

– Votre poignard, répéta-t-il, – votre dague –, votre petit troue-le-cœur. Par la mort-Dieu, Sanazarro, vous ne savez donc pas les nouvelles? Et il reprit son équilibre en s'accrochant à la manche du sculpteur. – Vous ne savez pas que le bal est pour demain soir? Malédiction de Dieu, vous n'êtes pas prêt à en finir avec eux?

Sanazarro fut soudain pris d'un grand doute. Il interrogea le mercenaire ivre jusqu'à ce qu'il apprenne de lui que la fête de la nuit suivante n'était qu'un piège tendu à Bartolomeo et à son fils; à une heure encore indéterminée, ils seraient tués pendant leur sommeil, au milieu d'un grand vacarme, et l'on ferait courir dans la ville le bruit qu'ils avaient attenté par traîtrise à la vie de leur hôte et avaient justement succombé dans cet attentat. Dès qu'il le put, il se débarrassa de son informateur et s'éloigna tout seul dans une allée. Le soleil était déjà couché, mais les plus hautes fenêtres du palais étaient noyées d'écarlate et contre le ciel voilé, les bretèches, les tourelles et les cheminées se découpaient, couleur de sang. Sanazarro se cacha les yeux de la main. Cette théorie de clochetons et de fenêtres lui apparaissaient comme le sang même de son protecteur. Il attachait peu de prix à la vie. Mais il sentit l'horreur le prendre à la gorge, comme un malaise, en pensant au démon parti quelques heures plus tôt pour accomplir sa mission traîtresse. Comme il commençait à reprendre ses esprits, il domina le dégoût qui l'oppressait physiquement et recouvra son calme et son esprit de prévoyance. Il gagna en hâte la porte la plus proche du palais, où il était bien connu du garde, et où on l'avait déjà laissé entrer et sortir à des heures interdites; il obtint que, au matin, la grille soit ouverte dès l'aube, malgré les consignes contraires pouvant être données d'ici là, contre une petite somme et un mot de passe donné. Comme il marchandait encore, une sonnerie de trompette lui annonça le retour du duc. Il revint rapidement au palais. Le confesseur était le seul à qui il osât se confier et il espérait pouvoir lui parler avant le début de la fête.

Mais, au cours de son trajet pénitentiel, Orsino avait eu le temps de réfléchir, et il avait maintenant une autre idée de l'intimité de sa femme et du sculpteur. Il était parvenu, qui sait comment, à éprouver de la jalousie. Et son premier acte, à peine de retour, avait été d'ordonner l'arrestation de Sanazarro. En même temps, comme il n'était pas absolument sûr de ne pas revenir à son précédent projet, et peut-être parce qu'il avait un peu honte du procédé, cette arrestation devait être tenue secrète. On dirait que le sculpteur s'était rendu aux carrières de marbre, et, pendant ce temps, on ne lui infligerait nul affront superflu.

Le capitaine des hallebardiers chargé de cette mission trouva Sanazarro en train de chercher le confesseur partout et le pria de lui accorder quelques mots en particulier. N'imaginant pas un piège, le sculpteur le suivit dans le couloir jusqu'au moment où il se vit encerclé et fut prié de remettre son épée. Toute résistance était impossible. Il tira son épée et la tendit à l'officier. On lui fit descendre un escalier et parcourir plusieurs couloirs, puis on ouvrit une porte, il fut poussé dans un cachot et entendit la porte se refermer derrière lui.

Au cours du souper qui eut lieu ce soir-là, le duc but plusieurs verres d'un vin généreux, trop généreux, comme il s'avéra pour une tête qui n'était pas encore assez solide. Il devint écarlate, volubile et grossier. Il adressa maints sarcasmes à sa femme à propos de la statue de Sanazarro. Il était évident, dit-il, que le sculpteur avait vu son modèle à travers des verres embellissants. – Si vous étiez aussi belle que votre mignon vous représente, nous aurions été bien plus liés, signora. Et il se mit à faire, à mi-voix, en marmonnant, mais de façon à être entendu, des comparaisons peu flatteuses avec la plus éblouissante Isotta. Quelques-uns de ses vils compagnons eurent de petits rires d'approbation, et Cosmo, l'oncle boiteux, se pencha et fit une plaisanterie de son cru à l'oreille d'Orsino, ce qui provoqua un rire insultant chez le duc et deux ou trois autres personnes proches de lui. Cependant, Ipolitta devait afficher la meilleure grâce possible et garder un maintien digne sous tous ces regards.

Le lendemain matin, elle se présenta de bonne heure devant le duc, fit une révérence austère et lui demanda la permission de se retirer une fois encore dans la solitude d'un couvent. Sa santé était maintenant rétablie, et elle ne pouvait plus lui être d'aucune utilité en tant qu'infirmière. Et d'aucune façon, craignait-elle, elle ne pouvait orner sa cour. Il fut heureux qu'elle puisse tirer quelque vengeance de son comportement de la nuit passée dont (à vrai dire) il n'était pas entièrement satisfait, maintenant qu'il y réfléchissait froidement. Il était heureux qu'elle s'adressât à lui sur un ton d'ironie car il semblait que cela les mît sur un pied d'égalité. De plus, il n'était guère blessé de sa requête. Dans ses meilleurs moments, il avait juste assez de respect pour sa femme pour ne considérer sa présence que comme une entrave à sa liberté. En outre, en sa nouvelle lubie de jalousie, il lui plaisait qu'elle fût séparée de Sanazarro.

– Ma permission! dit-il, reprenant ses propres termes. Non, c'est tout le contraire. Rendez-moi justice, signora. Je vous ai demandé très humblement de venir près de moi quand j'étais malade. Maintenant que je vais bien, je crains qu'il ne me faille m'apprêter à vous perdre. Dès que vous cessez d'avoir pitié de moi, je vois bien que vous commencez à me mépriser.

Et il lui adressa un gracieux salut.

– Mon seigneur, dit-elle, il n'en est rien. Mais pour la grâce que vous me faites de me laisser partir, je vous remercie du fond du cœur.

– Restez, pourtant, restez encore, l'interrompit Orsino. Je ne peux pas vous laisser partir avant demain. Je veux que vous assistiez à la fête qui aura lieu cette nuit. Ce ne serait qu'imperfection si ma duchesse n'était pas là quand je boirai et mangerai pour me réconcilier avec mon vieil ennemi.

– Je ne mangerai plus jamais à vos côtés de mon plein gré. Si vous me contraignez, je crains que ma présence n'ajoute rien à votre joie. Je vous avertis que je ne chercherai pas à dissimuler mes sentiments véritables.

– En ce cas, signora, répondit le duc en riant, nous serons aussi bien sans vous, comme vous le dites. Faites au moins ceci pour moi, si vous partez ce matin : recouvrez votre visage d'un voile épais et ne parlez à personne. Dans une heure, une escorte vous attendra à la poterne... nous avons besoin de tous les hommes pour les fastes de cette nuit.

Et lui baisant la main avec tout à la fois galanterie et désinvolturc, le duc la reconduisit jusqu'à la porte.

Dès qu'elle fut partie, Cosmo sortit de l'oratoire où il était resté dissimulé pendant tout l'entretien.

– Vous auriez dû l'obliger à rester, dit-il. Votre femme partie, c'est la moitié du crédit que l'on accorde à votre repentir qui s'en va avec elle. Bartolomeo sera disposé à soupçonner jusqu'aux murs eux-mêmes.

– Non point, répondit Orsino. La duchesse ne se sent pas bien ce soir. Elle s'est épuisée à me soigner pendant ma maladie. Voilà la fable rêvée.

A cet instant précis, Lippo entra dans la pièce et Orsino lui murmura quelques phrases à l'oreille dont Cosmo ne put saisir que le mot *Isotta.* L'homme se dirigea vers la porte, puis il revint sur ses pas et murmura à son tour quelques mots, comme s'il n'était pas sûr d'avoir très bien compris.

– Non, non, dit le duc en frappant du pied. Où sont vos sept beaux esprits? Au Belvédère.

Le valet acquiesça et se retira. Son maître resta quelques instants plongé dans ses pensées, pensées apparemment désagréables, car il fronçait les sourcils d'un air sombre et se mordait la lèvre inférieure dans une attitude d'incertitude peureuse.

– Dieu ait pitié de moi, dit-il enfin. Revoici les anciens jours de mal et de folie d'avant mon châtiment.

– Ce n'est pas vraiment différent, répondit Cosmo.

– Je crains d'être un grand relapse, dit le duc, et il se mit à égrener fébrilement son chapelet.

L'aîné posa la main sur l'épaule de son cadet et le secoua.

– Laissez donc ces jouets, dit-il. Vous pourrez retourner à vos prières demain. Mais aujourd'hui, nous avons de la besogne.

Orsino hésita et leva les yeux de son chapelet pour les poser sur le visage sévère de son oncle, puis revint de Cosmo à son chapelet.

– J'aimerais savoir si c'était ou non un miracle, dit-il en soupirant. Puis tous deux se consacrèrent sérieusement à leurs préparatifs.

Ipolitta fut stupéfaite d'apprendre le départ de Sanazarro la nuit précédente pour les carrières de marbre. Elle se sentit même un peu offensée qu'il ait pu partir ainsi sans un mot d'adieu. Mais elle n'eut pas le temps d'y réfléchir. Une heure ne s'était pas encore écoulée qu'elle et sa servante, strictement voilées, étaient emmenées en hâte par la poterne, et, escortées de trois cavaliers, elles prenaient la route conduisant vers les montagnes, au nord-est.

Le matin du jour fatal le sculpteur s'éveilla tard. Le cachot était baigné de lumière. Comme on ne l'avait pas fouillé, son ciseau était toujours dans sa poche, et un examen rapide de la porte le convainquit qu'il pouvait se libérer au prix d'une demi-heure de travail. Mais comme le couloir résonnait d'un bruit de passage incessant, il jugea plus sage d'attendre que la fête ait commencé, que toute la maisonnée soit massée dans la cuisine et dans la grande salle, et qu'il y ait peu de gens pour aller et venir dans cette aile reculée. Le temps passait très lentement et il était tourmenté par maints sujets de grande angoisse. S'il avait été arrêté parce que le duc était jaloux, le même sort n'avait-il pu échoir à

Ippolita? Même si elle était libre, il craignait quelque malheur dans la confusion du massacre. Il était rongé d'impatience et arpentait sa prison comme une bête fauve arpente sa cage. Au-dehors, il entendait les charpentiers clouer la grande scène sur laquelle la troupe du duc devait jouer une pièce allégorique, écrite par le poète attaché à la personne du duc. Les heures passant, le bruit s'éteignit, marteau après marteau, jusqu'à cesser complètement. La scène était prête. Peu après, on entendit au loin une fanfare de tambours et de trompettes. Au même moment, toutes les cloches de la ville se mirent à sonner. Et Sanazarro sut qu'Orsino et son hôte avaient passé la porte au milieu des acclamations soutenues de la foule. Les cris se rapprochèrent puis cessèrent à l'entrée même du palais. Ils reprirent ensuite, redoublés, pour devenir de plus en plus confus. La compagnie prenait place pour le spectacle. Puis on entendit encore les trompettes, le rugissement de la foule prit fin dans un grondement, et le silence ne fut plus troublé pendant une heure que par les voix fluettes des acteurs déclamant des vers inaudibles, par quelques applaudissements à demi réprimés çà et là parmi les spectateurs, et, de temps en temps, par un roulement de tambour ou le son d'une trompette soulignant un moment important de l'action. La pièce prit fin au milieu de la satisfaction générale. La foule se dispersa lentement tandis que le soleil se couchait. Et Sanazarro n'eut plus qu'à compter les heures égrenées par la cloche jusqu'à ce que la fête commence.

Le début de la fête fut marqué par un soudain déchaînement musical dans le palais : l'orchestre du duc jouait une introduction. Et maintenant, sans nul doute, traîtres et trahis se mêlaient, se saluaient, échangeaient des sourires et buvaient solennellement à la paix et à l'amitié futures. Sanazarro attaqua la serrure avec son ciseau. Ce fut un travail beau plus facile qu'il ne l'avait pensé, car la pierre ét déjà usée et il en tomba un si gros morceau qu'il put ensuite se servir de ce fragment comme d'un ciseau. Le pêne céda bientôt, la porte s'ouvrit vers l'intérieur sans résistance et le sculpteur se trouva libre. Il examina rapidement les portes des autres cachots, y frappa et appela les occupants pour savoir qui ils étaient. De certains, il n'y eut pour toute réponse que l'écho de ses propres coups. De certains, d'autres voix lui répondirent, parfois ironiquement, parfois évidemment excitées par un bref espoir de libération. Mais nulle part la voix d'Ipolitta. Sanazarro se passa la main sur le front. Il était certain qu'Orsino ne l'avait pas fait enfermer dans un donjon. Certain, donc, qu'elle était libre.

Comme il l'avait supposé, cette aile du palais était silencieuse et déserte. Mais comme il se rapprochait de la grande salle, il entendit venir à sa rencontre des bruits de pas, de vaisselle entrechoquée et le gai bavardage inarticulé de nombreuses voix. Il vit enfin une lumière au bout de l'obscur couloir qu'il suivait. Et dans la lumière, il vit une foule de serviteurs se hâter du lieu de la fête à la cuisine.

Il ignorait évidemment que son emprisonnement avait été tenu secret et aurait volontiers évité les regards curieux. Mais il n'avait pas le choix. Pour atteindre son propre appartement, il lui fallait prendre un air hardi, traverser l'épais de ce remue-ménage et passer les portes de cette pièce même où la fête allait bruyamment son train. Ce faisant, il retint son souffle. Mais personne ne songea à l'arrêter. Personne – telle était la hâte – ne trouva même le temps de le regarder attentivement. Et il pouvait se dire, après avoir achevé ce périlleux trajet et monté l'escalier entre deux rangées de torches allumées, qu'il avait réussi à n'être reconnu de personne. Les torches n'excédaient pas les deux premières volées de marches (signe certain que tous les invités de marque étaient logés au premier étage); et Sanazarro poursuivait sa route en hâte pour gagner les étages supérieurs dans la pénombre que trouaient quelques bougies placées çà et là, à distance les unes des autres, le long des murs, quand il faillit se heurter à deux valets du duc qui arrivaient par un couloir transversal. Il se rejeta en arrière par un réflexe incontrôlable de défense et tira son ciseau, – la seule arme qui lui restait. Mais les deux hommes le saluèrent avec toutes les marques d'un profond respect, souhaitèrent une bonne soirée au signor Sanazarro, et continuèrent leur chemin, le jugeant sans doute pris de boisson. Il parvint à son appartement sans autre incident, et s'étant muni de son épée et de sa dague préféré, de tout son argent et de tous ses joyaux, il retourna au premier étage. Là derrière des tentures, à un endroit d'où il pouvait observer ce qui se passait entre deux pans de tissu, il se cacha et attendit que la compagnie se retire. Peut-être même, au moment où les invités passeraient, pourrait-il trouver l'occasion de glisser un mot d'avertissement...

Son cœur se mit à battre à grands coups, comme on peut l'imaginer, au fur et à mesure que les heures s'écoulaient. Dans la salle, le brouhaha ne s'apaisait pas. Il augmentait plutôt. De temps en temps, on entendait des chansons et jouer l'orchestre. Enfin, vers minuit, il entendit tout près de lui des bruits de pas et de voix. Un officier, le visage allumé par la boisson, fort gai, monta l'escalier et s'engagea dans le couloir où alternaient hallebardiers et porteurs de flambeaux. Tout comme l'officier, les hommes avaient bu. Ils riaient beaucoup et échangeaient des plaisanteries inintelligibles pour quelqu'un d'étranger à la trahison projetée, mais Sanazarro les comprenait sans peine. Un solide hallebardier étant posté juste devant lui, il osait à peine respirer. Et les quelques minutes qui suivirent furent très pénibles pour le pauvre sculpteur, à l'étroit derrière ses tentures. Son supplice, cependant, ne dura pas. L'orchestre attaqua un finale énergique. Il entendit au loin la rumeur des hourras. Les hallebardiers et les porteurs de flambeaux se rassemblèrent en silence. Sanazarro vit alors par-dessus l'épaule de l'homme posté devant lui un petit groupe de nobles montant le large escalier entre les deux rangées de serviteurs. Orsino venait en tête, menant Bartolomeo par la main, puis Cosmo, tenant celle de Gian Pietro, et derrière eux une nombreuse suite de pages, d'officiers et de noblaillons attachés à chacune des deux familles. Tous semblaient parfaitement ivres, à première vue. Mais tandis qu'ils passaient devant lui, un soupçon inquiétant se fit jour dans l'esprit du sculpteur, bientôt mué en certitude. Il lui semblait que tous, hôtes et invités, attachés à Orsino ou à Bartolomeo, feignaient l'ivresse, qu'ils étaient loin d'être aussi ivres qu'ils le montraient. Il lui sembla percevoir un échange de regards parfaitement sobres, et une nuance de gravité sur les visages apparemment les plus excités. Le pied trébuchait, on proférait des sottises, mais plus d'une fois, Sanazarro aurait parié gros que l'esprit n'était pas à ce point affecté.

Pendant que ce cortège passait devant lui et disparaissait au bout du long couloir, la musique se tut dans la salle en bas, les hommes postés dans l'escalier mirent leur hallebarde à l'épaule, éteignirent leurs flambeaux et gagnèrent ensemble la salle de garde en riant. Sanazarro était sur le point d'écarter les rideaux et de s'avancer quand il entendit des voix et des bruits de pas qui revenaient de ce côté. Orsino et son oncle repassèrent plongés dans une discussion serrée et s'arrêtèrent, à moins de dix pieds de sa cachette, au sommet de l'escalier.

– Non, dit Cosmo. Rien, je vous l'accorde. Un désir.

– Et vous avez vu aussi, répondit le duc, qui poursuivait de toute évidence une argumentation, qu'ils n'ont pas fait de difficultés à propos de l'absence d'Ipolitta. Ils la croient toujours au palais.

– Je le suppose.

– Bien. Dans ce cas, j'ai eu raison de la laisser partir tranquillement. Il est plus facile de mentir que d'apaiser une femme irritée.

– Sans doute, reprit l'oncle, sans doute.

Et il descendit l'escalier tandis qu'Orsino faisait demi-tour et s'en retournait avec circonspection par où il était venu.

Sanazarro était tranquillisé sur le chapitre de la duchesse. Elle était en sûreté hors du palais, c'était évident, et il avait la certitude de la trouver, quand il le voudrait, au vieux monastère parmi les montagnes. Il avait donc l'esprit libre pour les préoccupations immédiates de la nuit. Il sortit de sa cachette et réfléchit à l'endroit où il était le plus probable que Bartolomeo avait été logé pour la nuit. Après avoir passé en revue tous les appartements du premier étage, il fixa son choix sur l'un d'entre eux, – il aurait difficilement pu dire pourquoi –, et sans savoir très clairement ce qu'il comptait faire, il longea furtivement le couloir qui y menait. Il sentait peser sur lui un terrible sentiment d'insécurité. Il savait que derrière ces portes fermées ne se trouvaient nuls dormeurs, mais des hommes qui attendaient un signal, les yeux brillants, l'épée sur les genoux. A tout moment, la tempête pouvait se déchaîner. On eût dit que le plancher était vivant et frémissait sous ses pieds. Soudain, il s'immobilisa. Il se sentit inondé d'une sueur glacée. Non, il ne s'était pas trompé. Il entendait un bruit de pas dans le couloir proche du sien, un pas furtif, perfide, venant à sa rencontre. Il se rejeta dans l'ombre d'une porte et attendit, la main sur sa dague. C'était un piètre abri, mais il n'y en avait pas d'autre à sa portée, et l'arrivant – qui que ce fût – pouvait déboucher à tout moment. Le sculpteur n'eut pas longtemps à attendre. Orsino lui-même, sur la pointe des pieds, les bras tendus pour garder son équilibre, le regard vigilant, fixé sur le vide, tandis qu'il concentrait toute son attention sur la discrétion de sa marche, – Orsino, coiffé d'un chapeau et enveloppé dans un manteau, le frôla et disparut en un instant. Où pouvait-il aller? Quel noir dessein était le sien? Un secret, de toute évidence, même pour Cosmo. Pendant un moment le sculpteur en resta stupéfait. Puis il se décida et vola sur les traces du duc.

Dans le couloir, il était assez facile de le suivre sans être vu. Mais l'escalier donnait un grand avantage au gibier. Et quand le poursuivant atteignit le rez-de-chaussée, celui qu'il poursuivait avait disparu. Plusieurs couloirs partaient du pied de l'escalier, qui n'était pas un grand escalier, mais un escalier privé de l'aile ouest. Et comme il n'avait pas de raison d'en choisir un plutôt qu'un autre, Sanazarro s'arrêta, indécis. Tandis qu'il se tenait là, une petite bouffée d'air frais nocturne venant du jardin passa sur son visage, fit vaciller les lumières et s'allonger les ombres dans le sombre couloir. C'était un indice suffisant, et l'instant d'après, l'artiste avait ouvert la porte dérobée et se tenait, presque aveuglé, sur le seuil. Les bouquets orange et les allées pavées du jardin dessinaient d'étranges détails et un relief curieux sous l'éclat de la lune. Les ombres elles-mêmes paraissaient solides et l'on aurait pu craindre de les piétiner si elles n'avaient bougé avec le vent.

Au bout de l'allée centrale, Sanazarro vit la silhouette emmitouflée du duc s'éloigner rapidement, sombre tache contre l'intense lumière blanche. Un tourbillon de souvenirs fit brutalement irruption dans sa mémoire et s'évanouit aussitôt. Cette allée centrale menait au Belvédère. Le duc avait repris ses relations avec Isotta. Sans doute le massacre ne devait-il commencer qu'au petit jour, et mon seigneur se lasserait-il de rester assis dans sa chambre à attendre le signal fatal. Une telle légèreté dans des circonstances d'une importance si tragique aurait été inconcevable chez la plupart des hommes. Mais elle n'était en rien contraire au caractère d'Orsino. C'était en fait le genre d'incongruité qui exerçait sur son esprit malade une attirance comparable à celle du vide. Et il n'était content que quand il était violemment ému, par la passion ou par la religion, ou par l'incertitude de l'issue de quelque ligne de conduite dangereuse ou désespérée. Ce goût des émotions violentes était chez lui une forme de couardise qui lui tenait souvent lieu et place de courage. Tout cela traversa l'esprit de Sanazarro en une seconde. Que ses conclusions fussent justes ou non, il ne pouvait douter de l'importance de l'occasion qui s'offrait maintenant à lui. Orsino assassiné, un coup mortel serait porté au projet meurtrier tout entier. Au moment même où il était sur le point d'aboutir, il en serait perturbé et modifié. Et tandis que les traîtres chercheraient leur chef absent, les autres auraient tout le temps de s'enfuir ou de fortifier leurs positions. Il n'hésita pas. Tirant son épée du fourreau, il se lança à la curée.

Le duc se trouvait environ à mi-chemin du palais et du Belvédère quand il entendit les pas de Sanazarro. Il sursauta et se retourna. Le sculpteur n'osa pas proférer un mot, de peur que sa voix ne soit reconnue comme n'appartenant pas à l'un des membres du complot nocturne. Mais il fit un geste du bras significatif et laissa échapper un long *hist*! Orsino s'arrêta et attendit, apparemment fort anxieux. Il eut un geste inquiet, porta deux fois la main à son épée, et pour finir, alors que le sculpteur était déjà tout près de lui, il la tira et se mit en garde. Sanazarro suivit son exemple, et les lames se croisèrent.

– Ah! mon sculpteur! s'écria le duc. Et il eut un rire cruel.

Il se savait fine lame, mais il oubliait, dans son excitation, qu'il n'avait pas manié l'épée depuis fort longtemps, et que sa récente maladie l'avait considérablement affaibli. Le combat dura une minute et demie, peut-être. La lame de Sanazarro transperça le bras droit du duc. Et ce dernier, jetant son arme, tomba à terre, leva les mains comme pour se protéger, et poussa un cri terrible, un cri perçant, disant qu'il n'était pas prêt à mourir. Mais le sculpteur ne s'interrompit pas pour l'écouter et passa sa lame par trois fois dans le corps du duc, si fort que la pointe sonna sur les dalles. Puis il s'immobilisa et porta la main à son cœur. Le souvenir des accents avec lesquels le misérable avait imploré merci le glaçait et l'horrifiait. Il avait déjà tué, mais jamais d'hommes qui ne soient pas morts courageusement.

Toujours immobile, il prit progressivement conscience d'avoir entendu d'autres bruits pendant le combat, en plus du cliquètement des lames, des grincements de dents et des battements accélérés de son propre cœur. Une grande rumeur montait du palais, s'amplifiant d'instant en instant. Et comme il se retournait, stupéfait, il vit des lumières vaciller derrière les carreaux, tel un feu qu'attise le vent, comme si des hommes portant des torches étaient bousculés en tous sens au cours d'un assaut désespéré. Dans ce mouvement, il prit aussi conscience de bruits encore plus lointains. D'après ces bruits, la partie basse de la ville devait regorger de cavaliers au galop. On entendit une volée de coups de feu, puis des coups isolés tirés ici et là dans les rues, comme si l'on avait dispersé des mousquets et comme si les fugitifs s'arrêtaient de temps à autre dans leur fuite pour tirer sur leurs poursuivants. Le bourdon de la cathédrale se mit soudain à sonner le tocsin et se tut aussi soudainement, comme si la corde avait été coupée, ou le sonneur assassiné.

Sanazarro commençait confusément à comprendre. La trahison avait été double, quoique fixée à des heures différentes. La ville avait été prise par surprise : La Scala en était maître, et les Orsini, déjoués et surpassés en nombre, vendaient chèrement leur vie sur la scène de leur projet criminel. Une seule possibilité s'offrait à lui, c'était de parvenir à s'échapper. Les écuries du palais n'étaient pas loin. Et comme les sentinelles, alarmées, s'étaient déjà enfuies, personne ne l'empêcha de s'emparer d'un solide coursier parmi les nombreux chevaux déjà tout harnachés en prévision de l'entreprise de la nuit. De même, à la porte, tout se passa bien. Le garde attendait sur le seuil de sa loge, seulement anxieux de connaître la cause de tout ce remue-ménage au palais et de savoir, étant donné les circonstances, quelle serait la plus sage conduite à tenir pour un pauvre garde.

– Laissez la porte ouverte, et mettez votre vie à l'abri dans le fourré le plus proche! lui cria Sanazarro tandis qu'il s'éloignait au galop sur la route des montagnes, au nord-est.

Au sommet de la première éminence, il tira sur les rênes et regarda en arrière. Des langues de flamme s'échappaient de l'une des plus hautes fenêtres du palais. « Mes pauvres statues! » pensa-t-il, et il eut un instant envie de retourner essayer de les sauver. Mais après tout, une statue n'est qu'une statue, et une maîtresse est une maîtresse. Et Sanazarro savait que son génie n'était pas épuisé, et il était sûr que son esprit pourrait encore concevoir et ses mains exécuter des statues encore plus belles que celles-là. Que le passé défunt enterre ses défunts. Et que lui s'en aille à travers la nuit vers une inspiration meilleure.

Vers l'aube, il se trouva face à face sur la route avec trois cavaliers. L'un d'eux s'arrêta et le salua. La duchesse, lui dit-il, lui avait donné cette lettre à remettre en main propre à Maître Sanazarro. Le sculpteur la prit et la lut. Elle lui contait dans quelles circonstances elle avait dû s'en aller sans lui dire au revoir, lui disait qu'il pouvait être assuré qu'elle l'aimait et le préférait à tout autre, et que, pour son salut à elle, il ne devait pas chercher à savoir où elle avait cherché refuge. Il demanda au messager où il avait laissé la duchesse. Mais l'homme ne fit qu'en rire, et dit qu'il savait se taire, aussi bien que la dame savait le faire. Sanazarro se mordit les lèvres et le sang lui monta aux joues. Il éprouva un sentiment de honte bien masculin – à l'idée d'avoir laissé savoir à des fripons mercenaires combien peu il était dans les confidences de sa dame. Il les salua donc, leur dit avec quelque amertume quelle réception ils étaient en droit d'attendre en ville, et reprit sa route sans même leur offrir de quoi à boire à sa santé, poursuivi pendant des milles par un sentiment persistant de disgrâce.

Il pensait encore qu'Ipolitta voulait retourner au vieux couvent dans les montagnes où ils s'étaient rencontrés la première fois. Il se sentait maintenant à la fois mélancolique et résolu. Certains termes de la lettre semblaient contredire une retraite aussi évidente. Et dans son doute et son irritation, il éperonna si impitoyablement le pauvre cheval que, peu avant midi, à une lieue environ au-dessous du couvent, il dut le laisser derrière lui dans une petite auberge au bord de la route, et fit presque tout le reste du chemin à pied. Le printemps, précoce dans cette région favorisée, était déjà fort avancé. Et le soleil devint si accablant qu'il dut abandonner la route et prendre un chemin escarpé dans les bois.

Insensiblement, tandis qu'il suivait cet agréable sentier, son irritation s'apaisa, et de nouvelles dispositions d'esprit s'y substituèrent malgré lui. Un léger vent soufflait parfois dans les feuillages et étirait les ombres et les pans de lumière sur l'herbe nouvelle. Même quand le vent ne soufflait pas, la vie était perceptible dans le seul équilibre de l'ombre et de la lumière. Ici et là, un simple rayon de soleil creusait de son éclat quelque clair dans l'épais des bois, parfois c'était toute une épée de lumière qui plongeait d'un coup et traçait un espace étincelant dans l'ombre. De temps en temps lui parvenaient quelques parfums, parfois la faible odeur des violettes, parfois la puissante odeur des sapins chauffés par le soleil. Il sentit le printemps jusques aux tréfonds de lui-même. Et bien qu'il tendît (comme tout homme, quand il aime) à exagérer ses maux et à se conforter dans son humeur de martyr, pour rien au monde il n'aurait pu s'empêcher de sourire, ou de marcher d'un pas de plus en plus léger. Finalement, il vit, à quelque distance sur sa gauche, une petite chapelle de pierre grise, guère plus grande qu'un cellier campagnard, fermée par des grilles de fer, et à laquelle on accédait par trois marches, recouvertes d'une profusion d'anémones rouges. Les grilles étaient ouvertes. A l'instant même où il posait les yeux sur elles, elles s'ouvrirent un peu plus et une silhouette de femme s'avança dans la lumière atténuéc du bosquet. C'était Ipolitta. De joie, son cœur s'arrêta de battre. Il la vit sursauter violemment, puis elle s'immobilisa et l'attendit paisiblement sur la plus basse des trois marches qui menaient à la petite chapelle.

Chronologie :

R.L. STEVENSON DE LA MER DU NORD AU PACIFIQUE SUD

1850

13 novembre : Edimbourg (Écosse). Naissance de Robert Louis Stevenson, fils et petit-fils d'ingénieurs constructeurs de phares.

1863

Janvier : premier séjour sur la Côte d'Azur.

1866

La Révolte du Pentland, roman historique de 22 pages, est publiée aux frais de son père à cent exemplaires.

1867

Octobre : inscription à l'université d'Edimbourg. Il néglige ses études pour les cabarets, les liaisons féminines, les théories révolutionnaires.

1871

Abandonne les études d'ingénieur pour les études de droit.

1873

Novembre : premiers troubles pulmonaires. S'installe à Menton pour l'hiver.

1874

Juillet : croisade aux Hébrides avec son ami Sir Walter Simpson.

1875

Juillet : ses études de droit terminées, il s'inscrit comme avocat au barreau d'Edimbourg. Désormais, il passera chaque année six mois en France parmi les peintres : l'hiver à Montparnasse, l'été dans la forêt de Fontainebleau. Séjours racontés dans le prologue du *Trafiquant d'Épaves.*

1876

Été : avec W. Simpson voyage en canots (« La Cigarette » et « l'Aréthuse ») sur les rivières du nord de la France. A Gres-s/Loing, il rencontre une Américaine : Fanny Van De Grift, épouse Osbourne. C'est l'amour.

1877

Été : séjour à bord d'une péniche, « Les onze mille vierges », sur le Loing.

1878

Mai : parution de *An Inland Voyage*, récit du voyage en canots.

Fin août : Mrs. Osbourne regagne l'Amérique. Robert-Louis part pour Le Monastier (Haute-Loire).

20 septembre : départ en direction d'Alès, à pied à travers les Cévennes, avec l'ânesse Modestine.

3 octobre : arrivée à Alès.

1879

Juin : parution de *Voyage avec un âne dans les Cévennes.*

8 août : embarquement pour New York, pour rejoindre Mrs. Osbourne puis traversée des plaines américaines jusqu'à San Francisco. Voyages racontés dans *L'Emigrant Amateur* (1880) et *La Traversée des Plaines* (1892).

1880

Mars : gravement malade à San Francisco, il est soigné par Fanny.

19 mai : mariage avec Fanny qui vient de divorcer.

Août : retour en Écosse avec sa femme et son beau-fils Lloyd.

Hiver à Davos (Alpes suisses).

1881

Avril : retour en Écosse.

Septembre : à Braemar, près du château de Balmoral, il compose *L'Ile au Trésor.*

1882

Dans l'hebdomadaire « Young Folks », parution de *L'Ile au Trésor* en feuilletons signés « Captain George North ».

Parution du volume 1 des *Nouvelles Mille et Une Nuits.*

Octobre : départ pour la Provence. Stevenson malade à Marseille.

Décembre : départ pour Nice.

1883

Mars : installation à Hyères.

Printemps : rédaction de *Prince Othon* qui paraîtra en feuilleton en 1884.

Juin-octobre : dans « Young Folks », *La Flèche Noire* en feuilletons signés « Captain George North ». Le volume ne paraîtra qu'en 1888.

Novembre : l'éditeur Cassell publie *L'Ile au Trésor* en volume. Grand succès.

Décembre : Stevenson atteint d'une congestion pulmonaire.

1884

Avril : toujours à Hyères, crise d'hémoptysie. Rédaction du *Dynamiteur* (Volume 2 des *Nouvelles Mille et Une Nuits*, paru en 1885).

Juillet : départ de Hyères pour Bournemouth (Écosse).

Automne : William Henley (avec qui il a déjà écrit *Deacon Brodie*) collabore avec lui à deux autres pièces : *Beau Austin* et *L'Amiral Guinée.*

1885

Printemps : avec William Henley, écrit un drame : *Robert Macaire*. Parution du *Jardin Poétique d'un enfant*.

Sur le coup d'un cauchemar provoqué par la maladie, rédaction du *Cas Étrange du Dr Jekyll et de Mr Hyde* qui paraîtra en janvier 1886.

1886

Mai-juin : dans « Young Folks », en feuilletons : *Enlevé!*, premier épisode des *Aventures de David Balfour*.

Été : séjour à Londres, puis à Paris où il fait la connaissance du sculpteur Rodin.

1887

Janvier : parution des *Gais Lurons*, recueil de nouvelles.

6 mai : mort du père de Robert-Louis. Celui-ci décide de quitter l'Écosse.

21 août : départ pour l'Amérique et séjour à New York.

Octobre : installation à Saranac Lake au nord de l'État de New York.

Hiver. Début de la rédaction du *Maître de Ballantrae* qui paraîtra en 1889.

1888

2 juin : départ de Saranac Lake pour San Francisco.

28 juin : A San Francisco, embarquement sur le « Casco » pour une longue croisière dans les mers du Sud.

Juillet-août : visite de l'archipel des Marquises.

Septembre : visite des îles Touamotou.

Octobre : séjour à Papeete. Crises d'hémoptysie.

Novembre : séjour à Taravcro et Tantira.

Mi-décembre : départ pour les îles Hawaï.

1889

25 janvier : arrivée à Honolulu. Installation à Wakikiat. Visite de l'archipel.

24 juin : embarquement sur « l'Equator » pour l'archipel des Gilbert.

13 juillet : arrivée et séjour à Butaritari.

Septembre-octobre : séjour à Apemama.

7 décembre : arrivée à Apia, capitale des Samoa où Stevenson fait construire une maison. Début de la rédaction du *Trafiquant d'Épaves* avec Lloyd Osbourne.

1890

Février : séjour à Sidney.

Mars-octobre : à bord du « Janet Nicholl ». Croisière à travers les Marshall, et (à nouveau) les Gilbert. Escale en Nouvelle-Calédonie.

Octobre : installation à Apia, dans la maison presque terminée.

1891

Mars : visite des îles de l'archipel Samoa.

Novembre : achèvement du *Trafiquant d'Épaves* (paru en volume en octobre 1892).

1892

Rédaction du deuxième épisode des *Aventures de David Balfour* : *Catriona* (paru en 1893).

1893

Février : séjour à Sidney.

Septembre : séjour à Honolulu.

1894

Parution du *Creux de la Vague* (*Ebb-Tide*, écrit en collaboration avec Lloyd Osbourne; et de *Veillées des Iles* (recueil de nouvelles). Rédaction simultanée de deux romans *Le Prisonnier d'Edimbourg* (*Saint-Ives*, paru en 1897) et *Hermiston le juge pendeur* (*Weir of Hermiston,* paru en 1896).

3 novembre : mort de Stevenson dans sa maison de Vailima, île d'Apia.

1895

Parution de *Dans les mers du Sud* (récit des trois

croisières à bord du « Casco », de « L'Equator » et du « Janet Nicholl »).

1914

18 février : à Santa Barbara (Californie), décès, à l'âge de 74 ans, de Fanny Van De Grift, épouse de R. L. Stevenson.

Francis LACASSIN

BIBLIOGRAPHIE

Pour chaque texte sont indiqués :
– la première parution dans un périodique,
– le volume qui l'a recueilli pour la première fois.

LES MÉSAVENTURES DE JOHN NICHOLSON *(The Misadventures of John Nicholson)*
– Inclus dans *Yule-Tide,* almanach de Noël des éditions Cassel, Londres, 1887.
– une plaquette Coll. « Seaside Library ». New York, George Munro, 9 décembre 1887.

HISTOIRE D'UN MENSONGE *(The Story of a Lie)*
– « The New Quarterly Magazine », octobre 1879, pp. 307-355.
– The Works of R.L. Stevenson, « Edinburgh Edition », *Tales and Fantasies,* vol II.

LE TRÉSOR DE FRANCHARD *(The Treasure of Franchard)*
– « The Longman's Magazine », Nos d'avril et mai 1883.
– *The Merry Men and Other Tales and Fables,* Londres, Chatto and Windus, 1887.

Les trois textes ci-dessus ont paru en français en un volume in-12 :

LES MÉSAVENTURES DE JOHN NICHOLSON
Traduction d'Albert Savine et Michel Georges-Michel. Paris, Crès [1922].

Le texte suivant paraît ici pour la première fois en français :

QUAND LE DIABLE ÉTAIT JEUNE *(When the Devil Was Well)*
Nouvelle écrite en 1875.
– Parue pour la première fois dans l'édition des œuvres complètes dite « Tusitala Edition ». *Complete Works,* tome V, Londres, Heinemann, 1924.

F.L.

TABLE

Préface, par Francis LACASSIN 7

LES MÉSAVENTURES DE JOHN NICHOLSON

I. Dans lequel John sème le vent 11
II. Dans lequel John récolte la tempête .. 20
III. Dans lequel John engrange sa récolte au logis 28
IV. Secondes semailles 36
V. Le retour du prodigue 43
VI. La maison de Murrayfield 52
VII. Une tragi-comédie dans un cab 68
VIII. Singulière preuve de l'utilité d'un passe-partout 81
IX. Dans lequel M. Nicholson accepte le principe d'une allocation 96

HISTOIRE D'UN MENSONGE

I. Où l'on présente l'Amiral 109
II. Une lettre aux journaux 118
III. Au nom de l'Amiral 125
IV. Esther et ses sentiments filiaux 135
V. Le Père prodigue reparaît au foyer familial 140
VI. Le Père prodigue y va de plus en plus fort 150

VII. L'enlèvement 164
VIII. Bataille royale 177
IX. Comme quoi le rédacteur libéral réapparaît en « deus ex machina » 188

LE TRÉSOR DE FRANCHARD

I. La mort du saltimbanque 195
II. Causerie matinale 201
III. L'adoption 211
IV. L'éducation d'un philosophe 222
V. La découverte du trésor 236
VI. Double enquête sur un crime 254
VII. Chute de la maison Desprez 268
VIII. La récompense de la philosophie 281

QUAND LE DIABLE ÉTAIT JEUNE 287

Chronologie : R.L. Stevenson, de la mer du Nord au Pacifique Sud, par Francis LACASSIN 337
Bibliographie par Francis LACASSIN 343

LA COMPOSITION, L'IMPRESSION ET LE BROCHAGE DE CE LIVRE
ONT ÉTÉ EFFECTUÉS PAR LA SOCIÉTÉ NOUVELLE FIRMIN-DIDOT
POUR LE COMPTE DES ÉDITIONS U.G.E.
LE 20 AVRIL 1987

Imprimé en France
Dépôt légal : mai 1987
N° d'édition : 1749 – N° d'impression : 6377